Les Derniers Jours de Pompéi

D0619113

E.G. Bulwer-Lytton

Les Derniers Jours de Pompéi

TRADUCTION D'HIPPOLYTE LUCAS
PRÉFACE ET COMMENTAIRES DE CLAUDE AZIZA

Le Livre de Poche

Claude Aziza est maître de conférences à l'université de la Sorbonne Nouvelle. Il a publié notamment, en collaboration, le *Dictionnaire des types et caractères littéraires*, Nathan, 1978, le *Dictionnaire des thèmes et des symboles littéraires*, Nathan, 1978, le *Dictionnaire des figures et des personnages*, Garnier, 1981.

Préface

Voici bientôt deux mille ans qu'une petite cité de la Campanie antique a disparu, comme tant d'autres au cours des siècles, sous les cendres d'un volcan toujours en activité. L'indifférence, puis l'oubli ont effacé de la mémoire des hommes jusqu'au lieu même où elle exista. Le temps avait passé, les dieux antiques, désormais morts, dormaient dans le linceul de pourpre où les avaient embaumés, chacun à sa façon, poètes et pédants. De Sodome, qui se souvient ? Sinon quelques moralistes attardés ou quelques obscurs biblisants. De Carthage, que reste-t-il ? Une formule éculée dans la bouche d'un Romain pur et dur et le fantôme de Didon qui folâtre, peut-être, dans les Enfers, avec le volage mais « pieux » Énée. Rome en flammes est inséparable de l'empereur fou à la lyre écumante et Jérusalem, livrée à la soldatesque de Titus, s'est rétrécie aux pauvres dimensions d'un mur où l'on se lamente.

Or l'imaginaire occidental, s'il se complaît dans la recherche des cités disparues, dans l'évocation d'une Grèce d'opérette et d'une Rome d'Épinal, s'est ancré, inexplicablement, depuis deux petits siècles, comme s'il avait besoin de se donner le spectacle de la fuite du temps saisie, figée et vaincue, autour d'un nom, dont les syllabes flottent dans toutes les mémoires : Pompéi.

Des millions de touristes affluent chaque année devant les portes de la cité ; on s'y presse, on s'y installe, on y mange, on y boit, on y vit, au milieu des morts, à ce point que l'afflux des visiteurs a causé plus de torts, à ce jour, que n'avait pu le faire le Vésuve ! Pense-t-on sérieusement qu'un tel pèlerinage — le

terme est le seul propre — a été déclenché par les
campagnes de fouilles dont les résultats sont conscien-
cieusement consignés dans des revues scientifiques que
nul ne lit ? Croit-on, peut-être, que les articles de
vulgarisation, les émissions de télévision, les titres à
sensation en sont responsables ? Peut-être évoquera-
t-on les pauvres balbutiements de nos latinistes qui
transpirent sur les lettres de Pline le Jeune ? Soyons
sérieux. Tout est venu d'un titre, génial, inspiré,
fondateur, *Les Derniers Jours de Pompéi*.

Qui sait encore aujourd'hui le nom de son auteur ?
Qui imagine qu'il a écrit des dizaines d'ouvrages ?
Sait-on même le situer ? Magnifique exemple d'un
roman qui a tué son auteur et dont les adaptations
sans scrupules, les éditions tronquées, mutilées, cen-
surées, fruit le plus souvent de lamentables tripatouil-
lages éditoriaux alliés parfois à une stupide conception
de ce que doit être la littérature pour la jeunesse, dont
les centaines d'éditions donc sont comme les images
déformées d'un original unique dont, à l'instar d'un
manuscrit perdu, on avait oublié jusqu'à l'existence.

Les multiples adaptations cinématographiques
engendrèrent des récits (des « novellisations » comme
disent les Anglo-Saxons) qui les fixèrent sur le papier,
selon des canons contemporains. Maints romans-
photos, maintes bandes dessinées brodèrent à l'envi
sur un thème dont, par une curieuse dépravation de
l'esprit, on ne voulait tirer qu'un plaisir mutilé. Quelle
pitié !

Les Derniers Jours de Pompéi, certes, n'est pas un
roman qui se lit facilement. Il demande une initiation,
une progression, une présentation. La société d'aujourd'hui n'est plus celle de 1834, imbibée d'Antiquité
gréco-romaine. Le livrer en entier, sans crier gare, à
de jeunes lecteurs, risquerait d'aboutir à l'inverse du
but recherché : le plaisir de la découverte d'un des
monuments, sinon littéraires, du moins fantasma-
tiques du siècle dernier.

Tel est le sens de cette édition qui respecte scrupuleusement la trame du roman, qui en épouse les courbes, qui en dégage les grands moments. Sans rien retrancher à la phrase même du texte, sans en altérer la structure, sans refuser la difficulté mais sans la rechercher non plus, là où elle n'est pas signifiante. Plus tard, le moment venu — et le plus tôt sera le mieux — les jeunes lecteurs qui voudront aller plus loin pourront le faire avec, en leur possession, tous les éléments pour une lecture riche et fertile.

Mais tel quel, le récit ne perd pas une miette de son pouvoir évocateur, de sa beauté, de sa puissance onirique. C'est avec *Les Derniers Jours de Pompéi* à la main qu'il faut aller sur les ruines, aspirer l'air vif du petit matin, se rendre sur le forum, découvrir le temple d'Isis, si petit et si frêle, entendre les clameurs de l'amphithéâtre qui se sont tues à jamais et imaginer nos héros. Là, dans la maison du poète tragique, Glaucus, rêve à sa bien-aimée Ione. Là, dans leur superbe villa, Diomède et Julia, cachés dans leur magnifique cellier, espèrent en un salut qui ne viendra point. Là, sous la statue d'Auguste qui n'existe plus, périt Arbacès. L'imagination, si elle a du mal à retrouver la mer qui a fui à quelques kilomètres, abandonnant la cité désolée, ne peut manquer de ressentir physiquement la présence, toujours menaçante, du Vésuve. Il faut imaginer, en y grimpant péniblement, ses pentes fleuries et les amants qui y cachèrent leur bonheur. Oubliez les guides trop volubiles et les touristes trop pressés. Flânez, le temps qu'il faudra, Bulwer-Lytton à la main. Laissez le temps suspendre son vol et les ombres des Anciens reprendre consistance. Et n'oubliez pas qu'il y a peu de temps, un petit siècle et demi, un jeune poète anglais, venu guérir un chagrin d'amour au milieu des ruines, leur a donné, mieux que tous les savants laborieux, l'immortalité.

CLAUDE AZIZA.

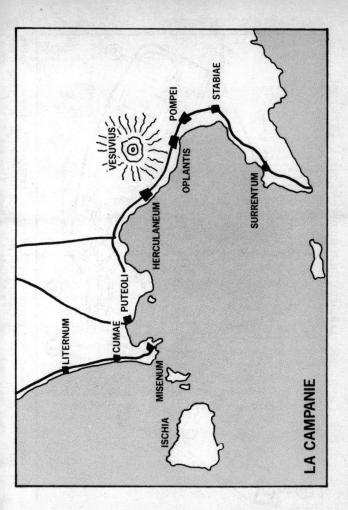

LA CAMPANIE

Les lieux du roman

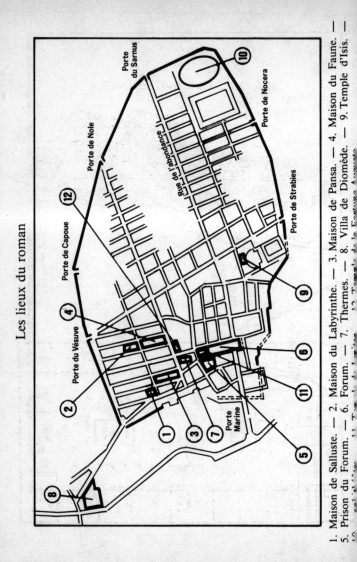

1. Maison de Salluste. — 2. Maison du Labyrinthe. — 3. Maison de Pansa. — 4. Maison du Faune. —
5. Prison du Forum. — 6. Forum. — 7. Thermes. — 8. Villa de Diomède. — 9. Temple d'Isis. —
10. Temple d'Apollon. — 11. Temple de Jupiter. — 12. Temple de la Fortune Auguste.

Maquette d'une maison pompéienne

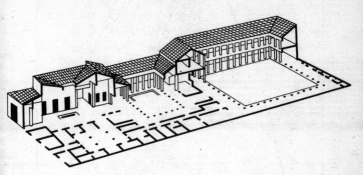

Plan d'une maison pompéienne

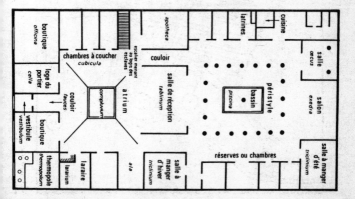

Les Derniers Jours
de Pompéi

Préface à l'édition de 1834

En visitant ces cités antiques, dont les vestiges exhumés attirent le voyageur aux abords de Naples, peut-être plus que, tout à la fois, la brume délicieuse, le soleil sans nuage, les vallées violettes et les orangeraies du Sud ; en contemplant, frais et éclatants encore, les demeures, les rues, les temples et les théâtres d'une localité de l'âge le plus fier de l'Empire romain ; il n'est rien d'anormal à ce que l'écrivain qui s'était déjà efforcé, fût-ce de manière indigne, de revivifier et créer, désirât vivement repeupler une fois encore ces rues désertes, restaurer ces ruines élégantes et réanimer des ossements encore cachés à son regard, traversant ainsi un gouffre de dix-huit siècles et éveillant à une seconde existence la Cité de la Mort !

Et le lecteur s'imaginera facilement combien ce désir s'augmenta pour celui qui entreprit cette tâche aux abords même de Pompéi, avec à ses pieds cette même mer qui en porta le trafic et en reçut les fugitifs. Et, constamment devant ses yeux, le Vésuve, montagne sinistre, crachant toujours feux et fumées[1] !

---

1. La presque totalité de cette œuvre fut écrite à Naples, l'hiver (1832-1833) dernier. *(Note de l'auteur.)*

Je fus néanmoins conscient, dès le début, des difficultés qui m'attendraient. Dépeindre les façons et montrer la vie du Moyen Age exigèrent déjà une main de maître ; encore, peut-être, cette tâche fut-elle légère et facile en comparaison de la tentative de décrire une période bien plus lointaine et bien plus étrangère.

Avec les hommes, et les coutumes, de la féodalité, nous avons une sympathie naturelle et des liens de parenté : ces hommes furent nos ancêtres, nos habitudes proviennent des leurs, leur foi chevaleresque reste la nôtre, leurs tombes sanctifient encore nos églises, et les ruines de leurs châteaux, d'un œil sévère, continuent de surveiller nos vallées. Nous traçons nos propres institutions à partir de leurs luttes pour la liberté et pour la justice, et, à travers les éléments du leur, nous reconnaissons l'origine de notre état social.

Mais nous sommes sans lien domestique ou familier avec l'âge classique. La foi de cette religion obsolète et les us et coutumes de cette ancienne civilisation n'offrent que peu de sacré ou d'attrait à nos nordiques imaginations ; et ces choses, liées à des souvenirs d'études imposées comme besogne et non cultivées comme plaisir, nous furent rendues encore plus usées par les pédanteries scolastiques qui, en premier lieu, nous les firent connaître.

Ardue certes, cette entreprise me sembla valoir l'essai ; et période et thème ont été choisis pour tenter de stimuler la curiosité du lecteur et l'intéresser aux descriptions de l'auteur : premier siècle de notre religion, période la plus civilisée de Rome, action se développant dans des lieux dont nous avons retrouvé les vestiges, catastrophe parmi les plus terribles de l'histoire ancienne.

Disposant d'une matière abondante, je me suis donc efforcé de choisir ce qui pourrait le mieux attirer le lecteur moderne : les coutumes et les superstitions les moins connues de lui ; des ombres qui, une fois réanimées, lui offriraient des images telles que, dessinant le passé, elles puissent lui être l'occasion d'une profitable réflexion sur le présent. Il fallut, de fait, une maîtrise de soi bien plus grande qu'on ne saurait d'abord s'imaginer, afin de rejeter tout ce qui, très tentant en soi, aurait pu embellir mon histoire en nuisant à la symétrie de l'ensemble. Ainsi, par exemple, mon récit remonte au bref règne de Titus*[1], alors que Rome atteignait aux sommets les plus orgueilleux et les plus colossaux du luxe et du pouvoir ; la tentation fut donc très grande d'emmener, au cours des événements, les personnages de Pompéi à Rome. Où trouver telles matières à description, un tel champ de vanité ostentatoire, ailleurs que dans cette capitale du monde, dont la grandeur prêterait à la fantaisie une si vive inspiration, et à l'investigation une si propice et si grave dignité ?

Mais, ayant opté pour un sujet et un dénouement, la destruction de Pompéi, fallait-il plus qu'une minime connaissance des principes de l'art pour comprendre que mon récit devait se limiter strictement aux confins de Pompéi ?

Apposés à la pompe solennelle de Rome, les fastes et les luxes de la bouillante cité campanienne auraient été trop peu de chose ; au milieu de l'océan impérial aux flots immenses, son sort aurait eu l'air d'un petit naufrage isolé et le faire-valoir de l'intérêt de mon récit eût tout simplement détruit ou dominé la cause qu'il devait soutenir.

Je dus donc renoncer à cette excursion, si tentante fût-elle, et limitant rigoureusement mon domaine à Pompéi, laisser à d'autres l'honneur de dépeindre la civilisation creuse mais majestueuse de Rome.

Cette ville dont le sort me fournit une catastrophe si fantastique et si effroyable, me fournit aussi sans peine, au premier regard jeté sur ses ruines, les

---

1. Les noms suivis d'un astérisque renvoient à l'Index, pp. 237-241.

personnages les plus convenants au thème et à l'action. Cette à demi grecque colonie d'Héraclée, mâtinant d'une mode italienne tant de costumes de l'Hellade, suggéra d'elle-même les personnages de Glaucus et d'Ione. Le culte d'Isis*, l'existence de son temple, ses oracles trompeurs dévoilés, le commerce entre Pompéi et Alexandrie ; les associations du Sarnus avec le Nil, firent naître l'Égyptien Arbacès, le vil Calénus, le fervent Apœcides. Les premières luttes entre le christianisme et la superstition païenne inspirèrent la création d'Olynthus, et les champs brûlés campaniens, longtemps célèbres par les incantations de la magicienne, produisirent naturellement la saga du Vésuve.

Quant à la jeune aveugle, je la dois à un gentleman bien connu des Anglais à Naples pour ses vastes connaissances générales. Au cours d'une conversation fortuite où il fut question de l'obscurité totale qui accompagna la première éruption connue du Vésuve, obstacle supplémentaire à la fuite des habitants, il me fit la remarque que les aveugles avaient dû être les plus favorisés en un pareil moment et dû trouver leur libération plus aisément ! Cette boutade donna lieu à la création de Nydia.

Ainsi donc, les héros sont les produits naturels du lieu et du temps. Les péripéties du récit sont également en accord avec cette société d'alors. Les habitudes de vie, les fêtes et le forum, les bains et l'amphithéâtre, le quotidien du luxe classique ne sont pas seuls appelés à témoigner du passé, mais aussi, d'importance égale et d'intérêt plus profond, les passions, les crimes, les infortunes et les revers qui purent être le lot des ombres rappelées ainsi à la vie. Nous comprenons mal toute époque au monde si nous ne scrutons pas jusqu'à ses intrigues. Il y a autant de vérité dans la poésie de la vie que dans sa prose.

Comme la plus grande difficulté dans le rendu d'une époque étrangère et lointaine est que les personnages soient mouvants et vivants sous les yeux du lecteur,

c'est là, sans équivoque, le premier objectif d'une
œuvre de ce genre ; et toute tentation d'exposer son
érudition devrait être subordonnée à cette majeure
nécessité de la fiction. Insuffler à ses créatures le souffle
de vie est l'art premier du créateur, du Poète ; le
second, qui est de les doter de mots et de gestes
propres à l'époque de leurs paroles et de leurs actes,
est peut-être mieux accompli à se faire oublier, en ne
lardant ni le texte de citations ni ses marges de notes.
L'esprit intuitif qui réinfuse l'Antiquité dans des images
anciennes, voilà, peut-être, le savoir vrai, requis par
une œuvre de cette nature ! Sans lui, la pédanterie est
offensante, ou inutile avec lui. Nul homme, conscient
de ce qu'est maintenant devenue la Fiction en prose,
n'oubliera, jusqu'à abaisser une telle nature au niveau
de frivolités scolaires, les liens qu'elle entretient avec
l'Histoire, la Philosophie et les Politiques, son total
accord avec la Poésie et sa soumission à la Vérité,
aussi élèvera-t-il l'érudition vers la créativité, plutôt
que d'incliner la créativité vers la scolastique.

Quant au langage des héros, j'ai cherché à éviter
avec soin ce qui m'a toujours semblé l'erreur fatale de
ceux qui, aux temps modernes, ont tenté de faire
connaître des êtres de l'âge classique[1] en leur attribuant

---

1. Ce que Sir Walter Scott a exprimé, avec un ferme bon sens,
dans sa Préface à *Ivanhoé* (1re édition) me semble au moins aussi
applicable à un écrivain qui puise aux sources classiques qu'à celui
qui emprunte au passé féodal. Que je puisse me servir de cette
citation, et humblement, respectueusement, me l'approprier !
« Il est vrai que je ne puis ni ne saurais prétendre à l'observation
(l'observance ?) d'une exactitude absolue en matière de costumes
étrangers, et encore moins sur les points plus importants du langage
et des comportements. Mais la même raison qui m'empêche d'écrire
cette œuvre en anglo-saxon, ou en franco-normand *[en latin ou en
grec]*, et qui m'interdit de diffuser cet essai, imprimé en caractère de
Caxton ou Wynken de Worde *[écrit au roseau sur cinq parchemins
roulés, et attachés sur un cylindre, et ornés d'une protubérance]*,
exclut que je me limite à l'époque seule où mon récit se développe ;
il faut, pour stimuler un intérêt quelconque, que le sujet traité soit,
en quelque sorte, *transposé* dans nos actuelles façons de faire ou de

les propos guindés, le solennel dialectique et froid
d'un style calqué chez des écrivains classiques très
admirés. Faire bavarder les Romains de la rue, en
utilisant la période de Cicéron est une erreur aussi
absurde que de prêter à des personnages romanesques
anglais les interminables phrases de Burke ou de
Johnson. La faute est plus grave en ce que cette
prétention à faire preuve de savoir trahit en réalité
l'ignorance d'un juste sens critique, elle fatigue, use,
révolte et fait bâiller sans la satisfaction de penser
bâiller savamment. Pour donner un semblant de fidé-
lité aux dialogues des personnages classiques, il faut,
selon l'expression universitaire, se méfier du bacho-
tage. Rien ne donne plus à l'écrivain une allure raide
et empesée qu'une toge subitement et trop vite enfilée.
Nous devons apporter à notre tâche un savoir rendu
familier par de nombreuses années ; les allusions, le
phrasé et, plus généralement, le style doivent découler
d'une source depuis longtemps pleine ; la fleur doit
être transplantée d'un sol vivant et n'avoir pas été
achetée de seconde main au plus proche marché. Cette
familiarité avec le sujet est un avantage qui vient
moins du mérite que de l'accident, celui d'une présence
plus ou moins grande des classiques dans l'éducation
de notre jeunesse et les études de notre maturité. Et
pourtant, que l'écrivain jouisse de cet avantage au plus
haut de ce que permettent études et éducation, ne lui

penser. [...] Par égard, donc, aux multitudes qui dévoreront, j'espère,
ce livre avec avidité *[hum !]*, j'ai expliqué ces comportements passés
en mots actuels et détaillé mes personnages, leurs sentiments, si
précisément que le lecteur ne puisse, du moins je l'espère, se trouver
gêné par la sécheresse repoussante du seul passé. En tout ceci,
j'affirme respectueusement n'avoir jamais dépassé les justes licences
qu'autorise la fiction. (...) Il est vrai », poursuivit mon maître, « que
ces licences sont circonscrites par leurs légitimes frontières ; l'auteur
doit refuser tout anachronisme. »

Qu'ajouter à ces observations judicieuses et avisées ? Ce sont,
régulateurs de toute fiction décrivant le passé, les canons d'une vraie
critique. *(Note de l'auteur.)*

rend guère possible de se transporter en un temps, si étranger au sien, sans commettre quelques inexactitudes, inattentions ou manques de mémoire. Et, quelques imperfections pouvant toujours être trouvées par un critique relativement moins informé, dans des travaux sur les mœurs des Anciens, fussent-ils des plus profonds érudits, je serais bien présomptueux d'espérer plus de bonheur que de plus savants que moi, dans une œuvre réclamant, elle, infiniment moins d'érudition. Pour cette raison, j'augure que les érudits seront, parmi mes juges, les plus indulgents. C'est assez que ce livre, malgré ses imperfections présente un portrait, maladroit peut-être dans les coloris ou incorrect dans le trait, mais pas totalement infidèle au caractère et à l'habit de l'âge que j'ai tenté de peindre.

Puisse-t-il être, et c'est de loin le plus important, la correcte représentation des humaines passions et du cœur humain, éléments toujours identiques !

LIVRE PREMIER

Chapitre 1

Les deux élégants
de Pompéi

« Hé ! Diomède, bonne rencontre ! Soupez-vous chez Glaucus, cette nuit ? »

Ainsi parlait un jeune homme de petite taille, vêtu d'une tunique aux plis lâches et efféminés, dont l'ampleur témoignait de sa noblesse non moins que de sa fatuité.

« Hélas ! non, cher Claudius : il ne m'a pas invité, répondit Diomède, homme d'une stature avantageuse et d'un âge déjà mûr. Par Pollux*, c'est un mauvais tour qu'il me joue. On dit que ses soupers sont les meilleurs de Pompéi.

— Assurément, quoiqu'il n'y ait jamais assez de vin pour moi. Ce n'est pas le vieux sang grec qui coule dans ses veines, car il prétend que le vin lui rend la tête lourde le lendemain matin.

— Il doit y avoir une autre raison à cette parcimonie, dit Diomède en relevant les sourcils ; avec toutes ses imaginations et toutes ses extravagances, il n'est pas aussi riche, je suppose, qu'il affecte de l'être ; et peut-être aime-t-il mieux épargner ses amphores que son esprit.

— Raison de plus pour souper chez lui pendant que

les sesterces[1] durent encore. L'année prochaine, nous trouverons un autre Glaucus.

— J'ai ouï dire qu'il était aussi fort ami des dés.

— Ami de tous les plaisirs ; et, puisqu'il se plaît à donner des soupers, nous sommes tous de ses *amis*.

— Ah ! ah ! Claudius, voilà qui est bien dit. Avez-vous jamais vu mes celliers, par hasard ?

— Je ne le pense pas, mon bon Diomède.

— Alors, vous souperez avec moi quelque soir. J'ai des *muraenae*[2] d'une certaine valeur dans mon réservoir, et je prierai l'édile[3] Pansa de se joindre à nous.

— Oh ! pas de cérémonie avec moi : *Persicos odi apparatus*[4] ; je me contente de peu. Mais le jour décline ; je vais aux bains, et vous ?

— Je vais chez le questeur pour affaire d'État, ensuite au temple d'Isis*. *Vale*[5].

— Fastueux, impertinent, mal élevé, murmura Claudius en voyant son compagnon s'éloigner, et en se promenant à pas lents. Il croit, en parlant de ses fêtes et de ses celliers, nous empêcher de nous souvenir qu'il est le fils d'un affranchi[6], et nous l'oublierons, en effet, lorsque nous lui ferons l'honneur de lui gagner son argent au jeu : ces riches plébéiens[7] sont une moisson pour nous autres nobles dépensiers. »

> *Les classes sociales*
>
> *Plébéiens, patriciens et affranchis*
> Le patricien est celui qui peut se prévaloir d'un ancêtre illustre siégeant au premier Sénat de la Rome Royale. Le plébéien ne le peut pas. La différence est donc

1. Monnaie romaine. (Les notes non suivies de la mention *Note de l'auteur* sont du commentateur.)
2. Murènes (sortes d'anguilles).
3. Magistrat municipal.
4. « Je hais la somptuosité perse... » (début d'un poème d'Horace*).
5. Au revoir, adieu.
6. Esclave devenu un homme libre.
7. Citoyen romain appartenant à la classe sociale la moins élevée.

essentiellement fondée sur la naissance et non sur la richesse. Ce n'est qu'au IIIe siècle av. J.-C. que le mot « plébéien » devient synonyme d'homme du peuple aux ressources limitées, lorsque les plus riches des plébéiens formeront la classe des chevaliers et deviendront, avec les patriciens, la noblesse romaine.

Le plébéien, quel que soit le niveau de ses revenus, reste un homme libre. Socialement inférieur, mais souvent pourvu d'une grande richesse, se trouve l'affranchi, ancien esclave qui a pu recouvrer sa librerté. L'affranchi conserve ses liens avec son ancien maître (dont il prend le nom) et il ne devient citoyen romain qu'à la troisième génération. Peu à peu, sous l'Empire — et particulièrement à la période où se déroule notre roman — les affranchis participeront très activement à la vie économique et politique.

Les esclaves

Ce sont des prisonniers de guerre, des malheureux condamnés pour dettes, des enfants abandonnés par leurs parents, parfois des enfants d'esclaves. Leur sort est très variable. Il peut osciller entre une condition épouvantable (esclaves agricoles) et une existence acceptable (esclaves fonctionnaires ou attachés à une maison particulière). Sous l'Empire, les esclaves sont relativement protégés des cruautés de leur maître par quelques lois humanitaires.

En s'entretenant ainsi avec lui-même, Claudius arriva à la voie Domitienne, qui était encombrée de passants et de chars de toute espèce, et qui déployait cette exubérance de vie et de mouvement qu'on rencontre encore de nos jours dans les rues de Naples.

Les clochettes des chars, à mesure qu'ils se croisaient avec rapidité, sonnaient joyeusement aux oreilles de Claudius, dont les sourires et les signes de tête manifestaient une intime connaissance avec les équipages les plus élégants et les plus singuliers : dans le fait, aucun oisif n'était plus connu à Pompéi.

« C'est vous, Claudius ! Comment avez-vous dormi sur votre bonne fortune ? » cria d'une voix plaisante et bien timbrée un jeune homme qui roulait dans un char bizarrement et splendidement orné : on voyait sculptés en relief, sur la surface de bronze, avec l'art toujours exquis de la Grèce, les jeux olympiques ; les deux chevaux qui traînaient le char étaient de race parthe et de la plus rare ; leur forme délicate semblait dédaigner la terre et aspirer à fendre l'air ; et cependant, à la plus légère impulsion du guide, qui se tenait derrière le jeune maître de l'équipage, ils s'arrêtaient immobiles comme s'ils étaient subitement transformés en pierre, sans vie, mais ayant l'apparence de la vie, semblables aux merveilles de Praxitèle*, qui paraissaient respirer. Leur maître lui-même possédait ces belles et gracieuses lignes dont la symétrie servait de modèle aux sculpteurs d'Athènes ; son origine grecque se révélait dans ses cheveux dorés et retombant en boucles, ainsi que dans la parfaite harmonie de ses traits. Il ne portait pas la toge, qui, du temps des empereurs, avait cessé d'être le signe distinctif des Romains, et que ceux qui affichaient des prétentions à la mode regardaient comme ridicule ; mais sa tunique resplendissait des plus riches couleurs de la pourpre de Tyr, et les *Fibulae*, les agrafes au moyen desquelles elle était soutenue, étincelaient d'émeraudes. Son cou était entouré d'une chaîne d'or, qui descendait en se tordant sur la poitrine et présentait une tête de serpent ; de la bouche de ce serpent sortait un anneau en forme de cachet, du travail le plus achevé ; les manches de sa tunique étaient larges, et garnies aux poignets de franges d'or. Une ceinture brodée de dessins arabes, et de même matière que les franges, ceignait sa taille, et lui servait, en guise de poches, à retenir son mouchoir, sa bourse, son style et ses tablettes[1].

« Mon cher Glaucus, dit Claudius, je me réjouis de voir que votre perte au jeu n'a rien changé à votre

---

1. Tablettes de bois recouvertes de cire dont on se servait pour écrire.

façon d'être. En vérité, vous avez l'air d'être inspiré par Apollon* ; votre figure est rayonnante de bonheur : on vous prendrait pour le gagnant, et moi pour le perdant.

— Eh ! qu'y a-t-il donc dans le gain ou dans la perte de ces viles pièces de métal qui puisse altérer notre esprit, mon cher Claudius ? Par Vénus*, tant que, jeunes encore, nous pouvons orner nos cheveux de guirlandes, tant que la cithare[1] réjouit nos oreilles avides de sons mélodieux, tant que le sourire de Lydie ou de Chloé précipite dans nos veines notre sang, prompt à s'y répandre, nous serons heureux de vivre sous ce brillant soleil, et le mauvais temps lui-même deviendra le trésorier de nos joies. Vous savez que vous soupez avec moi cette nuit ?

— Qui a jamais oublié une invitation de Glaucus ?

— Mais où allez-vous maintenant ?

— Moi ? j'avais le projet de visiter les bains, mais j'ai encore une heure devant moi.

— Alors, je vais renvoyer mon char, et marcher avec vous. Là, là, mon Phylias », ajouta-t-il, tandis que sa main caressait le cheval à côté duquel il descendait, et qui, hennissant doucement et baissant les oreilles, reconnaissait joyeusement cette courtoisie ; mon Phylias, c'est un jour de fête pour toi ! N'est-ce pas un beau cheval, ami Claudius ?

— Digne de Phébus*, répliqua le noble parasite, ou digne de Glaucus. »

1. Instrument de musique, à la vague apparence d'une guitare.

Chapitre 2

La bouquetière aveugle, et la beauté à la mode La confession de l'Athénien Présentation au lecteur d'Arbacès d'Égypte

Les deux jeunes gens, en parlant légèrement de mille choses, se promenèrent dans les rues ; ils se trouvaient dans le quartier rempli des plus attrayantes boutiques, dont l'intérieur ouvert laissait voir le luxe et les harmonieuses couleurs de peintures à fresque incroyablement variées de forme et de dessin. Les fontaines brillantes, qui de toutes parts lançaient leurs gracieux jets dans l'air pour rafraîchir les ardeurs de l'été ; la foule des passants, ou plutôt des promeneurs nonchalants vêtus de leurs robes pourprées ; les joyeux groupes rassemblés autour des boutiques qui les séduisaient le plus ; les esclaves passant çà et là avec des seaux de bronze d'une forme agréable, et qu'ils portaient sur leurs têtes ; les filles de la campagne s'échelonnant à peu de distance les unes des autres, près de leurs corbeilles de fruits vermeils ou de fleurs plus appréciées des anciens Italiens que de leurs descendants (on dirait que, pour ceux-ci, *latet anguis in herba*[1], et que chaque violette ou chaque rose cache un parfum malfaisant) ; les divers lieux de repos qui remplissaient, pour ce peuple paresseux, l'office de nos cafés et de nos clubs ; les vases de vin et d'huile rangés sur des tablettes de marbre, les entrées garnies de bancs et de tentures de pourpre qui offraient un abri contre

1. « Un serpent se cache dans l'herbe. »

le soleil, et invitaient la fatigue ou l'oisiveté à se reposer ou à s'étendre à son aise : tout cela formait une scène pleine d'animation et de gaieté, qui donnait à l'esprit athénien de Glaucus raison de se féliciter d'une si heureuse vie. [...]

Tout en conversant, ils s'approchèrent d'une foule rassemblée autour d'un espace ouvert, carrefour formé par trois rues. A l'endroit où les portiques d'un temple élégant et léger jetaient une ombre propice, se tenait une jeune fille ; elle avait une corbeille de fleurs sur le bras droit, et dans la main gauche un petit instrument de musique à trois cordes, aux sons duquel elle joignait les modulations d'un air étrange et à moitié barbare ; à chaque temps d'arrêt de la musique, elle agitait gracieusement sa corbeille ; elle invitait les assistants à acheter ses fleurs : et plus d'un sesterce tombait dans la corbeille, soit pour rendre hommage à la musique, soit par compassion pour la chanteuse, car elle était aveugle. [...]

« Je veux prendre ce bouquet de violettes, douce Nydia, s'écria Glaucus en fendant la foule, et en jetant dans la corbeille une poignée de petites pièces. Ta voix est plus charmante que jamais. »

La jeune fille aveugle tressaillit aux accents de l'Athénien ; elle se rendit presque aussitôt maîtresse de ce premier mouvement ; mais une vive rougeur colora son cou, ses joues et ses tempes.

« Vous êtes donc de retour ? » dit-elle à voix basse. Et elle se répéta à elle-même : « Glaucus est de retour ! »

« Oui, mon enfant, je ne suis revenu à Pompéi que depuis quelques jours. Mon jardin réclame tes soins, comme d'habitude ; j'espère que tu le visiteras demain. Souviens-toi qu'aucune guirlande ne sera tressée chez moi, si ce n'est de la main de la jolie Nydia ! »

Nydia sourit joyeusement, mais ne répondit pas ; et Glaucus, mettant sur son sein les violettes qu'il avait choisies, s'éloigna de la foule avec autant de gaieté que d'insouciance.

« Ainsi cette enfant est une de vos clientes ? dit Claudius.

— Oui. Ne chante-t-elle pas agréablement ? Elle m'intéresse, la pauvre esclave. D'ailleurs elle est du pays de la montagne des dieux ; l'Olympe[1] a projeté son ombre sur son berceau, elle est Thessalienne*.

— Le pays des magiciennes.

— C'est vrai. Mais, selon moi, toute femme est magicienne ; et, par Vénus* ! l'air à Pompéi semble lui-même un philtre d'amour, tant chaque figure qui n'a pas de barbe a de charme pour mes yeux.

— Eh ! justement j'aperçois une des belles de Pompéi, la fille du vieux Diomède, la riche Julia », s'écria Claudius, pendant qu'une jeune dame, la figure couverte d'un voile et accompagnée de deux suivantes, s'approchait d'eux en se dirigeant vers les bains. « Belle Julia, nous te saluons », dit Claudius.

Julia leva en partie son voile, de façon à montrer avec coquetterie un beau profil romain, un grand œil noir plein d'éclat, et une joue un peu brune, à laquelle l'art avait jeté une fine et douce couleur de rose.

« Glaucus est de retour ? » dit-elle, en arrêtant son regard avec intention sur l'Athénien ; puis elle ajouta à demi-voix : « A-t-il oublié ses amis de l'année dernière ? »

« Divine Julia ! Le Léthé[2] lui-même, bien qu'il disparaisse dans un endroit de la terre, se remontre sur un autre point. Jupiter* ne nous permet l'oubli que pour un moment ; mais Vénus, plus exigeante, ne nous accorde même pas ce moment-là.

— Glaucus ne manque jamais de belles paroles.

— Peuvent-elles manquer devant un objet si beau ?

1. Montagne qui était, selon les anciens Grecs, la demeure des dieux.
2. Fleuve des Enfers qui apportait l'oubli.

— Nous vous verrons tous les deux à la maison de campagne de mon père, continua Julia en se tournant vers Claudius.

— Nous marquerons le jour de notre visite d'une pierre blanche », répondit le joueur.

Julia abaissa son voile, mais lentement, en laissant se reposer son dernier regard sur l'Athénien avec une timidité affectée et une hardiesse réelle. Ce regard exprimait en même temps la tendresse et le reproche.

Les amis suivirent leur chemin.

« Julia est assurément belle, dit Glaucus.

— L'année dernière, vous auriez fait cet aveu avec plus de vivacité.

— J'en conviens. J'ai été ébloui au premier coup d'œil, et j'ai pris pour une pierre précieuse une imitation parfaitement réussie.

— Bah ! répondit Claudius, toutes les femmes sont les mêmes au fond. Heureux celui qui épouse un beau visage et un large douaire ! que peut-il désirer de plus ? »

Glaucus soupira.

Ils se trouvaient maintenant dans une rue moins fréquentée que les autres, à l'extrémité de laquelle ils pouvaient voir cette vaste mer toujours souriante, qui, sur ces côtes délicieuses, semble avoir renoncé à son privilège d'inspirer de la terreur, tant ont de douceur les vents qui courent sur sa surface, tant sont brillantes et variées les nuances qu'elle emprunte aux nuages de rose, tant les parfums que les brises de la terre apportent à ses profondeurs ont quelque chose de pénétrant et de suave. Vous n'avez aucune peine à croire que Vénus Aphrodite* soit sortie d'une mer pareille pour s'emparer de l'empire de la terre.

« Ce n'est pas encore l'heure du bain, dit le Grec, qui était un homme d'impulsion toute poétique ; éloignons-nous de la ville tumultueuse pour contempler à notre aise la mer, alors que le soleil de midi se plaît à sourire encore aux flots.

« — Bien volontiers, répondit Claudius ; d'ailleurs la baie est la partie la plus animée de la côte. » [...]

Glaucus raconte à Claudius qu'il a rencontré à Naples une jeune et jolie Athénienne et qu'il en est tombé amoureux. Il poursuit son récit.

« Nous quittâmes le temple en silence, et j'allais lui demander où elle demeurait et s'il me serait permis de la visiter, lorsqu'un jeune homme, dont les traits avaient quelque ressemblance avec les siens, et qui se tenait sur les degrés du temple, vint la prendre par la main. Elle se retourna et m'adressa un adieu. La foule nous sépara. Je ne la revis plus. En revenant chez moi, je trouvai des lettres qui m'obligeaient à partir pour Athènes, où des parents m'intentaient un procès au sujet de mon héritage. Le procès gagné, je m'empressai de retourner à Néapolis¹ ; je fis des recherches dans toute la ville, sans pouvoir découvrir aucune trace de ma compatriote ; et, dans l'espérance de perdre au milieu d'une vie joyeuse le souvenir de cette brillante apparition, je me plongeai avidement dans les voluptés de Pompéi. Telle est mon histoire. Je n'aime pas ; mais je me souviens et je regrette. »

Claudius se disposait à répondre, lorsque des pas lents et graves se firent entendre, et, au bruit des cailloux remués sur la grève, chacun des interlocuteurs se retourna et reconnut le nouvel arrivant.

C'était un homme qui avait à peine atteint sa quarantième année, de haute taille, peu chargé d'embonpoint, mais dont les membres étaient nerveux et saillants. Son teint sombre et basané révélait son origine orientale, et ses traits possédaient quelque chose de grec dans leurs contours (surtout le menton, les lèvres, le front), à l'exception du nez un peu prononcé et aquilin ; les os de son visage, durs et

1. Naples.

fortement accusés, le privaient de ces gracieuses et harmonieuses lignes qui, sur les physionomies grecques, conservent les apparences de la jeunesse jusque dans l'âge mûr ; ses yeux, larges et noirs comme la plus sombre nuit, brillaient d'un éclat qui n'avait rien de changeant ni d'incertain. Un calme profond, rêveur et à moitié mélancolique, semblait s'être fixé dans leur regard imposant et majestueux. Sa démarche et son maintien avaient surtout de la gravité et de la mesure ; et quelque chose d'étranger dans la mode et dans les couleurs foncées de ses longs vêtements ajoutait à ce qu'il y avait de frappant dans son air plein de tranquillité et dans sa vigoureuse organisation. Chacun des jeunes gens, en saluant le nouveau venu, fit machinalement, et en se cachant de lui avec soin, un léger geste ou signe avec les doigts ; car Arbacès l'Égyptien était censé avoir le don fatal du mauvais œil.

« Il faut que le point de vue soit magnifique, dit Arbacès avec un froid mais courtois sourire, pour attirer le gai Claudius et Glaucus, si admiré, loin des rues populeuses de la Cité.

— La nature manque-t-elle donc de puissants attraits ? demanda le Grec.

— Pour les gens dissipés, oui.

— Austère réponse, mais peu sage. Le plaisir aime les contrastes. C'est en sortant de la dissipation que la solitude nous plaît, et de la solitude il est doux de s'élancer vers la dissipation.

— Ainsi pensent les jeunes philosophes de l'Académie, répliqua l'Égyptien ; ils confondent la lassitude avec la méditation, et s'imaginent, parce qu'ils sont fatigués des autres, connaître le charme des heures solitaires. Mais ce n'est pas dans ces cœurs blasés que la nature peut éveiller l'enthousiasme, qui seul dévoile les mystères de son inexprimable beauté ! Elle vous demande, non l'épuisement de la passion, mais cette ferveur unique pour laquelle vous ne cherchez, en

l'adorant, qu'un temps de repos. Ô jeune Athénien !
lorsque la lune se révélait, dans une vision lumineuse,
à Endymion*, ce n'était pas après un jour passé dans
les fiévreuses agitations des demeures humaines, mais
sur les hautes montagnes et dans les vallons solitaires
consacrés à la chasse.

— Belle comparaison ! s'écria Glaucus, mais appli-
cation injuste. Épuisement, ce mot est fait pour la
vieillesse, non pour la jeunesse. Quant à moi, je n'ai
jamais connu un moment de satiété. »

L'Égyptien sourit encore, mais son sourire fut sec et
glacé, et Claudius lui-même, qui ne se laissait pas
entraîner par son imagination, ressentit une impression désagréable. L'Égyptien ne répondit pas néanmoins à l'exclamation passionnée de Glaucus ; mais,
après un moment de silence, il dit d'une voix douce
et mélancolique :

« Après tout, vous faites bien de profiter du temps
pendant qu'il vous sourit ; la rose se flétrit vite, le
parfum s'évapore bientôt ; et d'ailleurs, ô Glaucus ! à
nous étrangers dans cette contrée et loin des cendres
de nos pères, que nous reste-t-il, si ce n'est le plaisir
ou le regret ? L'un, le plaisir, pour vous ; l'autre, le
regret, pour moi ! »

Les yeux brillants du Grec se remplirent soudain de
larmes.

« Ah ! ne parlez pas ainsi, Arbacès, s'écria-t-il, ne
parlez pas de vos ancêtres ; oublions qu'il y a eu
d'autres villes libres que Rome. Et la gloire !... Oh !
nous voudrions vainement évoquer son fantôme des
champs de Marathon[1] et des Thermopyles[2].

— Ton cœur n'est pas d'accord avec tes paroles, dit
l'Égyptien ; et, dans la gaieté de la nuit que tu vas

---

1. Lieu d'une victoire grecque sur les Perses en 490 av. J.-C.
2. Défilé du mont Œta (en Grèce) où Léonidas résista devant les
Perses avec trois cents Spartiates.

passer, tu te souviendras plus de Leaena[1] que de Laïs*. *Vale !* »

Il dit et, s'enveloppant dans sa robe, s'éloigna lentement.

Chapitre 3

La parenté de Glaucus
Description des maisons de
Pompéi - Une fête classique

Le ciel avait prodigué à Glaucus tous ses biens, un seul excepté : il lui avait donné la beauté, la santé, la richesse, le talent, une illustre origine, un cœur de feu, une âme poétique ; mais il lui avait refusé l'héritage de la liberté. Il était né à Athènes, sujet de Rome. De bonne heure, maître d'une fortune considérable, Glaucus avait cédé au goût des voyages, si naturel à la jeunesse, et s'était enivré à la coupe des plaisirs, au milieu du luxe et des pompes de la cour impériale.

C'était un Alcibiade* sans ambition. Il était devenu ce que devient aisément un homme doué d'imagination, ayant de la fortune et des talents, lorsqu'il est privé de l'inspiration de la gloire. Sa maison était à Rome le rendez-vous des voluptueux, mais aussi de tous les amis des arts ; et les sculpteurs de la Grèce prenaient plaisir à montrer leur science en décorant

---

1. Leaena, l'héroïque maîtresse d'Aristogiton, mise à la torture, se coupa la langue avec les dents, de crainte que la douleur ne lui fît trahir la conspiration contre les fils de Pisistrate. Au temps de Pausanias, on voyait la statue d'une lionne, élevée en son honneur à Athènes. *(Note de l'auteur.)*

les portiques et l'*Exedra*[1] d'un Athénien. Sa demeure
à Pompéi... Hélas ! les couleurs en sont fanées maintenant, les murailles ont perdu leurs peintures ; sa
beauté, la grâce et le fini de ses ornements, tout cela
n'est plus. Cependant, lorsqu'elle reparut au jour, quels
éloges et quelle admiration excitèrent ses décorations
délicates et brillantes, ses tableaux, ses mosaïques !
Passionné pour la poésie et pour le drame, qui rappe-
laient à Glaucus le génie et l'héroïsme de sa race, il
avait fait orner sa maison des principales scènes
d'Eschyle* et d'Homère*. Les antiquaires, qui trans-
forment le goût en métier, ont fait un auteur du
mécène* ; et, quoique leur erreur ait été reconnue
depuis, leur langage a continué de donner, comme on
l'a fait tout d'abord, à la maison exhumée de l'Athénien Glaucus, le nom de la *Maison du poète dramatique*. [...]

La maison de Glaucus était une des plus petites,
mais une des mieux ornées et des plus élégantes parmi
les maisons particulières de Pompéi. Ce serait un
modèle de nos jours, pour la maison « d'un célibataire
à Mayfair » et l'envie et le désespoir des garçons
collectionneurs de vieux meubles et de marqueterie.

On y entrait par un long et étroit vestibule dont le
pavé en mosaïque porte encore empreinte, l'image
d'un chien avec cette inscription : *Cave canem*, ou
« Prends garde au chien ». De chaque côté on trouve
une chambre de proportions raisonnables ; car, la
partie intérieure de la maison n'étant pas assez large
pour contenir les deux grandes divisions des appartements publics et privés, ces deux chambres étaient
disposées à part pour la réception des visiteurs auxs-
quels le rang ou l'intimité ne permettait pas l'entrée
des *penetralia*[2] de la maison.

En avançant un peu dans le vestibule on rencontre

1. Sorte de salon avec des sièges.
2. L'intérieur.

l'*atrium*[1], lequel, lors de sa découverte, se montra riche de peintures qui, *sous le rapport de l'expression*, n'auraient pas fait déshonneur à Raphaël*. Elles sont maintenant au Musée napolitain, où elles font l'admiration des connaisseurs. Elles retracent la séparation d'Achille* et de Briséis*. Qui pourrait s'empêcher de reconnaître la force, la vigueur, la beauté, employées dans le dessin des formes et de la figure d'Achille* et de son immortelle esclave ?

Sur un des côtés de l'atrium, un petit escalier conduisait aux appartements des esclaves, à l'étage supérieur. Il s'y trouvait aussi deux ou trois chambres à coucher, dont les murs représentaient l'enlèvement d'Europe*, la bataille des Amazones, etc.

On rencontrait ensuite le *tablinum*[2], au travers duquel, à partir des deux extrémités, étaient suspendues de riches draperies de pourpre de Tyr, à demi relevées[3] ; les peintures des murs offraient un poète lisant des vers à ses amis, et le pavé renfermait une petite et exquise mosaïque, représentant un directeur de théâtre qui donnait des instructions à ses comédiens.

Au sortir de ce salon était l'entrée du péristyle[4], et ici, comme je l'ai dit d'abord en parlant des plus petites maisons de Pompéi, la maison finissait. A chacune des sept colonnes qui décoraient la cour, s'enlaçaient des festons de guirlandes ; le centre, qui suppléait au jardin, était garni des fleurs les plus rares, placées dans des vases de marbre blanc supportés par des piédestaux. A gauche de ce simple jardin s'élevait un tout petit temple pareil à ces humbles chapelles qu'on rencontre au bord des routes, dans les contrées catholiques : il était dédié aux dieux pénates ; devant

1. Grande salle de réception.
2. Autre pièce de réception.
3. Le triclinium [salle à manger] était aussi fermé à volonté par des portes à coulisses. *(Note de l'auteur.)*
4. Galerie à colonnes autour du jardin.

ce temple se dressait un trépied de bronze ; à gauche de la colonnade, deux petits *cubicula* ou chambres à coucher ; à droite, le *triclinium*, où les convives et amis se trouvaient en ce moment rassemblés. [...]

Le décor de la vie romaine

La maison

Aux origines, la maison comporte une pièce unique avec une ouverture du toit pour évacuer la fumée. Peu à peu, cette pièce unique s'agrandit ; à la place du foyer central on aménage une vasque, l'*impluvium*, destinée à recueillir les eaux de pluie. Plus tard, l'eau arrivera par des canalisations et l'ouverture du toit, le *compluvium*, ne servira plus, parfois masquée par une toile, qu'à l'aération et à la lumière. Cette maison, nommée *atrium*, parce qu'elle n'a, en fait, qu'une seule grande pièce, reste élémentaire et sans luxe. Par piété pour les ancêtres, les Romains de la République la conservent mais la doublent, en quelque sorte, d'une seconde maison à la grecque. Ainsi, à partir du IIe siècle avant notre ère, les Romains aisés disposent de véritables hôtels particuliers avec un portique à colonnades (le *péristyle*), au milieu duquel se trouve un bassin où l'on fait pousser des fleurs. Sur le *péristyle* s'ouvrent des pièces : chambres *(cubicula)*, salon *(exedra)*, pièces de service. Les deux parties de la maison communiquent par un couloir *(fauces)*. Entre l'*atrium* et le *péristyle* se trouve le *tablinum*, sorte de hangar dans la maison des origines et qui devient un véritable salon de réception. On ajoute parfois un étage à la maison, pour loger les enfants du maître, lorsqu'il se marie. Les colonnes du péristyle et les murs de la maison sont faits ou revêtus de marbre, avec des peintures et des mosaïques.

Sous l'Empire, à l'époque donc de notre roman, les maisons sont de plus en plus confortables, souvent équipées d'un système de chauffage central, exceptionnellement de l'eau courante.

Maisons de campagne et immeubles de rapport

Déjà sous la République les riches Romains vont se délasser dans des maisons de campagne *(villae urbanae)*. Très influencées par l'art grec, ces maisons —

Cicéron en possèdera jusqu'à neuf ! — sont construites en parfaite harmonie avec le site et le terrain.

Sous l'Empire, elles deviennent somptueuses et s'ornent d'or, d'ivoire, de marbre et de mosaïques. Très vastes, avec des jardins plantés d'essences rares, des fontaines, des statues, ce sont parfois de véritables musées. Donnant, dans les stations balnéaires, sur la mer, elles possèdent parfois leur propre embarcadère.

Tout autre est la situation des immeubles de rapport, réservés aux pauvres, c'est-à-dire à la majorité de la population. Ce sont des maisons rectangulaires, sans confort, à plusieurs étages. On renonce, pour avoir plus d'appartements à louer, à l'air, aux jardins. Des familles entières sont logées dans des bâtisses qui vont jusqu'à sept étages et dont les pièces sont éclairées par des fenêtres sans vitres. On cuisine sur des réchauds, on se chauffe avec des braseros, on va chercher l'eau aux fontaines publiques, on jette les ordures par la fenêtre. Le rez-de-chaussée de ces immeubles *(insulae)* est occupé par des boutiques. On comprend, dans ces conditions, que les Romains aient préféré passer la majeure partie de la journée hors de chez eux !

Sous l'Empire, dans les villes les immeubles de rapport se multiplient à tel point que des lois doivent limiter la hauteur de ces antiques gratte-ciel. On passe même de la location à la sous-location avec toutes les spéculations que cela entraîne.

La conversation fut interrompue en ce moment par un concert de flûtes, et deux esclaves entrèrent en portant un plat.

« Quels mets délicats nous gardez-vous là, mon cher Glaucus ? » s'écria le jeune Salluste avec des yeux de convoitise.

Salluste n'avait que vingt-quatre ans, et il ne connaissait rien de plus agréable dans la vie que de manger... peut-être avait-il déjà épuisé tous les autres plaisirs... Cependant il avait du talent et un excellent cœur, autant que faire se pouvait.

« Je reconnais sa figure, par Pollux* ! s'écria Pansa ; c'est un chevreau ambracien. Ho ! ajouta-t-il en faisant claquer ses doigts pour appeler les esclaves, nous devons une libation au nouveau venu.

— J'avais espéré, dit Glaucus avec mélancolie, vous offrir des huîtres de Bretagne ; mais les vents qui furent si cruels pour César*, n'ont pas permis l'arrivée de mes huîtres.

— Sont-elles donc si délicieuses ? demanda Lépidus, en relâchant sa tunique dont la ceinture était dénouée, pour se mettre plus à son aise.

— Je crois que c'est la distance qui leur donne du prix ; elles n'ont pas le goût exquis des huîtres de Brindes. Mais à Rome, pas de souper complet sans ces huîtres.

— Ces pauvres Bretons, il y a du bon chez eux, dit Salluste, il y a des huîtres.

— Ils devraient bien produire un gladiateur[1], dit l'édile, dont l'esprit s'occupait des besoins de son amphithéâtre.

— Par Pallas*, s'écria Glaucus, pendant que son esclave favori posait sur son front une nouvelle couronne de fraîches fleurs ; j'aime assez ces spectacles sauvages, lorsque bêtes contre bêtes combattent ; mais quand un homme, de chair et d'os comme nous, est poussé dans l'arène pour être en quelque sorte dépecé membre par membre, l'intérêt se change en horreur. Le cœur me manque ; je suffoque ; j'ai envie de me précipiter à son secours. Les cris de la populace me semblent aussi épouvantables que les voix des furies qui poursuivent Oreste*. Je me réjouis à l'idée que nos prochains jeux nous épargneront peut-être ce sanglant spectacle. » [...]

« Vous autres Italiens, vous vous plaisez à ces spectacles ; nous autres Grecs nous avons plus de compassion. Ombre de Pindare* ! Ah ! n'est-ce pas un ravissement que les jeux de la Grèce, l'émulation de l'homme contre l'homme, la lutte généreuse, le triom-

---

1. Esclave ou homme libre qui combat dans l'amphithéâtre.

phe qui ne coûte que des regrets pour le vaincu, l'orgueil de combattre un noble adversaire, et de contempler sa défaite. Mais vous ne me comprenez pas.

— Excellent chevreau », dit Salluste.

L'esclave chargé de découper s'était occupé de son emploi qui le rendait tout glorieux, au son de la musique, en marquant la mesure avec son couteau, si bien que l'air commencé par des notes légères, s'élevant de plus en plus, avait fini dans un magnifique diapason.

« Votre cuisinier est sans doute de Sicile ? dit Pansa.

— Oui, de Syracuse.

— Je veux vous le jouer, dit Claudius ; faisons une partie entre les services.

— Je préférerais certainement ce combat à celui du Cirque, dit Glaucus ; mais je ne veux pas me défaire de mon cuisinier. Vous n'avez rien d'aussi précieux à m'offrir en enjeu.

— Ma Phyllide, ma belle danseuse.

— Je n'achète jamais les femmes », dit le Grec en arrangeant sa guirlande avec nonchalance.

Les musiciens, qui se tenaient en dehors dans le portique, avaient commencé leur musique avec l'entrée du chevreau ; leur mélodie devint plus douce et plus gaie, quoique d'un caractère peut-être plus idéal. Ils chantèrent l'ode d'Horace* qui commence par les mots *Persicos odi*[1]... impossible à traduire, et qu'ils jugeaient parfaitement applicable à une fête que nos mœurs peuvent trouver efféminée, mais qui, en réalité, était assez simple, au milieu du luxe effréné de l'époque. Nous n'avons sous les yeux qu'un festin privé, et non un repas royal ; le joyeux souper d'un homme riche, et non celui d'un empereur ou d'un sénateur. [...]

« On dit qu'Arbacès l'Égyptien a révélé d'importants

1. *Cf.* note 4, p. 24.

mystères aux prêtres d'Isis*, observa Salluste ; il se
vante de descendre de la race de Ramsès*, et proclame
que sa famille est en possession de secrets qui remon-
tent à la plus haute antiquité.

— Il a certainement le don du mauvais œil, dit
Claudius. Quand il m'arrive de rencontrer cette face
de Méduse* avant d'avoir fait le signe préservateur, je
suis sûr de perdre un cheval favori, ou de faire tourner
le *chien* neuf fois de suite[1].

— Ce serait là vraiment un miracle, dit Salluste
avec gravité.

— Qu'entendez-vous par là ? reprit le joueur, dont
la figure se colora vivement.

— J'entends que vous ne me laisseriez pas grand-
chose, si je jouais souvent avec vous. »

Claudius ne lui répondit que par un sourire de
dédain.

« Si Arbacès n'était pas si riche, poursuivit Pansa
d'un air important, je ferais agir un peu mon autorité,
et je dirigerais des informations à l'effet de savoir s'il
y a quelque réalité dans le bruit qui le fait passer pour
astrologue et magicien. Agrippa*, pendant son édilité
à Rome, a banni tous les citoyens dangereux ; mais
un homme riche !... C'est le devoir d'un édile de
protéger les riches.

— Que pensez-vous de cette nouvelle secte qui, à
ce que l'on m'a dit, a recruté quelques prosélytes à
Pompéi, celle des adorateurs du dieu hébreu, du
Christ ?

— Purs visionnaires spéculatifs, dit Claudius ; pas
un seul patricien parmi eux ! prosélytes pauvres, insi-
gnifiants, ignorants !

— Qu'on ne devrait pas moins crucifier pour leurs
blasphèmes, s'écria Pansa avec véhémence ; ils osent

1. Le coup le moins avantageux au jeu de dés, *canes. (Note de l'auteur.)*

renier Vénus* et Jupiter*. Qu'ils me tombent sous la main ! je ne dis que cela. »

Le second service avait pris fin ; les convives s'étaient rejetés en arrière sur les lits ; il y eut une pause pendant laquelle ils prêtèrent l'oreille aux douces voix du Midi et à la musique du roseau arcadien.

Claudius entraîne ensuite Glaucus chez la belle Ione qui vient de s'installer à Pompéi. Glaucus, fou de joie, s'aperçoit qu'il s'agit de sa belle inconnue de Naples.

Chapitre 4

Le temple d'Isis - Le prêtre
Le caractère d'Arbacès
se développe lui-même

Devant le temple d'Isis des marchands cherchent à connaître le sort de leurs vaisseaux en partance pour Alexandrie.

Au centre des degrés apparut un prêtre, vêtu de blanc depuis la tête jusqu'aux pieds, son voile surmontant sa couronne ; deux nouveaux prêtres vinrent relever ceux que nous avons déjà vus placés aux deux extrémités ; leur poitrine était à moitié nue ; une robe blanche et aux larges plis enveloppait le reste de leur corps. En même temps, un prêtre placé au bas des marches commença un air solennel sur un long instru-

ment à vent. A la moitié des degrés se trouvait un
autre flamine[1], tenant d'une main la couronne votive,
et de l'autre une baguette blanche ; pour ajouter à
l'effet pittoresque de cette cérémonie orientale, l'imposant ibis (oiseau sacré du culte égyptien) regardait
du haut des murs le rite s'accomplir, ou se promenait
au pied de l'autel.

Le flamine sacrificateur s'avança[2].

Le calme absolu d'Arbacès sembla se démentir.
Lorsque les haruspices[3] inspectèrent les entrailles des
victimes, il parut éprouver une pieuse anxiété, et se
réjouir lorsque les signes furent déclarés favorables, et
que le feu commença à briller et à consumer les parties
consacrées des victimes au milieu de la myrrhe et de
l'encens ; un profond silence succéda alors aux chu-
chotements de l'assemblée. Les sacrificateurs se réu-
nirent autour de la Cella, et un autre prêtre, nu sauf
une ceinture qui lui entourait les reins, s'élança en
dansant, et implora avec des gestes étranges une
réponse de la déesse. Il tomba enfin d'épuisement ; la
statue sembla s'agiter intérieurement, on entendit un
lent murmure ; sa tête se baissa trois fois, ses lèvres
s'ouvrirent, et une voix caverneuse prononça ces
paroles mystérieuses :

On voit comme un coursier venir la vague énorme,
Et souvent en tombeau le rocher se transforme.
Nos fortunes, nos jours, sont dans la main du sort ;
Mais vos légers vaisseaux naviguent vers le port.

La voix cessa de se faire entendre, la foule respira
plus librement, les marchands se regardèrent les uns
les autres.

« Rien de plus clair, s'écria Diomède : l'oracle annonce
une tempête, comme il y en a souvent au commence-

---

1. Prêtre.
2. On voit dans le musée de Naples une singulière peinture
représentant un sacrifice égyptien. *(Note de l'auteur.)*
3. Spécialistes de la divination.

ment de l'automne ; mais nos vaisseaux seront sauvés.
Ô bienfaisante Isis* !

— Honneur éternel à la déesse ! dirent les marchands. Sa prédiction cette fois n'est pas équivoque. »

Élevant la main pour imposer silence aux assistants,
car les rites d'Isis enjoignaient un mutisme presque
impossible à obtenir des Pompéiens, le grand prêtre
répandit sa libation sur l'autel, et après une courte
prière, la cérémonie étant terminée, la foule se retira.
Pendant qu'elle se dispersait de côté et d'autre, l'Égyptien demeura près de la grille, et, lorsque le passage
fut suffisamment éclairé, un des prêtres s'approcha de
lui, et le salua avec toutes les marques d'une amicale
familiarité.

La physionomie de ce prêtre était loin de prévenir
en sa faveur : son crâne rasé était si déprimé et son
front si étroit, que sa conformation se rapprochait
beaucoup de celle d'un sauvage de l'Afrique, à l'exception des tempes, où l'on remarquait l'organe appelé
acquisivité par les disciples d'une science dont le nom
est moderne, mais dont les anciens (comme leurs
sculptures nous l'indiquent) connaissaient mieux qu'eux
la pratique ; on voyait sur cette tête deux protubérances larges et presque contre nature, qui la rendaient
encore plus difforme. Le tour des sourcils était sillonné
d'un véritable réseau de rides profondes ; les yeux
noirs et petits roulaient dans des orbites d'un jaune
sépulcral ; le nez, court mais gros, s'ouvrait avec de
grandes narines pareilles à celles des satyres ; ses lèvres
épaisses et pâles, ses joues aux pommettes saillantes,
les couleurs livides et bigarrées qui perçaient à travers
sa peau de parchemin, complétaient un ensemble que
personne ne pouvait voir sans répugnance, et peu de
gens sans terreur et sans méfiance.

Quelques projets que conçût l'âme, la forme du
corps paraissait propre à les exécuter. Les muscles
vigoureux du cou, la large poitrine, les mains nerveuses
et les bras maigres et longs qui étaient nus jusqu'au-

dessus du coude, témoignaient d'une nature capable d'agir avec énergie ou de souffrir avec patience.

« Calénus, dit l'Égyptien à ce flamine de bizarre apparence, vous avez beaucoup amélioré la voix de la statue, en suivant mes avis, et vos vers sont excellents ; il faut toujours prédire la bonne fortune, à moins qu'il n'y ait certitude que la prédiction ne se réalisera pas.

— En outre, ajouta Calénus, si la tempête a lieu, et si elle engloutit les vaisseaux maudits, ne l'aurons-nous pas annoncée, et les vaisseaux ne seront-ils pas au port ? Le marinier dans la mer Égée, dit Horace*, prie pour obtenir le repos. Or, quel est le port plus tranquille pour lui que le fond des flots ?

— Très bien, Calénus ; je voudrais qu'Apœcides prît des leçons de votre sagesse ; mais j'ai à conférer avec vous relativement à lui et sur d'autres matières ; pouvez-vous m'admettre dans quelque appartement moins sacré ?

— Assurément », répondit le prêtre en le conduisant vers une des cellules qui entouraient la porte ouverte.

Là, ils s'assirent devant une petite table qui leur présentait des fruits, des œufs, plusieurs plats de viandes froides, et des vases pleins d'excellents vins. Pendant que les deux compagnons faisaient cette collation, un rideau tiré sur l'entrée, du côté de la cour, les dérobait à la vue, mais les avertissait, par son peu d'épaisseur, qu'ils eussent à parler bas, ou à ne pas trahir leur secret. Ils prirent le premier parti.

« Vous savez, dit Arbacès d'une voix qui agitait à peine l'air, tant elle était douce et légère, vous savez que j'ai toujours eu pour règle de m'attacher à la jeunesse... Les esprits flexibles et non encore formés deviennent mes meilleurs instruments. Je les travaille, je les tisse, je les moule selon ma volonté. Je ne fais des hommes que des serviteurs ; mais des femmes...

— Vous en faites des maîtresses, dit Calénus, dont le sourire livide enlaidissait encore les traits disgracieux.

— Oui, je ne le nie pas : la femme est le premier but, le grand désir de mon âme. [...] Mais c'est assez : venons à notre sujet. Vous savez que j'ai rencontré il y a quelque temps, à Néapolis, Ione et Apœcides, frère et sœur, enfants d'Athéniens qui étaient venus demeurer dans cette cité. La mort de leurs parents, qui me connaissaient et m'estimaient, me constitua leur tuteur ; je ne négligeai rien de ma charge. Le jeune homme, docile et d'un caractère plein de douceur, céda sans peine à l'impression que je voulus lui donner. Après les femmes, ce que j'aime, ce sont les souvenirs de mon pays natal ; je me plais à conserver, à propager dans les contrées lointaines (que ses colonies peuplent peut-être encore), nos sombres et mystiques croyances. Je trouve, je crois, autant de plaisir à tromper les hommes qu'à servir les dieux. J'appris à Apœcides à adorer Isis*. Je lui révélai quelques-unes des sublimes allégories que son culte voile ; j'excitai dans une âme particulièrement disposée à la ferveur religieuse cet enthousiasme dont la foi remplit l'imagination. Je l'ai placé parmi vous, chez un des vôtres.

— Il est à nous, dit Calénus ; mais, en stimulant sa foi, vous l'avez dépouillé de la sagesse. Il s'effraie de ne plus se sentir dupe. Nos honnêtes fraudes, nos statues qui parlent, nos escaliers dérobés le tourmentent et le révoltent. Il gémit, il se désole et converse avec lui-même ; il refuse de prendre part à nos cérémonies. On l'a vu fréquenter la compagnie d'hommes suspects d'attachement pour cette secte nouvelle et athée, qui renie tous nos dieux et appelle nos oracles des inspirations de l'esprit malfaisant dont parlent les traditions orientales. Nos oracles, hélas ! nous savons trop où ils puisent leurs inspirations.

— Voilà ce que je soupçonnais, dit Arbacès rêveur, d'après les reproches qu'il m'a adressés la dernière fois que je l'ai rencontré ; il m'évite depuis quelque temps. Je veux le chercher ; je veux continuer mes leçons. Je l'introduirai dans le sanctuaire de la sagesse, je lui enseignerai qu'il y a deux degrés de sainteté : le premier, *la foi* ; le second, *la fraude* ; l'un pour le vulgaire, le second pour le sage.

— Je n'ai jamais passé par le premier, dit Calénus, ni vous non plus, je pense, Arbacès.

— Vous êtes dans l'erreur, répliqua gravement l'Égyptien ; je crois encore aujourd'hui, non pas à ce que j'enseigne, mais à ce que je n'enseigne pas ; la nature possède quelque chose de sacré que je ne puis ni ne veux contester ; je crois à ma science, et elle m'a révélé... mais ce n'est pas la question ; il s'agit de sujets plus terrestres et plus attrayants. Si je parvenais ainsi à mon but en ce qui concernait Apœcides, quels étaient mes desseins sur Ione ? Vous vous doutez déjà que je la destine à être ma reine, ma femme, l'Isis de mon cœur ! Jusqu'au jour où je l'ai vue, j'ignorais tout l'amour dont ma nature est capable.

— J'ai entendu dire de tous côtés que c'était une nouvelle Hélène* », dit Calénus, et ses lèvres firent entendre un léger bruit de dégustation (mais était-ce en l'honneur de la beauté d'Ione, ou en l'honneur du vin qu'il venait de boire ? il serait difficile de le dire).

« Oui ; sa beauté est telle que la grâce n'en a jamais produit de plus parfaite, poursuivit Arbacès, et ce n'est pas tout : elle a une âme digne d'être associée à la mienne. Son génie surpasse le génie des femmes : vif, éblouissant, hardi... La poésie coule spontanément de ses lèvres : exprimez une vérité, et, quelque compliquée et profonde qu'elle soit, son esprit la saisit et la domine. Son imagination et sa raison ne sont pas en guerre l'une avec l'autre ; elles sont d'accord pour la diriger, comme les vents et les flots pour conduire un vaisseau superbe. A cela elle joint une audacieuse indépendance de pensée. Elle peut marcher seule dans le monde. Elle peut être brave autant qu'elle est gracieuse. C'est là le caractère que toute ma vie j'ai cherché dans une femme, et que je n'ai jamais trouvé. Ione doit être à moi. Elle m'inspire une double passion. Je veux jouir de la beauté de l'âme non moins que de celle du corps.

— Elle n'est donc pas encore à vous ? dit le prêtre.

— Non ; elle m'aime, mais comme ami ; elle m'aime avec son intelligence seule. Elle me suppose les vertus vulgaires que j'ai seulement la vertu plus élevée de dédaigner. Mais laissez-moi continuer mon histoire. Le frère et la sœur étaient jeunes et riches ; Ione est orgueilleuse et ambitieuse... orgueilleuse de son esprit, de la magie de sa poésie, du charme de sa conversation. Lorsque son frère me quitta et entra dans votre temple, elle vint aussi à Pompéi, afin d'être plus près de lui. Ses talents n'ont pas tardé à s'y révéler. La foule qu'elle appelle se presse à ses fêtes. Sa voix enchante ses hôtes, sa poésie les subjugue. [...]

— Quoi ! aucune crainte de vos rivaux ? La galante Italie est cependant familiarisée avec l'art de plaire.

— Je ne crains personne. Son âme méprise la barbarie romaine, et se mépriserait elle-même si elle admettait une pensée d'amour pour un des enfants de cette race née d'hier.

— Mais vous êtes égyptien, vous n'êtes pas grec.

— L'Égypte, répondit Arbacès, est la mère d'Athènes ; sa Minerve* tutélaire est notre divinité, et son fondateur, Cécrops*, était un fugitif de Saïs l'Égyptienne. Je l'ai déjà appris à Ione, et dans mon sang elle vénère les plus anciennes dynasties de la terre. Cependant, j'avoue que depuis peu un soupçon inquiet a traversé mon esprit. Elle est plus silencieuse qu'elle n'avait coutume de l'être ; la musique qu'elle préfère est celle qui peint le mieux la mélancolie et pénètre le plus profondément dans l'âme. Elle pleure sans raison de pleurer. Peut-être est-ce un mécontentement d'amour ?... Peut-être n'est-ce que le désir d'aimer ? Dans l'un ou l'autre cas, il est temps pour moi d'opérer sur son imagination et sur son cœur : dans le premier cas, de ramener à moi cette source d'amour qui s'égare ; dans l'autre, de la faire jaillir à mon bénéfice. C'est pour cela que j'ai songé à vous.

— En quoi puis-je vous être utile ?

— Je me propose de l'inviter à une fête chez moi ; je veux éblouir, étonner, enflammer ses sens. Nos arts, au moyen desquels l'Égypte dompte ses novices, doivent être employés dans cette circonstance, et, sous les mystères de la religion, je prétends lui découvrir les secrets de l'amour.

— Ah ! je comprends : un de ces voluptueux banquets auxquels nous autres, prêtres d'Isis*, en dépit de la rigueur de nos vœux de mortification, nous avons plus d'une fois assisté dans votre demeure.

— Non, non, pouvez-vous penser que ses chastes yeux soient disposés à voir de telles scènes ? Non ; mais nous devons d'abord séduire le frère... tâche plus facile. Écoutez-moi, voici mes instructions. »

Chapitre 5

Encore la bouquetière
Progrès de l'amour

Le soleil pénétrait gaiement chez Glaucus et inondait de ses rayons naissants cette belle chambre, connue aujourd'hui sous le nom de *chambre de Léda*. Ils se glissaient par une série de petites fenêtres situées à la partie la plus haute de la pièce et à travers la porte qui donnait sur le jardin, que de nos jours les propriétaires méridionaux appelleraient une orangerie.

Les petites proportions de ce jardin ne permettaient pas de s'y promener ; mais les nombreuses et odorantes fleurs dont il était rempli favorisaient cette indolence si chère aux habitants des pays chauds. Ces parfums, portés par une légère brise qui venait de la mer, se répandaient dans cette chambre, dont les murs rivalisaient de couleurs avec les fleurs les plus richement nuancées. [...] Les rayons du soleil se jouaient çà et là sur le pavé marqueté et sur les murs ; bien plus heureusement encore des rayons de joie illuminaient l'âme du jeune Glaucus.

« Je l'ai donc revue, disait-il en parcourant cette étroite chambre ; j'ai entendu sa voix ; je lui ai parlé de nouveau ; j'ai écouté la musique de ses chants, et elle chantait la gloire et la Grèce. J'ai découvert l'idole si longtemps souhaitée de mes rêves : comme le sculpteur de Chypre, j'ai donné la vie à la forme créée par mon imagination. »

Le monologue amoureux de Glaucus aurait peut-être duré plus longtemps ; mais, à ce moment même, une ombre se glissa sur le seuil de sa chambre ; une jeune fille, à peine sortie de l'enfance, interrompit sa solitude. Elle était vêtue simplement d'une tunique blanche, qui retombait du cou jusqu'aux chevilles ; elle portait sous son bras une corbeille de fleurs, et tenait dans l'autre main un vase de bronze rempli d'eau. Ses traits étaient plus formés qu'on aurait pu l'attendre de son âge, mais pourtant doux et féminins dans leurs contours, et, sans être précisément beaux en eux-mêmes, ils possédaient cette beauté que donne l'expression. Il y avait dans son air je ne sais quel attrait de douce patience, d'un caractère tout à fait ineffable ; une physionomie empreinte de tristesse, un aspect résigné et tranquille, avaient banni le sourire, mais non la grâce de ses lèvres ; la timidité de sa démarche, qu'accompagnait une sorte de prévoyance, l'éclat vague et incertain de ses yeux, faisaient soupçonner l'infirmité qu'elle endurait depuis sa naissance :

elle était aveugle ; mais ce défaut ne s'apercevait pas dans ses prunelles, dont la lumière douce et mélancolique paraissait pure et sans nuage.

« On m'a dit que Glaucus était ici ? demanda-t-elle, puis-je entrer ?

— Ah ! ma Nydia, dit le Grec, c'est vous ? Je savais bien que vous me feriez la grâce de venir me visiter. » [...]

Les mains de la jeune fille tremblaient, et son sein s'émut doucement sous les plis de sa tunique. Elle se détourna avec embarras : « Le soleil est bien chaud aujourd'hui pour les pauvres fleurs, dit-elle, et elles doivent croire que je les néglige ; car j'ai été malade, et voilà neuf jours que je ne suis venue les arroser.

— Malade, ma Nydia ! et pourtant vos joues ont plus d'éclat que l'année dernière.

— Je suis souvent souffrante, reprit la pauvre aveugle d'un ton touchant, et, à mesure que je grandis, je regrette davantage d'être privée de la vue. Mais pensons aux fleurs. » [...]

« Pauvre Nydia, se dit Glaucus en la regardant ; bien dur est ton destin ; tu ne vois ni la terre, ni le soleil, ni la lune, ni les étoiles ; bien plus, tu ne peux pas voir Ione. »

Pendant que Nydia retourne chez ses maîtres, des tenanciers d'auberge, Glaucus va chez Ione et comprend que son amour pour elle est partagé (I, fin du chap. 5).

Mais Arbacès qui vient de se voir reprocher par Apœcides, le frère d'Ione, la tromperie du culte d'Isis, pénètre chez la jeune fille. Jaloux de Glaucus, il va le calomnier devant Ione (I, chap. 6).

Chapitre 7

La vie oisive à Pompéi
Tableau en miniature
des bains de Rome

Lorsque Glaucus quitta Ione, il lui sembla qu'il
avait des ailes. Dans l'entrevue dont elle l'avait favo-
risé, il avait compris distinctement, pour la première
fois, que son amour n'était pas mal accueilli, et qu'il
pourrait en obtenir la douce récompense. Cette espérance le remplissait d'un ravissement tel, que la terre
et le ciel lui paraissaient trop étroits pour qu'il respirât
à son aise. Sans se douter qu'il venait de laisser un
ennemi derrière lui, et oubliant non seulement les
insultes, mais même la propre existence d'Arbacès,
Glaucus traversa de joyeuses rues en fredonnant, dans
l'ivresse de son âme, la musique de l'air qu'Ione avait
écouté avec tant d'intérêt. Il entra dans la rue de la
Fortune, qui était garnie d'un haut trottoir, et dont les
maisons, peintes au-dehors et au-dedans, laissaient
voir de tous côtés leurs fresques éclatantes ; au bout
de chaque rue s'élevait un arc de triomphe. Au
moment où Glaucus arrivait devant le temple de la
Fortune, le portique avancé de ce magnifique temple
(qu'on suppose avoir été bâti par un des membres de
la famille de Cicéron*, peut-être par l'orateur lui-
même) prêtait un caractère vénérable et imposant à
une scène plus brillante d'ailleurs que majestueuse. Ce
temple était un des plus gracieux modèles de l'architecture romaine. Il était élevé sur un *podium* assez
considérable, et l'on voyait l'autel de la déesse entre
deux escaliers conduisant à une plate-forme. De cette
plate-forme un autre escalier allait joindre le portique

aux colonnes cannelées, auquel étaient suspendues des guirlandes de fleurs. Aux deux extrémités du temple on voyait deux statues dues à l'art de la Grèce ; et à peu de distance du temple l'arc de triomphe se dressait avec une statue équestre de Caligula*, flanquée de trophées en bronze. Une foule animée était rassemblée dans l'espace qui précédait le temple : les uns assis sur des bancs, et discutant la politique de l'empire ; les autres s'entretenant du prochain spectacle de l'amphithéâtre. Un groupe de jeunes gens faisait l'éloge d'une beauté nouvelle ; un autre s'occupait des mérites de la dernière pièce de théâtre ; un troisième groupe, d'un âge plus respectable, calculait les chances du commerce d'Alexandrie ; celui-là était particulièrement composé de marchands en costume oriental, aux robes flottantes, avec pantoufles ornées de pierreries. Leur maintien sérieux formait un frappant contraste avec les tuniques serrées et les gestes expressifs des Italiens : car ce peuple, impatient et aimable, avait alors, comme à présent, un langage distinct de la parole, langage de signes et de mouvements des plus vifs et des plus significatifs ; ses descendants l'ont conservé, et le savant Jorio a composé un très intéressant ouvrage sur cette espèce de gesticulation hiéroglyphique.

Glaucus, en pénétrant d'un pas léger dans cette foule, se trouva bientôt au milieu de ses amis les plus gais et les plus dissipés.

« Ah ! dit Salluste, il y a un lustre que je ne vous ai vu.

— Et comment avez-vous passé ce lustre ? quels nouveaux mets avez-vous découverts ?

— J'ai donné mon temps à la science, répondit Salluste, et j'ai fait des expériences sur la manière de nourrir les lamproies. J'avoue que je désespère de les amener au point de perfection que nos ancêtres romains avaient obtenu.

— Malheureux Salluste ! Et pourquoi ?

— Parce que, reprit-il en soupirant, il n'est plus

permis de leur donner quelque esclave à manger. J'ai été souvent tenté, malgré cela, de jeter dans mon réservoir un gros maître d'hôtel que je possède ; je suis sûr que sa chair donnerait au poisson la plus exquise saveur. Mais les esclaves ne sont plus des esclaves aujourd'hui, et n'ont plus de sympathies pour les intérêts de leurs maîtres ; sans quoi Davus se livrerait lui-même aux lamproies pour m'obliger.

— Quelles nouvelles de Rome ? dit Lépidus en s'approchant du groupe d'un air languissant.

— L'empereur a donné un splendide souper aux sénateurs, répondit Salluste.

— C'est un bon prince, dit Lépidus ; on assure qu'il ne renvoie jamais personne sans lui accorder sa requête.

— Peut-être me laisserait-il jeter un esclave dans mon réservoir, se hâta d'ajouter Salluste.

— Cela se pourrait bien, dit Glaucus, car pour faire une faveur à un Romain, il faut d'abord que ce soit toujours aux dépens d'un autre. Soyez certain que chaque sourire de Titus* a causé bien des larmes.

— Longue vie à Titus* ! cria Pansa en entendant prononcer le nom de l'empereur, au moment où il s'avançait d'un air de protection dans la foule ; il a promis une place de questeur à mon frère, qui a perdu sa fortune.

— Et qui souhaite de la refaire aux dépens du peuple, n'est-ce pas, cher Pansa ? dit Glaucus.

— Assurément, répondit Pansa.

— Voilà comment le peuple sert à quelque chose, continua Glaucus.

— Sans doute, poursuivit Pansa ; mais il faut que j'aille visiter l'*aerarium*[1], qui a besoin d'être réparé. »

Alors, en se donnant beaucoup d'importance, l'édile s'éloigna accompagné d'une longue suite de clients qui se distinguaient du reste de la foule par leurs toges

1. Trésor public.

(car les toges, marque autrefois de la liberté, étaient devenues un signe de servilité envers le patron).

« Pauvre Pansa ! dit Lépidus, il n'a jamais le temps de prendre un plaisir. Le ciel soit loué de ce que je ne suis pas édile.

— Ah ! Glaucus, comment vous portez-vous ? Toujours gai ? s'écria Claudius en se joignant au groupe.

— Êtes-vous venu pour faire un sacrifice à la Fortune ? dit Salluste.

— Je sacrifie à la Fortune toutes les nuits, répondit le joueur.

— Je le sais, et personne ne lui offre plus de victimes.

— Par Hercule*, voilà un bon mot, dit Glaucus en riant.

— Vous avez toujours la lettre du chien à la bouche, Salluste, répliqua Claudius avec humeur ; vous grognez continuellement.

— Je puis bien avoir à la bouche la lettre du chien, reprit Salluste, puisque, lorsque je joue avec vous, j'ai toujours à la main les *points du chien*.

— Paix ! dit Glaucus en prenant une rose à une bouquetière qui se tenait près d'eux.

— La rose est l'emblème du silence, reprit Salluste ; mais je n'aime à la voir qu'à la table du souper. A propos, ajouta-t-il, Diomède donne grande fête la semaine prochaine ; êtes-vous invité, Glaucus ?

— Oui, j'ai reçu une invitation ce matin.

— Moi aussi, dit Salluste en tirant de sa ceinture un petit morceau de papyrus ; je vois qu'il nous convie une heure plus tôt que de coutume. Cela prouve que la fête sera magnifique[1].

— Oh ! il est riche comme Crésus, dit Claudius, et

1. Les Romains envoyaient comme nous des billets d'invitation qui indiquaient l'heure du festin. Si c'était une fête extraordinaire, on s'assemblait une heure plus tôt que d'habitude. *(Note de l'auteur.)*

le menu de ses festins est aussi long qu'un poème épique.

— Allons aux bains, dit Glaucus ; c'est le moment où tout le monde y va, et Fulvius, que vous admirez tous, vous y lira sa dernière ode. »

Les jeunes gens accédèrent à cette proposition et se dirigèrent vers les bains.

Quoique les thermes, ou bains publics, fussent établis plutôt pour les pauvres que pour les riches (car ceux-là avaient des bains dans leurs propres maisons), c'était néanmoins pour les personnes de tout rang un lieu favori de conversation, et le rendez-vous le plus cher de ce peuple indolent et joyeux. Les bains de Pompéi différaient naturellement, dans le plan et dans la construction, des thermes vastes et compliqués de Rome ; et il paraît, en effet, que dans chaque ville de l'Empire il y avait toujours quelque légère modification dans l'arrangement de l'architecture générale des bains publics. Ceci étonne singulièrement les savants, comme si les architectes et la mode n'avaient pas eu leurs caprices avant le XIXe siècle. Les amis entrèrent par le porche principal de la rue de la Fortune. A l'aile du portique était assis le gardien du bain, ayant devant lui deux boîtes, l'une pour l'argent qu'il recevait, l'autre pour les billets qu'il distribuait. Des personnes de toutes classes se reposaient sur des sièges, tandis que d'autres, selon l'ordonnance prescrite par les médecins, se promenaient d'un bout à l'autre du portique, et s'arrêtaient çà et là pour regarder les innombrables affiches de jeux, de ventes ou d'expositions, qui étaient peintes ou inscrites sur les murs. Le spectacle annoncé dans l'amphithéâtre faisait le principal sujet de la conversation ; et chacun des survenants était questionné vivement par quelque groupe empressé de savoir si Pompéi avait eu aussi la chance de rencontrer quelque monstrueux criminel, convaincu de sacrilège ou de meurtre, qui permettrait enfin aux édiles de jeter un homme à dévorer au lion ; tous les autres divertissements paraissaient pâles et fastidieux, comparés à la probabilité de cette bonne fortune.

« Pour ma part, dit un orfèvre à l'air enjoué, je pense que l'empereur, s'il est aussi généreux qu'on le prétend, ferait bien de nous envoyer un Juif.

— Pourquoi ne pas prendre un des nouveaux adeptes de la secte des Nazaréens ? dit un philosophe ; je ne suis pas cruel ; mais un athée, qui nie Jupiter lui-même, ne mérite pas de pitié.

— Je ne m'inquiète pas du nombre de dieux que peut adopter un homme, reprit l'orfèvre ; mais les renier tous, voilà qui est monstrueux.

— Cependant, dit Glaucus, j'imagine que ces gens ne sont pas absolument athées : on m'a assuré qu'ils croyaient à un dieu et à un autre monde.

— C'est une erreur, mon cher Glaucus, répondit le philosophe ; j'ai conféré avec eux : ils m'ont ri au nez lorsque j'ai parlé de Pluton* et du Tartare[1].

— Dieux tout-puissants ! s'écria l'orfèvre avec horreur ; y a-t-il quelques-uns de ces misérables à Pompéi ?

— Il y en a, mais peu. Ils se rassemblent dans des lieux si secrets qu'il est impossible de les découvrir. » [...]

Ils entrèrent alors dans une chambre un peu plus spacieuse, qui servait d'*apodyterium* (lieu où les baigneurs se préparaient à leurs voluptueuses ablutions) ; le plafond cintré s'élevait au-dessus d'une corniche que décoraient brillamment des peintures grotesques et bigarrées ; il était lui-même divisé en blancs compartiments brodés de cramoisi d'une très riche façon ; le pavé net et brillant était composé de blanches mosaïques ; autour des murs se trouvaient des bancs pour la commodité des paresseux. Cette salle ne possédait pas les nombreuses et spacieuses fenêtres que Vitruve* attribue à son plus magnifique *frigida-*

---

1. Les Enfers.

rium. Les Pompéiens, comme les Italiens du Midi, aimaient à se soustraire au lumineux éclat de leurs cieux enflammés, et associaient volontiers l'ombre et la volupté. Deux fenêtres de verre[1] admettaient seules des rayons doux et voilés, et la façade dans laquelle l'une de ces fenêtres était placée, s'embellissait d'un large bas-relief qui représentait la destruction des Titans*.

Fulvius s'assit dans cet appartement d'un air magistral, et ses auditeurs rassemblés autour de lui l'engagèrent à commencer sa lecture. [...]

Le poème achevé, ceux qui prenaient seulement un bain froid commencèrent à se déshabiller ; ils suspendirent leurs vêtements à des crochets posés dans le mur, et, après avoir reçu, selon leur condition, de la main de leurs esclaves, ou de celle des esclaves appartenant aux thermes, des robes flottantes, ils passèrent dans cette gracieuse enceinte, qui existe encore, comme pour faire rougir leur postérité méridionale qu'on ne voit jamais se baigner.

Les plus voluptueux se rendaient, par une autre porte, dans le *tepidarium*, salle qui était élevée à une douce chaleur, en partie au moyen d'un foyer mobile, mais surtout par un pavé suspendu au-dessous duquel était conduit le calorique du *laconicum*.

Les baigneurs de cette classe, après avoir quitté leurs vêtements, demeuraient quelque temps à jouir de la chaleur artificielle d'une atmosphère délicieuse ; et cette pièce, à cause de son rang important dans la longue série des ablutions, était encore plus richement et plus soigneusement décorée que les autres ; le plafond cintré était magnifiquement sculpté et peint ;

1. Les fouilles faites à Pompéi ont démontré l'erreur longtemps en crédit chez les antiquaires, à savoir que les vitrages étaient inconnus aux Romains. L'usage, il est vrai, n'en était pas commun parmi les classes moyennes et inférieures dans leurs habitations. *(Note de l'auteur.)*

les fenêtres placées en haut, en verre dépoli, n'admettaient que des rayons vagues et incertains ; au-dessous des massives corniches, se suivaient des figures en bas-relief vigoureusement accusées ; les murs étaient d'un rouge cramoisi ; le pavé carrelé avec art, se composait de mosaïque blanche. Là, les habitués, qui se baignaient sept fois par jour, demeuraient dans un état de lassitude énervée et silencieuse, soit avant, soit après le bain ; quelques-unes des victimes de cette poursuite acharnée de la santé tournaient des yeux languissants vers les nouveaux venus, et ne faisaient qu'un signe de tête à leurs connaissances, par crainte de la fatigue de la conversation.

De ce lieu, la compagnie se dispersait de nouveau, et chacun écoutait son caprice : les uns allaient au *sudatorium*, qui faisait l'office de nos bains de vapeur, et de là au bain chaud lui-même ; les autres, plus accoutumés à l'exercice, et voulant s'épargner de la fatigue, se rendaient immédiatement au *calidarium* ou bain d'eau.

Afin de compléter cette esquisse et de donner au lecteur une notion de cette volupté si chérie des anciens Romains, nous accompagnerons Lépidus, qui paraît régulièrement par tous les degrés de la cérémonie, à l'exception du bain froid, hors de mode depuis quelque temps. Après s'être imprégné peu à peu de la douce chaleur du tepidarium, l'élégant de Pompéi se fit conduire lentement dans le sudatorium. Que le lecteur ici se dépeigne à lui-même toutes les phases d'un bain de vapeur, accompagné de parfums. Dès que notre baigneur eut subi cette opération, il se remit dans la main de ses esclaves, qui l'accompagnaient toujours au bain, et les gouttes de sueur furent enlevées avec une espèce de grattoir, qu'un moderne voyageur a prétendu n'être bon que pour ôter les malpropretés de la peau, quoiqu'il ne dût guère en exister chez un baigneur d'habitude. De là, un peu refroidi, il passa dans le bain d'eau, où l'on répandit à profusion sur

lui de frais parfums, et, quand il en sortit par la porte
opposée de la pièce, une pluie rafraîchissante inonda
sa tête et son corps. Alors, se revêtant d'une robe
légère, il retourna au tepidarium, où il trouva Glaucus,
qui n'était pas allé jusqu'au sudatorium ; et le véritable
plaisir, ou plutôt l'extravagance du bain commença.
Les esclaves, ayant à la main des fioles d'or, d'albâtre
ou de cristal, ornées de pierres précieuses, en distil-
laient les onguents les plus rares pour frotter les
baigneurs. Le nombre de ces smegmata[1] dont se
servaient les personnes riches remplirait un volume,
surtout si le volume était publié par un de nos éditeurs
à la mode. C'était l'*amoracimum*, le *megalium*, le
nardum... omne quod exit in um[2]. Pendant ce temps,
une douce musique se faisait entendre dans une
chambre voisine, et ceux qui usaient des bains avec
modération, rafraîchis et ranimés par cette gracieuse
cérémonie, causaient avec toute la vivacité et toute la
fraîcheur d'une existence rajeunie.

« Béni soit celui qui a inventé les bains ! » dit
Glaucus en s'étendant sur un des sièges de bronze
(recouverts alors de moelleux coussins) que le visiteur
de Pompéi trouve encore dans ce même tepidarium.
« Que ce soit Hercule* ou Bacchus*, il mérite l'apothéose !

— Mais dites-moi, demanda un citoyen chargé
d'embonpoint, lequel soupirait et soufflait pendant que
le grattoir s'exerçait sur sa peau ; dites-moi, ô Glaucus !... Maudites soient tes mains, esclave, tu
m'écorches !... Dites-moi... aïe ! aïe !... les bains de
Rome sont-ils aussi magnifiques qu'on le dit ? »

Glaucus se retourna et reconnut Diomède, non sans
difficulté, tant les joues du brave homme étaient
enflammées par la transpiration et par l'opération qu'il

---

1. Substances pour le nettoyage.
2. « Tout ce qui se termine en -um. »

subissait. « Je me figure qu'ils sont bien plus beaux que ceux-ci, n'est-ce pas ? »

Glaucus, retenant un sourire, répondit :

« Imaginez tout Pompéi converti en bains, et vous vous formerez alors une idée de la grandeur des thermes impériaux de Rome, mais seulement de la grandeur ; imaginez tous les amusements de l'esprit et du corps ; énumérez tous les jeux gymnastiques que nos ancêtres ont inventés ; rappelez-vous tous les livres que l'Italie et la Grèce ont produits ; supposez des salles pour ces jeux, des admirateurs pour tous ces ouvrages ; ajoutez à cela des bains de la plus grande dimension et de la construction la plus compliquée ; mêlez-y partout des jardins, des théâtres, des portiques, des écoles ; figurez-vous, en un mot, une cité de dieux, composée uniquement de palais et d'édifices publics, et vous aurez une image assez faible encore de la magnificence des grands bains de Rome.

— Par Hercule* ! dit Diomède en ouvrant les yeux, il y a de quoi employer toute la vie d'un homme rien qu'à se baigner.

— Cela se voit souvent à Rome, reprit gravement Glaucus. Il y a bien des gens qui passent leur vie aux bains. Ils y arrivent au moment où les portes s'ouvrent, et n'en sortent qu'à l'heure où elles se ferment. Ils semblent ne connaître rien de Rome, ou mépriser tout ce qui peut y exister ailleurs.

— Par Pollux* ! vous m'étonnez.

— Ceux-là même qui ne se baignent que trois fois par jour, s'efforcent de consumer leur vie dans cette occupation ; ils prennent quelque exercice dans le jeu de paume ou dans les portiques pour se préparer à leur premier bain, et se rendent au théâtre pour se rafraîchir ensuite. Ils prennent leur dîner sous les arbres en songeant à leur second bain. Pendant qu'on le prépare, leur digestion s'achève. Après le second bain, ils se retirent dans quelque péristyle pour entendre un nouveau poète réciter ses vers ; ou ils entrent dans la bibliothèque, afin de s'endormir, le front sur quelque vieil auteur. L'heure du souper est venue ; le souper est regardé comme faisant partie du bain ; ils se baignent ensuite une troisième fois, et restent encore, ce beau lieu leur paraissant le plus agréable du monde pour converser avec leurs amis.

— Par Hercule*! n'avons-nous pas leurs imitateurs à Pompéi ?

— Oui, sans avoir leur excuse ; les superbes voluptueux de Rome sont heureux ; ils ne voient autour d'eux que la puissance et la splendeur ; ils ne visitent pas les quartiers infimes de la ville ; ils ne savent pas que la pauvreté existe sur la terre. Toute la nature leur sourit, et la seule grimace qu'ils puissent lui reprocher, c'est lorsqu'elle les envoie au bord du Cocyte[1]. Croyez-moi, ce sont là les vrais philosophes ! »

Chapitre 8

Arbacès pipe ses dés avec le plaisir et gagne la partie

L'obscurité descendait dans la cité bruyante, quand Apœcides se dirigea vers la maison de l'Égyptien. Il évita les rues les plus éclairées et les plus populeuses ; et pendant qu'il marchait la tête appuyée sur sa poitrine, et les bras croisés sous sa robe, il y avait un étrange contraste entre son maintien solennel, ses

1. Fleuve des Enfers, affluent de l'Achéron.

membres amaigris, et les fronts insouciants, l'air animé de ceux dont les pas rencontraient les siens.

Cependant un homme d'une démarche plus importante et plus tranquille, et qui avait passé deux fois devant lui avec un regard curieux et incertain, lui toucha l'épaule.

« Apœcides », dit-il, et il fit un signe rapide avec la main ; c'était le signe de la croix.

« Ah ! Nazaréen, répondit le prêtre, qui devint pâle ; que veux-tu ?

— Certes, je ne voudrais pas interrompre ta méditation, continua l'étranger ; mais, la dernière fois que je t'ai vu, je reçus de toi, ce me semble, meilleur accueil.

— Sois le bienvenu, Olynthus ; mais tu me vois triste et fatigué, et je ne suis pas capable de discuter ce soir sur les sujets les plus intéressants pour toi.

— Ô cœur lâche ! dit Olynthus : tu es triste et fatigué ! et tu veux t'éloigner des sources qui peuvent te rafraîchir et te guérir.

— Ô terre ! cria le jeune prêtre en se frappant le sein avec passion ; de quelle région mes yeux apercevront-ils enfin le véritable Olympe habité réellement par les dieux ? Faut-il croire, avec cet homme, que tous ceux que depuis tant de siècles mes ancêtres ont adorés n'ont été qu'un nom ? Faut-il donc briser, comme sacrilèges et profanes, les autels mêmes que je considérais comme sacrés, ou bien dois-je penser avec Arbacès... quoi ? »

Il se tut, et s'éloigna rapidement, avec l'impatience d'un homme qui essaie de se fuir lui-même.

Mais le Nazaréen était, de son côté, un de ces hommes hardis, vigoureux, enthousiastes, au moyen desquels Dieu, dans tous les temps, a opéré les révolutions de la terre, un de ceux surtout qu'il emploie dans l'établissement ou la réforme de son culte, de ces hommes faits pour convertir, parce qu'ils sont prêts à tout souffrir. Les gens de cette trempe, rien ne les décourage, rien ne les arrête ; ils inspirent la ferveur dont ils sont inspirés : leur raison allume d'abord leur passion, mais leur passion est l'instrument dont ils se servent ; ils pénètrent par force dans le cœur des hommes, en ayant l'air de ne faire appel qu'à leur jugement. Rien de si contagieux que l'enthousiasme. C'est l'enthousiasme qui est l'allégorie réelle de la fable d'Orphée* ; il fait mouvoir les pierres, il charme les bêtes sauvages : l'enthousiasme est le génie de la sincérité, et la vérité n'obtient aucune victoire sans lui.

Olynthus ne laissa pas Apœcides s'échapper si subitement ; il le rejoignit, et s'adressa ainsi à lui :

« Je ne m'étonne pas, Apœcides, si je vous importune, si j'ébranle tous les éléments de votre esprit, si vous vous perdez dans le doute, si vous errez dans le vaste océan d'une rêverie ténébreuse. Je ne m'étonne pas de cela ; mais écoutez-moi avec un peu de patience ; veillez en paix ; l'obscurité se dissipera, la tempête s'apaisera, et Dieu lui-même, comme on l'a vu marcher sur les mers de Samarie, s'avancera sur les vagues tumultueuses de votre esprit pour délivrer votre âme. Notre religion est jalouse dans ses exigences, mais infiniment prodigue dans ses bienfaits : elle vous trouble une heure ; elle vous donne en revanche l'immortalité.

— De telles promesses, répondit Apœcides avec humeur, sont des leurres avec lesquels on ne cesse de tromper les hommes. C'est avec des paroles semblables qu'on m'a fait tomber aux pieds de la statue d'Isis*.

— Mais poursuivit le Nazaréen, consultez votre raison ; une religion qui outrage toute moralité peut-elle être vraie ? On vous dit d'adorer vos dieux. Que sont vos dieux, même d'après vous ? Quelles sont leurs actions ? Quels sont leurs attributs ? Ne vous sont-ils pas présentés comme les plus noirs des criminels ? Cependant on vous demande de les servir comme les plus saintes divinités. Jupiter* lui-même est parricide et adultère. Vos dieux inférieurs ne sont que les imitateurs de ses vices ! On vous défend d'assassiner ; vous adorez des assassins. On vous engage à ne pas commettre d'adultère, et vous adressez vos prières à un adultère. N'est-ce pas là une moquerie de la plus sainte partie de la nature de l'homme, de la foi ? Tournez maintenant vos regards vers Dieu, le seul, le vrai Dieu, à l'autel duquel je veux vous conduire. S'il vous semble trop sublime, trop impalpable pour ces associations humaines, pour ces touchants rapports entre le créateur et la créature, dont notre faible cœur a besoin, contemplez-le dans son fils, qui s'est fait homme comme nous. Ce n'est pas comme vos faux dieux, par les vices de notre nature, mais par la pratique de nos vertus, que sa personnalité humaine se déclare. En lui s'unissent les mœurs les plus austères et les plus tendres affections. N'eût-il été qu'un homme, il serait digne encore d'être un dieu. Vous honorez Socrate* ; il a sa secte, ses disciples, ses écoles : mais que sont les douteuses vertus de cet Athénien auprès de la sainteté éclatante, indubitable, active, incessante, dévouée du Christ ? Je vous parle ici de son caractère purement humain. Il est apparu comme le modèle des âges futurs, pour faire voir la forme de la vertu à laquelle Platon* désirait tant donner un corps. Tel fut le véritable sacrifice qu'il fit pour l'homme ; mais la gloire qui environna sa dernière heure n'illumina pas seulement la terre, elle nous ouvrit la perspective des cieux. Vous êtes touché, vous êtes ému. Dieu agit sur votre cœur. Son esprit est en vous. Allons ! Ne résistez pas à ce saint mouvement. Venez, laissez-moi vous guider. Vous êtes triste, vous êtes las. Écoutez les paroles mêmes de Dieu : "Venez à moi, dit-il, vous tous qui êtes chargés d'un fardeau, et je vous donnerai le repos."

— Je ne puis vous suivre maintenant, dit Apœcides ; une autre fois...

— Maintenant, maintenant ! » s'écria Olynthus avec chaleur et en lui prenant le bras.

Mais Apœcides, qui n'était pas encore préparé à renoncer à une croyance pour laquelle il avait déjà tant sacrifié, et qui se trouvait d'ailleurs sous l'empire des promesses de l'Égyptien, se dégagea avec force des mains d'Olynthus ; sentant de plus qu'il fallait un effort pour vaincre l'irrésolution que l'éloquence du chrétien commençait à produire dans son âme facilement émue, il releva vivement sa robe, et s'éloigna d'un pas rapide qui défiait toute poursuite.

Apœcides qui se rend chez Arbacès participe à un banquet. Le rusé Égyptien l'invite à profiter des plaisirs de l'existence et le jeune homme se laisse séduire par les charmes des danseuses et des musiciennes (fin du chap. 8 et du livre premier).

LIVRE DEUXIÈME

Chapitre 1

Une maison mal famée
à Pompéi, et les héros
de l'arène classique

[...] Rien ne faisait mieux connaître l'indolence des habitués de tavernes, que cette heure matinale ; cependant, malgré la situation de la maison et le caractère de ses habitants, elle n'était point souillée de cette odieuse malpropreté qu'on rencontre dans les lieux semblables de nos cités modernes. Les dispositions joyeuses des Pompéiens, qui cherchaient du moins à flatter les sens, lorsqu'ils négligeaient l'esprit, se révélaient dans les couleurs tranchées qui s'étalaient sur les murs, et dans les formes bizarres, mais non pas sans élégance, des lampes, des coupes et des ustensiles de ménage les plus communs.

« Par Pollux*! s'écria un des gladiateurs en s'appuyant contre le mur d'entrée et en frappant sur l'épaule d'un gros personnage, le vin que tu nous vends, vieux Silène*, suffirait pour rendre clair comme de l'eau le meilleur sang de nos veines. »

L'homme à qui s'adressait ce propos, et que ses bras nus, son tablier blanc, ses clefs et sa serviette négligemment placés à sa ceinture, désignaient clairement comme l'hôtelier de la taverne, était déjà entré dans l'automne de la vie ; mais ses membres étaient encore si robustes et si athlétiques qu'ils auraient pu faire honte aux nerfs des plus vigoureux assistants, si ce n'est qu'un peu trop de chair recouvrait ses muscles, que ses joues étaient bouffies à l'excès, et que son ventre puissant effaçait presque la vaste et massive poitrine qui s'élevait au-dessus.

« Ne plaisantons pas, dit le gigantesque aubergiste avec l'aimable rugissement d'un tigre offensé ; mon vin est assez bon pour une carcasse qui ramassera avant peu la poussière du *spoliarium*[1].

— Est-ce ainsi que tu croasses, vieux corbeau ? reprit le gladiateur d'un air dédaigneux ; tu vivras assez pour te pendre de dépit quand tu me verras obtenir la couronne de palmier ; et, dès que j'aurai gagné la bourse à l'amphithéâtre, mon premier vœu sera certainement de renier à jamais toi et ton détestable vin.

— Écoutez, écoutez donc ce modeste Pyrgopolinicès ! Il a servi assurément sous Bombochidès, Cluninstaridysarchidès[2], s'écria l'aubergiste ; Sporus, Niger, Tetraidès, il déclare qu'il gagnera la bourse sur vous. Par les dieux, chacun de vos muscles est assez fort pour l'étouffer tout entier, ou *moi*, je ne connais plus rien à l'arène.

— Ah ! dit le gladiateur, dont la fureur commençait à colorer le visage, notre *lanista*[3] parlerait d'une façon bien différente.

— Que pourrait-il dire contre moi, orgueilleux Lydon ? répliqua Tetraidès en fronçant le sourcil.

— Ou contre moi, qui ai triomphé dans quinze combats ? s'écria le gigantesque Niger en s'approchant du gladiateur.

---

1. L'endroit où l'on traînait ceux qui étaient tombés morts ou mortellement blessés dans l'arène. *(Note de l'auteur.)*
2. Personnage du *Miles gloriosus*, comédie de Plaute*.
3. Propriétaire d'une troupe de gladiateurs.

« — Ou contre moi ? se mit à rugir Sporus les yeux en feu.

— Paix ! répliqua Lydon en se croisant les bras et en regardant ses rivaux d'un air de défi ; l'heure de l'épreuve ne tardera pas. Gardez votre valeur jusque-là.

— Soit, dit l'hôte avec aigreur, et, si j'abaisse le pouce pour te sauver, je veux que le destin coupe le fil de mes jours.

— Parlez de corde et non de fil, dit Lydon avec un ton railleur ; tenez, voilà un sesterce pour en acheter une. »

Le Titan marchand de vin saisit la main qu'on lui tendait et la serra si violemment que le sang jaillit du bout des doigts sur les vêtements des assistants.

Ils poussèrent un éclat de rire sauvage.

« Voilà pour t'apprendre, jeune présomptueux, à faire le Macédonien avec moi ! Je ne suis pas un Perse sans vigueur, je te le garantis. N'ai-je pas vingt fois combattu dans l'arène sans avoir baissé les bras une seule ? N'ai-je pas reçu l'épée de bois[1] de la propre main de l'editor[2], comme un signe de victoire, et une permission de me retirer sur mes lauriers ? Faut-il maintenant que je subisse la leçon d'un enfant ? »

En parlant ainsi, il lui lâcha la main avec mépris.

Sans qu'un de ses muscles bougeât, et en conservant la physionomie souriante avec laquelle il avait raillé l'hôte, le gladiateur supporta cette étreinte doulou-reuse. Mais à peine eut-il repris la liberté de ses mouvements, que, rampant pour un instant comme un chat sauvage, et ses cheveux et sa barbe se hérissant, il poussa un cri aigu et féroce et s'élança à la gorge du géant avec tant d'impétuosité, qu'il lui fit perdre l'équilibre, malgré sa corpulence et sa vigueur.

1. Symbole, pour un gladiateur, de sa libération.
2. Celui qui finance et organise les jeux.

L'aubergiste tomba, avec le fracas d'un rocher qui s'écroule, et son furieux adversaire roula sur lui.

Notre hôte n'aurait pas eu besoin de la corde que lui offrait si généreusement Lydon, s'il était resté trois minutes de plus dans cette position ; mais le bruit de sa chute fit accourir à son aide sur le champ de bataille une femme qui s'était tenue jusqu'alors dans une chambre de derrière. Cette nouvelle alliée aurait pu toute seule lutter contre le gladiateur. Elle était de haute taille, maigre, et elle avait des bras qui pouvaient donner autre chose que de doux embrassements. En effet, la gracieuse compagne de Burbo le marchand de vin avait comme lui combattu dans le cirque[1] et même sous les yeux de l'empereur. Burbo l'invincible, Burbo, dit-on, cédait quelquefois la palme à sa douce Stratonice. Cette aimable créature ne vit pas plus tôt l'imminent péril où se trouvait son époux, que, sans autres armes que celles que la nature lui avait accordées, elle se précipita sur le gladiateur, et, le saisissant par le milieu du corps de ses bras longs et pareils à deux serpents, elle le souleva au-dessus de l'aubergiste, ne lui laissant que les mains encore attachées au cou de son ennemi. C'est ainsi que nous voyons parfois un chien enlevé par les pattes de derrière, par quelque domestique envieux, dans une lutte où il a terrassé son adversaire ; une moitié de l'animal demeure suspendue dans les airs, passive et inoffensive, tandis que l'autre moitié, tête, dents, yeux et griffes, semble ensevelie et engloutie dans les chairs palpitantes du vaincu. Pendant ce temps-là, les gladiateurs élevés et nourris dans le sang, qu'ils suçaient en quelque sorte avec plaisir, entourèrent joyeusement les combattants... Leurs narines s'ouvrirent, leurs lèvres ricanèrent, leurs yeux se fixèrent avidement sur la gorge saignante de l'un et sur les griffes dentelées de l'autre.

1. Des femmes combattaient parfois dans l'amphithéâtre. *(Note de l'auteur.)*

« *Habet* (il a son compte), *habet*, s'écrièrent-ils avec une espèce de hurlement, et en frottant leurs mains nerveuses les unes contre les autres.

— *Non habeo*, menteurs (non, je ne l'ai pas, mon compte) », cria l'hôte en se délivrant par un puissant effort des mains terribles de Lydon, et, en se dressant sur ses pieds, respirant à peine, déchiré, sanglant, il grinça des dents et jeta un regard d'abord voilé, puis enflammé de courroux, sur son adversaire, qui se débattait (non pas sans mépris) entre les mains de la fière amazone.

« Beau jeu, s'écrièrent les gladiateurs, un contre un ! » et entourant Lydon et la femme, ils séparèrent l'hôte aimable de son gracieux habitué.

Mais Lydon, rougissant de sa position, et essayant en vain de se débarrasser de l'étreinte de la virago, mit la main à sa ceinture et en tira un petit couteau. Son regard était si menaçant, et la lame du couteau était si brillante, que Stratonice se recula avec effroi ; car elle n'employait pas d'autre mode de combattre que celle que nous avons appelée pugilat.

« Ô dieux ! s'écria-t-elle, le misérable ! il a des armes cachées ! Est-ce de bonne guerre ? Est-ce là agir en galant homme et en gladiateur ? Non, certes, et de tels compagnons ne sont pas faits pour moi. »

Elle tourna le dos au gladiateur avec dédain, et s'empressa d'examiner l'état de son mari.

Nydia qui a joué de la cithare chez Arbacès rentre chez ses maîtres, les patrons de la taverne. Elle déclare qu'elle ne participera plus à ces banquets. Stratonice commence à la battre (II, chap. 2). Ses cris attirent Glaucus qui vient d'entrer dans la taverne avec Lépidus et Claudius (II, début du chap. 3).

Chapitre 3

Glaucus fait un marché qui plus tard lui coûte cher

En ce moment, un grand cri d'angoisse et de terreur fit tressaillir toute la compagnie.

« Excellent ! s'écria Lépidus en riant ; venez, Claudius, partageons avec Jupiter*, il a peut-être rencontré une Léda*.

— Oh ! épargnez-moi ! épargnez-moi ! je ne suis qu'une enfant, je suis aveugle !... N'est-ce pas assez de ce châtiment pour moi ?

— Par Pallas* ! je reconnais cette voix, c'est la voix de ma pauvre bouquetière », s'écria Glaucus, et il s'élança aussitôt vers l'endroit d'où partaient ces cris.

Il ouvrit vivement la porte ; il vit Nydia se tordant sous l'étreinte de la vieille irritée ; la corde, déjà teinte de sang, tournoyait en l'air. Il s'en empara d'une main.

« Furie ! dit Glaucus, et, de son autre main, il arracha Nydia à la vieille. Comment osez-vous maltraiter ainsi une jeune fille, une personne de votre sexe, une enfant ?... Ma Nydia, ma pauvre enfant.

— Oh ! est-ce vous ? est-ce Glaucus ? » s'écria la bouquetière avec un indicible transport. Les larmes s'arrêtèrent sur ses joues ; elle sourit, se pressa sur son sein, et baisa sa robe en s'y attachant.

« Et comment osez-vous, insolent étranger, vous interposer entre une femme libre et son esclave ? Par les dieux ! en dépit de votre belle tunique et de vos affreux parfums, je doute que vous soyez un citoyen romain, mon petit homme !

— Parlons mieux, maîtresse, parlons mieux, dit Claudius qui entra avec Lépidus. C'est mon ami et mon frère juré, il doit être à l'abri de votre langue, ma colombe ; il pleut des pierres.

— Rendez-moi mon esclave ! s'écria la virago en mettant sa forte main sur la poitrine du Grec.

— Non pas ; quand toutes les Furies vos sœurs vous assisteraient, répondit Glaucus. Ne crains rien, ma douce Nydia ; un Athénien n'a jamais abandonné les malheureux.

— Holà ! dit Burbo en se levant, quoique à regret. Pourquoi tout ce bruit à propos d'une esclave ? Laissez tranquille ce jeune patricien, femme ; qu'il s'en aille. A cause de lui, faites grâce pour cette fois à cette impertinente. »

En parlant ainsi, il éloigna ou plutôt il entraîna sa féroce compagne.

« Il me semble que, lorsque nous sommes entrés, il y avait un autre homme ici, dit Claudius.

— Il est parti. »

Car le prêtre d'Isis* avait pensé qu'il était pour lui grand temps de disparaître.

« Oh ! un de mes amis, un camarade, un chien tranquille, qui n'aime pas les querelles, dit Burbo négligemment. Mais retirez-vous, enfant ; vous allez déchirer la tunique de ce noble jeune homme, si vous vous y cramponnez ainsi ; retirez-vous, on vous a pardonné.

— Oh ! ne m'abandonnez pas », s'écria Nydia en s'attachant davantage à l'Athénien.

Ému de sa situation, de l'appel qu'elle faisait à sa générosité, non moins que de sa grâce touchante et inexprimable, le Grec s'assit sur un des rudes sièges de la chambre et prit Nydia sur ses genoux ; il essuya avec ses longs cheveux le sang qui coulait sur les épaules de la jeune fille, et avec ses baisers, les larmes qu'elle avait sur les joues ; il lui dit ces mille et mille mots tendres dont on se sert pour calmer le chagrin d'un enfant ; il parut si beau dans cette douce œuvre de consolation, que le cœur féroce de Stratonice en fut lui-même ému ; la présence de l'étranger semblait répandre une lumière dans cet antre obscur et obscène. Jeune, magnifique, glorieux, il offrait l'emblème du bonheur le plus parfait de la terre, qui relève le malheur le plus désespéré.

« Qui aurait pu penser que notre Nydia aurait été honorée à ce point ? » dit la virago, en essuyant la sueur de son front.

Glaucus regarda Burbo.

« Brave homme, dit-il, c'est votre esclave ; elle chante bien ; elle a l'habitude de soigner les fleurs. Je veux faire présent d'une esclave pareille à une dame. Voulez-vous me la vendre ? »

Pendant qu'il parlait, il sentit tout le corps de la pauvre fille trembler de plaisir ; elle se leva, elle écarta de son visage ses cheveux en désordre ; elle jeta les yeux autour d'elle comme si elle pouvait voir.

« Vendre notre Nydia ! non pas », dit Stratonice brusquement.

Nydia se laissa retomber avec un profond soupir, et s'attacha de nouveau à la robe de son protecteur.

« Imbéciles ! dit Claudius d'un ton important. Vous devez faire cela pour moi. Allons, l'homme et la femme, si vous m'offensez, votre état est perdu. Burbo n'est-il pas le client de mon cousin Pansa ? Ne suis-je pas l'oracle de l'amphithéâtre et de ses champions ? Je n'ai qu'à dire un mot pour que vous brisiez toutes vos cruches : vous ne vendrez plus rien. Glaucus, l'esclave est à vous. »

Burbo, évidemment embarrassé, grattait sa large tête.

« La fille vaut son pesant d'or pour moi, dit-il.

— Dites votre prix ; je suis riche », répondit Glaucus.

Les anciens Italiens étaient comme les modernes ; il n'y avait rien qu'ils ne fussent prêts à vendre, à plus forte raison une pauvre fille aveugle.

« J'ai payé six sesterces pour elle, elle en vaut douze maintenant, murmura Stratonice.

— Je vous en donne vingt ; accompagnez-moi chez les magistrats, et de là à ma demeure, où vous recevrez votre argent.

— Je n'aurais pas vendu cette chère enfant pour cent, dit Burbo adroitement ; je ne vous la cède que pour faire plaisir au noble Claudius. Vous me recommanderez à Pansa pour la place de *designator*[1] à l'amphithéâtre, noble Claudius ! elle me conviendrait beaucoup.

— Vous l'aurez », dit Claudius, en ajoutant avec un sourire : « Ce Grec peut faire votre fortune ; l'argent coule dans ses doigts comme l'eau dans un crible : marquez le jour avec de la craie, mon Priam*.

— *An dabis*[2] ? dit Glaucus, employant la formule habituelle des ventes et des achats.

— *Dabitur*[3], répondit Burbo.

— Alors, alors, je vais aller avec vous... avec vous. Ô quel bonheur ! murmura Nydia.

— Oui, ma belle, et ta tâche la plus rude sera désormais de chanter les hymnes de la Grèce à la plus aimable dame de Pompéi. »

La jeune fille se dégagea de son étreinte ; un changement s'opéra sur ses traits si pleins de joie tout à l'heure ; elle soupira profondément, et prenant encore une fois sa main, elle dit :

« Je croyais que j'allais chez vous.

— Oui, pour le moment... Viens... Nous perdons du temps. »

---

1. Sorte de placier qui guidait les spectateurs.
2. « La donneras-tu ? »
3. « Elle sera donnée. »

Chapitre 4

Le rival de Glaucus
gagne du terrain

Ione était un de ces brillants caractères qui, une fois ou deux, se montrent à nous dans le cours de notre existence ; elle réunissait dans une haute perfection les plus rares des dons terrestres, le génie et la beauté ! [...]

Ione donc connaissait son génie ; mais avec cette charmante facilité qui appartient de droit aux femmes, elle avait le talent, si rare chez les hommes d'un génie égal, d'abaisser sa gracieuse intelligence au niveau des gens qu'elle rencontrait. La source brillante répandait également ses eaux sur le sable, dans les cavernes, sur les fleurs ; elle rafraîchissait, elle souriait, elle éblouissait partout. Elle portait aisément l'orgueil, qui est le résultat nécessaire de la supériorité ; il se concentrait en indépendance dans son sein. Elle poursuivait ainsi sa carrière brillante et solitaire ; elle n'avait pas besoin de matrone pour la diriger et la guider ; elle marchait seule à la lueur de sa pureté inaltérable. Elle n'obéissait point à des usages tyranniques et absolus ; elle appropriait les usages à sa volonté, mais avec un charme si délicat et si féminin, si exempt d'erreur, qu'elle ne semblait jamais *outrager* la coutume, mais bien lui *commander*. Le trésor de ses grâces était inépuisable ; elle embellissait l'action la plus commune ; un mot, un regard d'elle, paraissaient magiques. L'aimer, c'était entrer dans un monde nouveau, sortir de cette terre vulgaire et plate, pénétrer dans une région où l'on voyait toute chose à travers un prisme enchanté ; on croyait, en sa présence, entendre une exquise harmonie ; on éprouvait ce sentiment qui n'a presque plus rien de terrestre, et que la musique exprime si bien ; cet enivrement qui épure et élève, qui agit, il est vrai, sur les sens, mais qui leur communique quelque chose de l'âme.

Elle était particulièrement formée pour fasciner et dominer les hommes les moins ordinaires et les plus audacieux ; elle faisait naître deux passions : celle de l'amour et celle de l'ambition. On aspirait à s'élever en l'adorant : il n'était donc pas étonnant qu'elle eût complètement enchaîné et soumis l'âme ardente et mystérieuse de l'Égyptien, dans laquelle s'agitaient les passions les plus terribles. Sa beauté et son esprit l'enchaînaient à la fois.

S'étant mis à part du monde ordinaire, il aimait cette hardiesse de caractère qui savait aussi s'isoler au milieu des choses vulgaires. Il ne voyait pas, ou ne voulait pas voir que cet isolement même éloignait encore plus Ione de lui que de la foule. Leurs solitudes étaient aussi lointaines que les pôles, aussi différentes que le jour et la nuit. Il était solitaire avec ses vices sombres et solennels ; elle, avec sa riche imagination et la pureté de sa vertu. [...]

Après le portrait d'Ione, celui de Glaucus.

Rejetées ainsi sur elles-mêmes, les qualités les plus ardentes de Glaucus ne trouvaient pas d'issue, excepté dans cette imagination exubérante qui donnait de la grâce au plaisir et de la poésie à la pensée ; le repos était moins méprisable que la lutte avec des parasites et des esclaves, et la volupté pouvait avoir ses raffinements lorsque l'ambition ne pouvait être ennoblie. Mais tout ce qu'il y avait de meilleur et de plus brillant dans son âme s'était éveillé du moment qu'il avait connu Ione : là était un empire digne de l'effort des demi-dieux ; là était une gloire que les vapeurs impures d'une société corrompue ne pouvaient ni souiller ni obscurcir. L'amour de tout temps, en tout lieu, trouve ainsi de la place pour ses autels d'or ; et dites-moi si, même dans les époques les plus favorables à la gloire, il y a jamais eu un triomphe plus capable d'enivrer et d'exalter que la conquête d'un noble cœur ?

L'influence grecque à Pompéi

Si l'Égypte, avec le personnage d'Arbacès, joue un grand rôle dans le roman, c'est la Grèce, dont sont originaires les principaux personnages, qui est au centre de l'intérêt dramatique, à travers Glaucus, ce jeune aristocrate désœuvré dont la fortune immense n'est pas un motif suffisant pour lui assurer une existence active. Glaucus a conscience d'appartenir à une autre civilisation que celle des Pompéiens, il ne peut oublier que la Grèce, sa patrie, a été conquise, sous prétexte d'être « libérée », par les Romains, puis asservie. Certes les rapports entre la Grèce et l'Italie ont été multiples depuis la plus haute Antiquité et n'oublions pas que Pompéi se trouve située sur la partie de l'Italie que l'on nomme la Grande Grèce. La ville elle-même, après avoir été dominée par les Osques, passa sous l'emprise grecque au VIe siècle av. J.-C. Après la vague étrusque, de nouveau les Grecs s'imposèrent, pendant le Ve siècle, avant de céder du terrain devant les Samnites. Après la défaite de Philippe V de Macédoine à Cynoscéphale (197 av. J.-C.), les cités grecques tombent sous la domination romaine.

Mais paradoxalement la langue et la culture grecques firent irruption dans la société romaine, à tel point que tout homme cultivé parlait couramment grec. Sous l'Empire, la majeure partie de la population parlait le grec qui était devenu, plus que le latin, la véritable langue de communication de tant de peuplades diverses dominées par Rome.

Soit qu'il fût inspiré par ce sentiment ou par tout autre, Glaucus, en présence d'Ione, sentait ses idées plus rayonnantes, son âme plus active, et en quelque sorte plus visible ; s'il était naturel qu'il l'aimât, il n'était pas moins naturel qu'elle le payât de retour.

Jeune, brillant, éloquent, amoureux, et Athénien, il était pour elle comme une incarnation de la poésie du pays de ses ancêtres. Ce n'étaient plus les créatures d'un monde dont les combats et les chagrins sont les éléments ; c'étaient des choses légères que la nature semblait avoir pris plaisir à créer pour ses jours de fête, tant leur jeunesse, leur beauté, leur amour, possédaient de fraîcheur et d'éclat. Ils semblaient hors de leur place au milieu de cette terre rude et commune ; ils appartenaient à l'âge de Saturne* et aux songes des demi-dieux et des nymphes. C'était comme si la poésie de la vie se recueillait et se nourrissait en eux-mêmes, comme si dans leurs cœurs se concentraient les derniers rayons du soleil de Délos et de la Grèce.

Mais si elle montrait de l'indépendance dans le choix de son genre de vie, son modeste orgueil demeurait vigilant en proportion et s'alarmait aisément. Les mensonges de l'Égyptien avaient été inspirés par une profonde reconnaissance de la nature d'Ione. Son récit de la grossièreté, de l'indélicatesse de Glaucus, l'avait blessée au vif : elle le ressentit comme un reproche à son caractère et à sa façon de vivre, et surtout comme une punition de son amour. Elle comprit pour la première fois combien elle avait cédé vite à cette passion ; elle rougit d'une faiblesse dont elle commençait à apercevoir l'étendue ; elle s'imagina que c'était cette faiblesse qui avait produit le mépris chez Glaucus ; elle endura le mal le plus cruel des nobles natures... l'*humiliation*. Cependant son amour n'était peut-être pas moins alarmé que son orgueil ; si un instant elle murmurait des reproches contre Glaucus, si elle renonçait à lui, et le haïssait presque, un moment après elle versait des larmes passionnées, son cœur cédait à sa tendresse, et elle disait avec l'amertume de l'angoisse : « Il me méprise ; il ne m'aime pas. »

Aussitôt après le départ de l'Égyptien, elle s'était retirée dans sa chambre la plus secrète ; elle avait renvoyé ses femmes, elle s'était refusée à recevoir qui que ce fût ; Glaucus avait été exclu avec les autres ; il s'étonnait, il ne devinait pas le motif de cette solitude ; il était loin d'attribuer à son Ione, sa reine, sa déesse, ces caprices de femme dont les poètes amoureux d'Italie ne cessent de se plaindre dans leurs vers. Il se la figurait, dans la majesté de sa candeur, au-dessus de tout artifice qui se plaît à torturer les cœurs. Il était troublé, mais ses espérances n'en étaient pas obscurcies, car il savait déjà qu'il aimait et qu'il était aimé. Que pouvait-il désirer de plus comme talisman contre la crainte ?

Au milieu de la nuit, lorsque les rues furent désertes et que la lune seule put être témoin de son adoration, il alla vers le temple de son cœur, la maison d'Ione, et il lui fit la cour selon la manière ravissante de son pays. Il couvrit son seuil des plus magnifiques guirlandes, et dans chaque fleur il y avait un volume de douces passions. Il charma une longue nuit d'été par les accords du luth de Lycie et des vers que l'inspiration du moment lui faisait improviser.

Mais la fenêtre ne s'ouvrit point, aucun sourire ne vint éclairer cette longue nuit ; tout était sombre et silencieux chez Ione ; il ignorait si ses chants étaient les bienvenus et si son amour était agréé.

Cependant Ione ne dormait point, elle ne dédaignait pas de l'écouter ; ces doux chants montaient jusqu'à sa chambre, et l'apaisaient momentanément sans la subjuguer. Tant qu'elle écouta ces chants, elle ne crut plus son amant coupable ; mais lorsqu'ils eurent cessé et que les pas de Glaucus ne se firent plus entendre, le charme se brisa, et dans l'amertume de son âme elle prit cette délicate prévenance pour un nouvel affront...

J'ai dit qu'elle avait fermé sa porte à tout le monde, à une exception près pourtant. Il y avait une personne qui ne se laissait pas exclure, et qui avait presque sur ses actions et dans sa maison l'autorité d'un parent :

Arbacès réclamait, s'affranchissait de cette interdiction portée contre les autres ; il passait le seuil d'Ione avec la liberté d'un homme qui comprenait ses privilèges et qui était pour ainsi dire chez lui. Il forçait sa solitude avec un air tranquille et assuré, comme s'il ne faisait qu'accomplir une chose ordinaire. Malgré l'indépendance du caractère d'Ione, il s'était acquis par son adresse un secret et puissant empire sur ses volontés. Elle ne pouvait le renvoyer ; parfois elle en eut le désir, mais elle n'en eut jamais la force : elle était fascinée par son œil de serpent. Il la retenait, il la dominait par la magie d'un esprit accoutumé à commander, à se faire craindre. Ne connaissant ni le caractère réel ni l'amour caché de son tuteur, elle éprouvait pour lui le respect que le génie ressent pour la sagesse, et la vertu pour la sainteté ; elle le regardait comme un de ces anciens sages qui acquéraient la connaissance des mystères de la nature par le sacrifice des passions de l'humanité. A peine le considérait-elle comme un être appartenant, ainsi qu'elle, à la terre. C'était à ses yeux un oracle à la fois sombre et sacré ! Il ne lui inspirait pas de l'amour, mais de la crainte. Sa présence ne lui était rien moins qu'agréable. Il assombrissait les plus brillants éclairs de son esprit. On eût dit, à son aspect imposant et glacial, une de ces hautes montagnes qui jettent une ombre sur le soleil ; aussi, ne pouvant pas empêcher ses visites, elle demeurait passive sous une influence qui faisait naître dans son sein non pas de la répugnance, mais une terreur muette et glacée.

Arbacès invite Ione à visiter sa maison (II, fin du chap. 4). Glaucus envoie Nydia porter un message à Ione (II, chap. 5). Les jeunes filles sympathisent, Ione écrit à Glaucus une lettre d'amour (II, chap. 6).

Chapitre 7

Ione est prise dans le filet
La souris essaie
de ronger les mailles

Dans le même temps, Nydia rentrait chez Ione, qui était sortie déjà depuis quelques heures. Elle demanda, sans attacher d'importance à sa demande, où Ione était allée.

La réponse qu'on lui fit la saisit de terreur et d'effroi.

« A la maison d'Arbacès, de l'Égyptien.

— Impossible.

— C'est pourtant ainsi, mon enfant, reprit la suivante qu'elle avait interrogée. Il y a longtemps qu'elle connaît l'Égyptien.

— Longtemps, grands dieux ! et Glaucus l'aime ! murmura Nydia en elle-même. A-t-elle souvent rendu visite à cet homme ? demanda-t-elle.

— Jamais encore, reprit l'esclave... Si ce qu'on dit à Pompéi de la vie scandaleuse de l'Égyptien est vrai, il aurait peut-être mieux valu qu'elle se fût dispensée d'aller chez lui. Mais notre pauvre maîtresse n'entend rien des bruits qui viennent jusqu'à nous. Les commérages du vestibulum n'entrent pas dans le péristyle[1].

— Jamais jusqu'à ce jour ! répéta Nydia ; en êtes-vous sûre ?

— Très sûre, ma petite ; mais qu'est-ce que cela te fait, à toi comme à moi ? »

Nydia hésita un moment ; puis, posant à terre les fleurs dont elle était chargée, elle appela l'esclave qui

---

1. Citation de Térence*.

l'avait accompagnée, et quitta la maison sans ajouter une parole.

A moitié chemin de la demeure de Glaucus, elle rompit le silence et se parla ainsi :

« Elle ne peut connaître, elle ne connaît pas les dangers qu'elle court... Folle que je suis !... Est-ce à moi de la sauver ?... Oui, car j'aime Glaucus plus que moi-même. »

Lorsqu'elle arriva à la maison de l'Athénien, elle apprit qu'il venait de sortir avec des amis, et qu'on ne savait où il était. Il ne reviendrait pas probablement avant une heure avancée de la nuit.

La Thessalienne* soupira ; elle se laissa tomber sur un siège et se couvrit la figure de ses mains, comme pour rassembler ses pensées. « Il n'y a pas de temps à perdre », pensa-t-elle en se levant ; elle s'adressa à l'esclave qui lui avait servi de guide.

« Sais-tu, lui dit-elle, si Ione a quelque parent, quelque intime ami à Pompéi ?

— Par Jupiter, répondit l'esclave, voilà une sotte question ! Tout le monde à Pompéi sait qu'Ione a un frère, qui, jeune et riche, a été assez fou, soit dit entre nous, pour se faire prêtre d'Isis*.

— Un prêtre d'Isis*, ô dieux ! Son nom ?

— Apœcides !

— Je sais tout, murmura Nydia : frère et sœur sont à la fois victimes. Apœcides, oui, c'est le nom que j'ai entendu chez... Ah ! il comprendra alors le péril où se trouve sa sœur ; je veux aller le trouver. »

Elle se leva, en prenant le bâton sur lequel elle s'appuyait, et se rendit aussitôt au temple voisin d'Isis. Jusqu'à ce qu'elle eût été sous la garde du généreux Grec, ce bâton avait suffi aux pas de la pauvre fille aveugle pour traverser Pompéi d'un bout à l'autre. Chaque rue, chaque détour, lui étaient familiers dans les quartiers les plus fréquentés ; et, comme les habitants éprouvaient une vénération tendre et à demi superstitieuse pour les personnes frappées de cécité, les passants se dérangeaient toujours pour la laisser suivre sa route. Pauvre fille ! elle était loin de se douter que son malheur deviendrait sa protection, et la garantirait plus sûrement que les yeux les plus clair-voyants.

Mais depuis qu'elle était entrée chez Glaucus, il avait ordonné à un esclave de l'accompagner partout ; celui à qui cette mission était échue, fort gros et fort gras, après être allé deux fois à la maison d'Ione, ne paraissait pas très satisfait d'être condamné à une troisième excursion (sans savoir seulement où ils allaient) ; mais il s'empressa de la suivre, tout en déplorant son sort, et en jurant solennellement, par Castor* et par Pollux*, qu'il croyait que la fille aveugle avait les ailes de Mercure*, non moins que le bandeau de Cupidon*.

Nydia ne réclama qu'à peine son assistance pour arriver, malgré la foule, au temple d'Isis*. L'espace qui s'étendait devant le temple était en ce moment désert, et elle parvint sans obstacle jusqu'à la grille sacrée.

« Il n'y a personne ici, dit le gros esclave. Que veux-tu ? qui demandes-tu ? Ne sais-tu pas que les prêtres ne demeurent pas dans leur temple ?

— Appelle, dit-elle avec impatience. Nuit et jour il doit y avoir au moins un flamine à veiller devant l'autel d'Isis. »

L'esclave appela. Aucun prêtre ne parut.

« Ne vois-tu personne ?

— Personne.

— Tu te trompes, j'entends un soupir, regarde de nouveau. »

L'esclave, étonné et grommelant, jeta autour de lui ses yeux appesantis, et devant un des autels, dont les débris des offrandes remplissaient encore l'étroit espace, aperçut quelqu'un dans l'attitude de la méditation.

« Je vois une figure, dit-il, et, si j'en juge par ses vêtements blancs, ce doit être un prêtre.

— Ô flamine d'Isis* ! cria Nydia, serviteur de la plus ancienne déesse, écoute-moi !

— Qui m'appelle ? dit une voix faible et mélancolique.

— Une personne qui a des choses importantes à révéler à un membre de votre corps ; je viens faire une déclaration et non demander des oracles.

— A qui voulez-vous parler ? L'heure n'est pas bien choisie pour une conférence ; partez, ne me troublez pas. La nuit est consacrée aux dieux, le jour aux hommes.

— Il me semble que je connais ta voix. Tu es celui que je cherche. Cependant je ne t'ai entendu parler qu'une fois. N'es-tu pas le prêtre Apœcides ?

— Je le suis, répliqua le prêtre, quittant l'autel et s'approchant de la grille.

— C'est toi ? les dieux en soient loués ! » Étendant la main vers l'esclave, elle lui fit signe de s'éloigner ; et lui, qui pensait naturellement que quelque superstition, dans l'intérêt de la sûreté d'Ione, avait seule pu la conduire au temple, obéit et s'assit par terre à quelque distance. « Chut ! dit-elle ; parle promptement et bas. Es-tu en effet Apœcides ?

— Puisque tu me connais, tu n'as qu'à te rappeler mes traits.

— Je suis aveugle, répondit Nydia ; mes yeux sont dans mes oreilles, ce sont elles qui te reconnaissent. Jure-moi que tu es celui que je cherche.

— Je le jure par les dieux, par ma main droite et par la lune.

— Chut ! parle bas... Penche-toi... Donne-moi ta main. Connais-tu Arbacès ?... As-tu déposé des fleurs aux pieds de la mort ?... Ah ! ta main est froide... Écoute encore... As-tu prononcé le terrible vœu ?

— Qui es-tu ? D'où viens-tu, pâle jeune fille ? dit Apœcides avec anxiété. Je ne te connais pas. Ce n'est pas sur ton sein que ma tête s'est reposée. Je ne t'ai jamais vue avant ce moment.

— Mais tu as entendu ma voix : n'importe ! ces souvenirs nous feraient rougir l'un et l'autre. Écoute ! tu as une sœur ?

— Parle ! parle ! que lui est-il arrivé ?

— Tu connais les banquets de la mort, étranger ; il te plaît peut-être de les partager ?... Te plairait-il d'y voir ta sœur assise à côté de toi ?... Te plairait-il qu'Arbacès fût son hôte ?

— Ô dieux ! il ne l'oserait pas. Jeune fille, si tu te joues de moi, tremble ; je te déchirerai membre par membre.

— Je te dis la vérité et, pendant que je parle, Ione est chez Arbacès... son hôte pour la première fois... Tu sais s'il y a du péril dans cette première fois. Adieu ! j'ai rempli mon devoir.

— Arrête ! arrête ! s'écria le prêtre en pressant son front de sa main amaigrie. Si ce que tu dis est vrai... comment faire pour la sauver ? On me refusera l'entrée de cette maison ; c'est un labyrinthe dont je ne connais pas les détours. Ô Némésis* ! je suis justement puni !

— Je vais renvoyer mon esclave ; sois mon guide et mon compagnon. Je te conduirai à la porte secrète de cette maison. Je soufflerai à tes oreilles le mot qui te fera admettre. Prends une arme ; elle pourra te servir.

— Attends un instant », dit Apœcides.

Il se retira dans une des cellules qui s'ouvraient sur les côtés du temple, et reparut quelque temps après enveloppé dans un large manteau qui était porté alors par les personnes de toutes classes, et qui recouvrait ses vêtements sacrés.

« Maintenant, dit-il en grinçant des dents, si Arbacès osait... mais il n'osera pas, il n'osera pas ; pourquoi le soupçonner ? Serait-il assez misérable ? Je ne peux pas le penser ! Cependant c'est un sophiste, c'est un sombre imposteur. Ô dieux ! protégez... Mais que dis-je ? est-il des dieux ? oui, il y a du moins une déesse dont je

puis faire parler la voix ; et cette déesse, c'est la
Vengeance ! »

En murmurant ces paroles incohérentes, Apœcides,
suivi de sa compagne silencieuse et aveugle, se rendit
à la hâte, par les rues les moins fréquentées, à la
maison de l'Égyptien. Le gros esclave, renvoyé brusquement par Nydia, haussa les épaules, murmura un
juron, et, sans en être fâché d'ailleurs, prit, au petit
trot, le chemin de son cubiculum[1]. [...]

Chapitre 9

Ce que devient Ione dans la maison d'Arbacès Premier signe de la rage du terrible Ennemi

Lorsque Ione entra dans la vaste salle de l'Égyptien,
l'effroi qui avait agité le cœur de son frère s'empara
du sien ; il lui sembla, comme lui, qu'il y avait quelque
chose de mauvais augure, et qui lui criait de prendre
garde, dans les figures tristes de ces monstres thébains,
dont le marbre rendait si bien les traits majestueux et
sans passion :

> Leurs yeux, des temps anciens exprimaient la pensée ;
> L'éternité semblait en eux s'être fixée.

Le grand esclave éthiopien sourit en lui ouvrant la

1. Chambre.

porte, et marcha devant elle pour la conduire. Elle était à peine au milieu de la salle, qu'Arbacès s'avança en habits de fête étincelants de pierreries. Quoiqu'il fît grand jour au-dehors, la maison, selon la coutume des voluptueux, était plongée dans une demi-obscurité, et des lampes jetaient une lumière odorante sur les riches pavés et sur les plafonds d'ivoire.

« Belle Ione, dit Arbacès en s'inclinant pour toucher sa main, c'est vous qui avez éclipsé le jour ; ce sont vos yeux qui éclairent cette salle ; c'est votre haleine qui la remplit de parfums.

— Vous ne devriez pas me parler ainsi, dit Ione en souriant ; vous n'ignorez pas que votre sagesse a suffisamment instruit mon âme pour la mettre au-dessus de ces trop gracieux éloges ; ils me déplaisent ; c'est vous qui m'avez appris à mépriser l'adulation. Voulez-vous donc faire oublier vos leçons à votre pupille ? »

Il y avait quelque chose de si franc et de si charmant dans les manières et dans les paroles d'Ione, que l'Égyptien n'en devint que plus épris d'elle, et plus disposé à renouveler le tort qu'il venait de commettre. Cependant, il répondit légèrement et gaiement, et se hâta de continuer la conversation sur d'autres sujets.

Il la conduisit à travers les différentes chambres de sa maison, qui paraissaient aux yeux d'Ione, accoutumés seulement aux élégances modérées des villes de la Campanie, contenir les richesses du monde. [...]

Aussitôt qu'ils arrivèrent dans une salle entourée de draperies blanches, à broderies d'argent, l'Égyptien frappa dans ses mains, et, comme par enchantement, une table splendide se dressa devant eux : un lit, ou plutôt une espèce de trône, couronné d'un dais cramoisi, s'éleva également aux pieds d'Ione, et au même instant on entendit derrière les rideaux une invisible musique d'une douceur extrême.

Arbacès se plaça aux pieds de la Napolitaine, et des enfants beaux comme l'Amour servirent le festin.

A table

Le rythme de la journée romaine n'a que peu de rapports avec le nôtre. L'organisation des repas est donc très différente de celle que nous connaissons aujourd'hui.

Le petit déjeuner *(jentaculum)*, la plupart du temps réduit à un verre d'eau, voire à quelques olives avec un quignon de pain, est suivi, au bout de quelques heures, d'un repas sur le pouce *(prandium)* que l'on prend vers midi et qui est fort frugal. Le véritable repas de la journée c'est la *cena*. Elle commence, en général, vers le milieu de l'après-midi, trois ou quatre heures, pour se terminer à la tombée de la nuit, rarement plus tard. Ce repas est servi après le bain quotidien que l'on va prendre aux thermes en début d'après-midi, les affaires expédiées. Cette cena compte, en général, quatre services, entrecoupés parfois de danses et de musiques. On mange beaucoup, mais il ne faut pas oublier que l'on n'a pratiquement pas encore mangé de la journée. Les convives sont allongés sur des lits qui, disposés en U, reçoivent chacun trois dîneurs qui appuient leur bras gauche sur le coussin. On distingue un ordre honorifique : le lit du milieu *(medius lectus)* est celui réservé aux hôtes que l'on veut honorer. Ces lits à trois places, nommés *triclinium*, seront remplacés par un seul lit entourant la table et appelé *sigma* en raison de sa ressemblance avec le S grec.

Après le repas, la musique s'affaiblit peu à peu, [...] L'Égyptien se leva en prenant Ione par la main, la conduisit à travers la salle du banquet : les rideaux s'ouvrirent comme par magie, et la musique fit entendre des sons plus joyeux et plus marqués. Ils passèrent entre des rangées de colonnes, aux deux côtés desquelles deux fontaines répandaient les eaux les plus parfumées. Ils descendirent dans le jardin par un large et facile escalier. La soirée commençait, la lune s'élevait déjà dans les cieux, et les douces fleurs qui dorment le jour et mêlent aux brises de la nuit d'ineffables odeurs, croissaient dans les allées ombreuses légèrement éclairées, ou bien, rassemblées en corbeilles, étaient placées, comme des offrandes, aux pieds des nombreuses statues qu'ils rencontraient à chaque pas.

« Où me conduisez-vous, Arbacès ? demanda Ione avec un peu d'étonnement.

— Ici près, répondit-il en désignant un petit édifice en perspective, à ce temple consacré aux Destinées... Nos rites exigent un terrain consacré. »

Ils entrèrent dans une étroite salle au bout de laquelle était suspendu un rideau noir. Arbacès l'écarta. Ione et lui se trouvèrent dans l'obscurité.

« Ne vous alarmez pas, dit l'Égyptien ; la lumière ne tardera pas à briller. »

Pendant qu'il parlait, une lueur douce, et qui communiquait une agréable chaleur, se répandit insensiblement autour d'eux. A mesure que chaque objet se détachait de l'obscurité, Ione s'apercevait qu'elle était dans un appartement de moyenne grandeur, et tendu de noir de tous les côtés. Des draperies de la même couleur recouvraient le lit préparé pour qu'on pût s'y asseoir. Au centre de la chambre se dressait un petit autel avec un trépied de bronze. D'un côté une haute colonne de granit était surmontée d'une tête colossale en marbre noir, dont la couronne d'épis de blé fit reconnaître à Ione la grande déesse égyptienne. Arbacès se tenait devant l'autel, sur lequel il avait déposé sa guirlande. Il semblait occupé à verser dans le trépied une liqueur renfermée dans un vase de cuivre. Tout à coup s'élança du trépied une flamme bleue, vive et irrégulière. L'Égyptien revint près d'Ione et prononça quelques paroles dans un langage étranger. Le rideau placé derrière l'autel s'agita confusément ; il s'ouvrit avec lenteur, et par cette ouverture Ione aperçut vaguement un paysage qui, à mesure qu'elle regardait, accusait des formes plus distinctes. Elle découvrit clairement des arbres, des rivières, des prairies, et la plus magnifique variété de la plus opulente campagne. Enfin, devant le paysage, une ombre glissa et s'arrêta devant elle ; le charme qui agissait sur le reste de la scène sembla agir également sur cette ombre : elle s'anima, prit un corps, et Ione reconnut ses propres traits et toute sa personne dans ce fantôme.

Alors le paysage du fond s'évanouit et fit place à la représentation d'un riche palais. Un trône était au milieu de la salle ; autour du trône étaient rangées des formes d'esclaves et de gardes, et une main pâle soutenait au-dessus du trône l'apparence d'un diadème.

Un nouvel acteur apparut ; il était vêtu de la tête aux pieds d'une robe noire ; sa figure était cachée. Il s'agenouilla aux pieds de l'ombre d'Ione ; il lui prit la main, il montra le trône, comme s'il l'engageait à s'y aller asseoir.

Le cœur de la Napolitaine battit violemment.

« Voulez-vous que l'ombre se fasse connaître ? demanda Arbacès, qui était à côté d'elle.

— Oh ! oui », murmura doucement Ione.

Arbacès leva la main... Le fantôme sembla écarter le manteau qui le couvrait, et Ione frémit... C'était Arbacès lui-même qui était à genoux devant elle.

« Voilà ta destinée, murmura de nouveau la voix de l'Égyptien à son oreille. Tu seras la femme d'Arbacès. »

Ione frissonna. Le noir rideau se referma sur cette fantasmagorie, et Arbacès lui-même, le vivant Arbacès, tomba aux pieds d'Ione. [...]

Seule, et au pouvoir de cet homme singulier et redoutable, Ione n'éprouvait pas pourtant de terreur. Son langage respectueux, la douceur de sa voix la rassurèrent : elle se sentait d'ailleurs protégée par sa propre pureté, mais elle était confuse, étonnée : il lui fallut quelques moments pour qu'elle pût retrouver ses idées et répondre.

« Levez-vous, Arbacès, dit-elle enfin ; et elle se résigna à lui tendre la main, qu'elle retira promptement, du reste, lorsqu'elle y sentit la pression ardente de ses lèvres ; si ce que vous me dites est sérieux, si votre langage est vrai...

— *S'il est vrai !* reprit-il avec tendresse.

— C'est bien. Écoutez-moi donc. Vous avez été mon tuteur, mon ami, mon conseiller ; je ne suis pas préparée au nouveau caractère sous lequel vous vous montrez à moi. Ne pensez pas, ajouta-t-elle vivement en voyant l'éclair d'une sombre passion traverser ses yeux, ne pensez pas que je méprise votre amour... que je n'en suis pas touchée... que je ne me trouve pas honorée de votre hommage... Mais... répondez-moi... pouvez-vous m'écouter avec calme ?

— Oui, tes paroles dussent-elles être la foudre et m'écraser.

— *J'en aime un autre*, dit Ione en rougissant, mais d'une voix assurée.

— Par les dieux, par les enfers, s'écria Arbacès en se relevant de toute sa hauteur, ne me parle pas ainsi... ne te joue pas de moi... c'est impossible... Qui as-tu vu ? qui as-tu connu ?... Oh ! Ione, c'est un artifice de femme !... Oui, une ruse féminine... Tu veux gagner du temps... Je t'ai surprise, tu as eu peur. Fais de moi ce que tu voudras, dis-moi que tu ne m'aimes pas ; mais ne me dis pas que tu en aimes un autre.

— Hélas ! » soupira Ione, et effrayée de cette violence soudaine et inattendue, elle fondit en larmes.

Arbacès se rapprocha d'elle... son haleine brûlante effleurait les joues d'Ione... Il la saisit dans ses bras. Elle se déroba à son étreinte... Dans cette lutte, des tablettes s'échappèrent de son sein sur le pavé... Arbacès les aperçut et s'en empara... C'était la lettre qu'elle avait reçue le matin même de Glaucus... Ione tomba sur le lit, à moitié morte.

Les yeux d'Arbacès parcoururent rapidement l'écrit ; la Napolitaine n'osait lever les yeux sur lui : elle n'aperçut pas la pâleur terrible qui se répandit sur sa figure... elle ne remarqua pas le froncement de ses sourcils, ni le tremblement de ses lèvres, ni les convulsions de sa poitrine... Il lut la lettre tout entière, et puis, la laissant glisser de sa main, il dit avec un calme décevant :

« Est-ce l'auteur de cette lettre que tu aimes ? »

Ione soupira et ne répondit pas.

« Parle. » Et ce fut un cri plutôt qu'une parole.

« C'est lui, c'est lui.

— Et son nom... est écrit ici... Son nom est Glaucus ? »

Ione joignit les mains et regarda autour d'elle, comme pour chercher du secours ou un moyen de fuir.

« Écoute-moi, dit Arbacès à voix basse, avec une sorte de murmure. Tu iras à la tombe plutôt que dans ses bras. Quoi ! te figures-tu qu'Arbacès souffrira pour rival ce faible Grec ? Quoi ! penses-tu qu'il aura laissé mûrir le fruit pour le céder à un autre ? non, belle insensée ! tu m'appartiens, à moi, à moi seul... Je te saisis et je te prends, voilà mes droits. »

En parlant ainsi, il serra fortement Ione contre son sein, et dans ce terrible embrassement il y avait autant de haine que d'amour. Le désespoir donna à Ione une force surnaturelle ; elle se délivra encore de son étreinte et courut vers l'endroit de la chambre par lequel elle était entrée : elle en souleva le rideau, mais elle se sentit ressaisie par Arbacès. Elle s'échappa encore ; puis tomba épuisée, en jetant un grand cri, au pied de la colonne qui supportait la tête de la déesse égyptienne. Arbacès s'arrêta comme pour reprendre haleine, avant de se précipiter de nouveau sur sa proie.

En ce moment le rideau fut tiré violemment, et l'Égyptien sentit une main forte et exaspérée se poser sur son épaule ; il se retourna et vit derrière lui les yeux flamboyants de Glaucus et la pâle, morne, mais menaçante figure d'Apœcides.

« Ah ! s'écria-t-il en les regardant l'un et l'autre, quelle furie vous a envoyés ici ?

— *Até** », répondit Glaucus ; et il essaya aussitôt de renverser l'Égyptien.

Pendant ce temps-là, Apœcides relevait sa sœur, demeurée sans connaissance ; mais ses forces épuisées par les longs labeurs de la pensée ne lui suffirent pas pour l'emporter, toute légère et délicate qu'elle était ; il la posa sur le lit, et se plaça devant elle un poignard à la main, épiant la lutte de Glaucus et de l'Égyptien, et prêt à plonger son arme dans le sein d'Arbacès, s'il obtenait l'avantage sur son rival. Il n'y a peut-être rien de plus terrible sur la terre que le combat de deux êtres qui n'ont d'autres armes que celles que la nature peut donner à la rage. Les deux antagonistes se tenaient étroitement embrassés, les mains de chacun d'eux cherchant la gorge de son ennemi, le visage en arrière... Les yeux pleins de flammes... les muscles roidis... les veines gonflées... les lèvres entrouvertes... les dents serrées, ils étaient doués l'un et l'autre d'une force extraordinaire et d'une haine égale ; ils s'étreignaient, se tordaient, se déchiraient, se poussaient çà et là dans leur étroite arène ; jetaient des cris de rage et de vengeance ; tantôt devant l'autel, tantôt au pied de la colonne où la lutte avait commencé ; ils se séparèrent pour respirer, Arbacès s'appuyant contre la colonne, Glaucus un peu plus loin.

« Ô déesse antique ! s'écria Arbacès en levant les yeux vers l'image sacrée qu'elle supportait ; protège ton élu, proclame ta vengeance contre le disciple d'une religion née après la tienne, dont la sacrilège audace profane ton sanctuaire et attaque tes serviteurs ! »

À ces paroles, les traits jusqu'alors immobiles de la figure parurent s'animer ; à travers le marbre nu, comme à travers un voile, courut une lumière rouge et brûlante. Autour de la tête des éclairs livides se jouèrent, et ses yeux, étincelants comme des globes de feu, se fixèrent avec une expression d'indicible colère sur le Grec. Étonné, épouvanté par cette soudaine et prodigieuse réponse qu'obtenait la prière de son ennemi, Glaucus, qui n'était pas exempt des superstitions héréditaires de sa race, pâlit ; en présence de cette

subite animation du marbre, ses genoux s'entrecho-
quèrent... il demeura saisi d'une terreur religieuse,
confus, éperdu, sans forces devant son adversaire.
Arbacès ne lui laissa pas le temps de se remettre de
sa frayeur.

« Meurs, misérable ! s'écria-t-il, d'une voix de tonnerre, en s'élançant sur le Grec. La puissante mère te
réclame comme un vivant sacrifice ! »

Attaqué ainsi, dans le premier moment de la
consternation causé par sa crainte superstitieuse, le
Grec perdit son équilibre ; le pavé de marbre était uni
comme une glace, il glissa, il tomba. Arbacès mit le
pied sur le sein de son adversaire abattu. Apœcides, à
qui sa profession sacrée, non moins que sa connaissance du caractère d'Arbacès, avait appris à se méfier
de ces miraculeuses intercessions, n'avait pas partagé
l'effroi de son compagnon. Il se précipita en agitant
son poignard ; mais l'Égyptien, sur ses gardes, arrêta
son bras et arracha vigoureusement l'arme de la faible
main du prêtre, qu'il renversa en même temps à ses
pieds : il brandit à son tour le poignard avec la joie
du triomphe. Glaucus considérait le sort qui lui était
réservé d'un air froid, avec la résignation dédaigneuse
d'un gladiateur vaincu, lorsque, en cet instant décisif,
le pavé frémit sous eux d'une façon convulsive et
rapide ; un Esprit plus puissant que celui de l'Égyptien
était déchaîné... un pouvoir gigantesque devant lequel
s'effaçaient sa passion et ses artifices. Il s'éveillait, il
se déclarait, l'affreux démon des tremblements de
terre, se riant à la fois des ruses de la magie et de la
malice des colères humaines. Semblable au Titan* sur
qui sont accumulées des montagnes, il se réveillait du
sommeil des ans, se mouvait sur sa couche d'angoisse,
pendant que les cavernes poussaient des gémissements
et s'agitaient sous le mouvement de ses membres. Au
moment où Arbacès se croyait sûr de la victoire et se
félicitait de sa puissance, comme un demi-dieu, il
retomba dans sa poussière primitive. Au loin, sous le

sol, se fit entendre le roulement d'un bruit sourd ; les rideaux de la salle se tordirent comme au souffle de la tempête ; l'autel s'ébranla ; le trépied chancela ; et au-dessus du lieu du combat, la colonne vacilla de côté et d'autre ; la tête de la déesse se détacha et tomba de son piédestal ; et, dans le moment où l'Égyptien se baissait sur la victime pour la frapper, la masse de marbre atteignit son corps plié en deux, entre les épaules et le cou. Le choc l'étendit sur le pavé, comme si le coup était mortel, sans qu'il pût jeter un cri ou faire un mouvement ; on eût dit qu'il était écrasé par la divinité que son impiété avait animée et invoquée.

« La terre a préservé ses enfants, dit Glaucus en se relevant. Bénie soit cette terrible convulsion ! Adorons la puissance des dieux ! »

Il aida Apœcides à se lever, et retourna ensuite le visage d'Arbacès, qui paraissait inanimé ; le sang jaillissait de la bouche de l'Égyptien sur ses riches vêtements, le corps retomba des bras de Glaucus à terre, et le sang continua à se répandre sur le pavé. La terre trembla de nouveau sous les pas d'Apœcides et de Glaucus. Ils furent contraints de se soutenir l'un l'autre. La convulsion cessa presque aussitôt. Ils ne s'arrêtèrent pas plus longtemps. Glaucus prit dans ses bras Ione, poids léger pour lui, et ils sortirent de ce profane séjour. A peine furent-ils entrés dans le jardin, qu'ils rencontrèrent de tous côtés une troupe de femmes et d'esclaves, fuyant en groupes désordonnés, et dont les habits de fête contrastaient, comme une moquerie, avec la terreur de cette heure solennelle. Ils avaient assez de leur frayeur pour les occuper. Après soixante ans de tranquillité, ce sol brûlant et dangereux menaçait de nouveau ses habitants de leur destruction. On n'entendait qu'un cri : *Le tremblement de terre ! le tremblement de terre !*

Passant au milieu de cette foule sans qu'elle prît garde à eux, Apœcides et Glaucus n'entrèrent pas dans la maison ; ils se hâtèrent de descendre une des allées du jardin, passèrent par une petite porte, et, au-dehors, retrouvèrent, assise sur un tertre ombragé par de sombres aloès, la jeune fille aveugle, qu'un rayon de la lune leur fit reconnaître. Elle pleurait amèrement.

LIVRE TROISIÈME

Chapitre 1

Le forum des Pompéiens
Ébauche du premier mécanisme
au moyen duquel
la nouvelle ère du monde
fut préparée

La matinée n'était pas encore avancée, et le forum se trouvait déjà rempli de gens affairés et oisifs. De même que de nos jours à Paris, dans les villes d'Italie, à cette époque, les habitants vivaient presque constamment hors de chez eux. Les édifices publics, le forum, les portiques, les bains, les temples eux-mêmes, pouvaient être considérés comme leurs véritables demeures ; il ne faut pas s'étonner qu'ils décorassent si magnifiquement ces places favorites de réunion, pour lesquelles ils ressentaient une sorte d'affection domestique, non moins qu'un orgueil public. Le forum de Pompéi était en particulier singulièrement animé à cette heure ! Le long de son large pavé, composé de grandes dalles de marbre, plusieurs groupes assemblés conversaient ensemble avec cette habitude énergique qui approprie un geste à chaque mot, et qui est encore un des signes caractéristiques des peuples du Midi. Là, par l'un des côtés de la colonnade, on voyait assis

dans sept boutiques les changeurs de monnaie, avec
leurs trésors étalés devant eux, tandis que les marchands et les marins, dans des costumes variés, entouraient leurs échoppes. De l'autre côté, des hommes en
longues toges[1] montaient rapidement les degrés d'un
magnifique édifice, où les magistrats administraient la
justice ; il y avait là des avocats actifs, bavards, diseurs
de bons mots, faiseurs de pointes, comme on en voit
à Westminster. Au centre de l'espace, des piédestaux
supportaient diverses statues, dont la plus remarquable
était celle de Cicéron*, d'un aspect imposant. Autour
de la cour s'élevait une colonnade régulière et symé-
trique d'architecture dorique, où plusieurs personnes,
appelées dans ce lieu par leurs affaires, prenaient le
léger repas qui forme le déjeuner d'un Italien, en
parlant avec animation du tremblement de terre de la
nuit précédente, et en trempant des morceaux de pain
dans leur vin mêlé d'eau.

On apercevait aussi dans l'espace ouvert diverses
espèces de marchands exerçant leur commerce : l'un
présentait des rubans à une belle dame de la campagne ; l'autre vantait à un robuste fermier l'excellence
de ses chaussures ; un troisième, une espèce de restau-
rateur en plein vent, tel qu'il s'en trouve encore dans
les villes d'Italie, fournissait à plus d'une bouche
affamée des mets sortis tout chauds de son petit
fourneau ambulant ; à quelques pas, comme pour
caractériser le mélange d'intelligence et de confusion
de ces temps, un maître d'école expliquait à ses
disciples embarrassés les éléments de la grammaire
latine[2]. Une galerie placée au-dessus du portique, à
laquelle on montait par un escalier de bois, était aussi

1. Les avocats, et les clients qui accompagnaient leurs patrons,
gardaient la toge, dont la mode était déjà passée parmi le reste des
citoyens. *(Note de l'auteur.)*
2. Il y a dans le musée de Naples une peinture peu connue, qui
représente un côté du forum de Pompéi, tel qu'il existait, et à
laquelle j'ai eu recours pour cette description. *(Note de l'auteur.)*

remplie d'une certaine foule ; mais, comme la principale affaire du lieu se traitait là, les groupes, en cet endroit, avaient un air plus tranquille et plus sérieux.

De temps à autre, la foule d'en bas s'ouvrait pour laisser passer respectueusement quelque sénateur qui se rendait au temple de Jupiter* (situé sur l'un des côtés du forum, et au lieu de réunion des sénateurs). Ce haut personnage saluait avec une orgueilleuse condescendance ceux de ses amis ou de ses clients qu'il distinguait dans les groupes. Au milieu des habits pleins d'élégance des personnes du premier rang, on remarquait les rudes vêtements des paysans voisins qui allaient aux greniers publics. Près du temple, on avait devant soi l'arc de triomphe, et la longue rue qui s'étendait au-delà toute remplie d'habitants : de l'une des niches de l'arc jaillissait une fontaine, dont les eaux étincelaient aux rayons du soleil ; s'élevant au-dessus de la corniche, la statue équestre en bronze de Caligula* contrastait fortement avec le pur azur d'un ciel d'été. Derrière les boutiques des changeurs de monnaie se trouvait l'édifice qu'on appelle maintenant le Panthéon ; une multitude de pauvres Pompéiens traversaient, leurs paniers sous le bras, le petit vestibule qui conduisait à l'intérieur, pour se rendre à la plate-forme placée entre les deux colonnes : c'était là que se vendaient les viandes soustraites par les prêtres aux sacrifices. [...]

Quelques aspects religieux du roman

Le culte d'Isis

Peu à peu, devant le scepticisme des tenants de la religion officielle, un culte égyptien acquit, dans les dernières années de la République, mais surtout sous l'Empire, une grande popularité. Il attirait tous ceux qui, avant de connaître le judaïsme, puis le christianisme, cherchaient une religion du salut qui leur promettait des joies après la mort. Le culte de la déesse égyptienne Isis fut la manifestation la plus populaire de cet engouement pour les religions orientales. Sans doute fit-il son entrée dans Rome lors de la conquête de l'Égypte au Ier siècle av. J.-C. et depuis il se multiplia, au point d'avoir des sanctuaires dans de nombreuses cités. Pompéi, qui entretenait de nombreuses relations commerciales avec l'Égypte, avait donc son propre temple, dont on a retrouvé les vestiges et il n'est pas étonnant qu'un des rôles majeurs du roman soit attribué à un prêtre de la religion d'Isis. Cependant, contrairement à ce que semble indiquer le romancier, le culte d'Isis était renommé pour sa pureté, sa sincérité et il lutta longtemps d'influence avec le christianisme qui devint son grand rival.

Le christianisme

Bien qu'historiquement il n'y ait pas eu de colonie chrétienne à Pompéi (sans doute quelques adeptes isolés au sein de la nombreuse colonie juive), le roman fait une large place au christianisme naissant. Secte nouvelle, longtemps considérée par les Romains comme une sorte de judaïsme, le christianisme, par les mystères dont il s'entourait à ses débuts, par crainte et par prudence, fut longtemps considéré comme une religion à mystères. Et comme telle on lui attribua des pratiques étranges, scandaleuses, atroces (meurtres d'enfants, par exemple). Quelques années avant notre roman, en 64, Néron accusa les chrétiens d'avoir brûlé Rome et fit périr quelques-uns d'entre eux qui n'avaient pas pu fuir la cité. Les Romains manifestaient une certaine méfiance pour ces gens d'humble origine, en général, qui parlaient d'égalité entre les hommes et qui, souvent, se montraient d'un fanatisme étranger à l'esprit, volontiers sceptique, des Romains traditionnels.

On les appelait Nazaréens, puisqu'ils suivaient l'enseignement de Jésus de Nazareth.

La religion officielle

A l'époque qui nous intéresse, soit au premier siècle de notre ère, la religion romaine a l'apparence d'une religion figée partagée entre un culte officiel, dirigé par les prêtres (flamines) avec, à leur tête, le grand Pontife et un culte privé que l'on respecte, souvent du bout des lèvres, devant son autel particulier (laraire).

Cette religion peut satisfaire sceptiques et blasés, elle

ne peut convenir à tous ceux qui sont en quête de spiritualité. D'où l'attirance vers les sectes philosophiques (néo-stoïcisme, néo-épicurisme) et vers les cultes orientaux (Cybèle, Mithra, Isis).

Dans le cadre de la cité pompéienne, les rites étrusques, qui sont à l'origine de bien des rites religieux romains, semblent prendre une importance particulière, à travers le personnage de la sorcière, importance, semble-t-il, conforme à la réalité historique : la domination étrusque sur Pompéi a dû s'exercer entre 524 et 474 av. J.-C. et a certainement laissé des traces, au moins dans les pratiques religieuses, voire magiques.

Devant les degrés du temple de Jupiter*, un homme d'environ cinquante ans se tenait les bras croisés, en fronçant les sourcils d'un air méprisant. Son costume était des plus simples, moins pourtant en raison de l'étoffe qui le composait, qu'à cause de l'absence des ornements dont les Pompéiens de toutes les classes avaient l'habitude d'user, soit par ostentation, soit parce qu'ils offraient en général les formes que l'on considérait comme les plus efficaces pour résister aux attaques de la magie et à l'influence du mauvais œil. Son front était élevé et chauve ; le peu de cheveux qui lui restaient derrière la tête étaient cachés par une sorte de capuchon qui faisait partie de son manteau, et qui pouvait se baisser et se relever à volonté. En ce moment, sa tête recouverte à moitié était ainsi défendue contre les ardeurs du soleil. La couleur de ses vêtements était brune, couleur peu estimée des Pompéiens ; il semblait avoir évité avec soin tout mélange de pourpre et d'écarlate. Sa ceinture contenait un pli pour renfermer un encrier attaché par un crochet, ainsi qu'un style et des tablettes d'une certaine grandeur. Ce qu'il y avait de plus remarquable, c'était l'absence de toute bourse, quoique la bourse formât une partie indispensable de la ceinture, même lorsque la bourse avait le malheur d'être vide.

Il n'était pas ordinaire aux gais et égoïstes habitants

de Pompéi de s'occuper à observer le maintien ou les actions de leurs voisins ; mais la bouche et les yeux de cet homme manifestaient une expression si amère et si dédaigneuse, pendant que la procession religieuse montait les degrés du temple, qu'il ne pouvait manquer d'attirer l'attention de beaucoup de personnes.

« Quel est donc ce cynique ? demanda un marchand à un joaillier son confrère.

— C'est Olynthus, répondit le joaillier. Il passe pour un Nazaréen. »

Le marchand frissonna.

« Secte terrible ! reprit-il d'une voix basse et tremblante. On dit que, lorsqu'ils s'assemblent la nuit, ils commencent toujours leurs cérémonies par le meurtre d'un enfant nouveau-né ; ils professent la communauté des biens ! Que deviendraient les marchands, les joailliers, si de pareilles idées prenaient consistance ?

— Cela est bien vrai, dit le joaillier, d'autant qu'ils ne portent pas de bijoux ; ils poussent des imprécations lorsqu'ils voient un serpent, et tous nos ornements à Pompéi ont la forme du serpent.

— Faites-moi le plaisir de remarquer, ajouta un troisième interlocuteur, qui était fabricant de bronzes, comme ce Nazaréen secoue la tête avec pitié en voyant passer la procession. Il murmure quelque chose contre le temple, cela est sûr. Savez-vous, Célénus, que cet homme passant devant ma boutique l'autre jour, et me voyant occupé à travailler une statue de Minerve*, me dit, avec un froncement de sourcil, que si elle avait été de marbre, il l'aurait brisée, mais que le bronze était trop dur pour lui ? "Briser une déesse ! m'écriai-je. — Une déesse ! répondit l'athée : c'est un démon, un malin esprit." Il passa alors son chemin en maudissant les dieux. Cela peut-il se tolérer ? Qu'y a-t-il de surprenant à ce que la terre se soit soulevée la nuit dernière, désireuse sans doute de rejeter l'athée de son sein ? Que dis-je ? un athée... pis que cela : un homme qui méprise les beaux-arts. Malheur à nous autres fabricants de bronzes, si de tels compagnons venaient à donner des lois à la société !

— Ce sont là les mendiants qui ont brûlé Rome sous Néron* », murmura le joaillier.

Pendant ces remarques, provoquées par la physionomie et par la foi du Nazaréen, Olynthus commença à s'apercevoir de l'effet qu'il produisait. Il tourna les yeux autour de lui, et observa les figures attentives de la foule grossissante, où chacun se parlait à l'oreille en le regardant. Il jeta, de son côté, sur la foule un regard de défiance d'abord, et puis de compassion. Enveloppé ensuite dans son manteau, il passa, en murmurant assez haut pour être entendu :

« Aveugles idolâtres ! la convulsion de la dernière nuit n'a-t-elle donc pas été pour vous un avertissement ? Hélas ! en quel état vous trouvera le dernier jour du monde ! » [...]

Chapitre 2

Excursion matinale sur les mers de la Campanie

« Dites-moi, demanda Ione à Glaucus pendant qu'ils glissaient dans un bateau de promenade sur le limpide Sarnus[1], comment Apœcides et vous, êtes-vous venus me délivrer de cet homme ?

— Demandez plutôt à Nydia, répondit l'Athénien en montrant la jeune aveugle qui était assise non loin

1. Rivière qui coule près de Pompéi.

d'eux, appuyée sur sa lyre ; c'est elle, ce n'est pas nous que vous devez remercier. Il paraît qu'elle est venue chez moi, et que, ne me trouvant pas dans ma demeure, elle a pénétré jusque dans le temple d'Isis* pour chercher votre frère ; ils partirent pour se rendre chez Arbacès ; en route, ils me rencontrèrent au milieu de quelques amis. J'étais si heureux de votre excellente lettre, que je m'étais joint volontiers à leur troupe joyeuse. L'oreille si fine de Nydia reconnut ma voix sans peine ; peu de mots suffirent pour me faire accompagner Apœcides ; je me gardai de dire à mes amis pourquoi je les quittais : pouvais-je livrer votre nom à leur langue légère et aux bruits du monde ? Nydia nous conduisit à la porte du jardin par laquelle, plus tard, nous vous avons ramenée ; nous entrâmes, et nous allions nous plonger dans les détours mystérieux de cette maison de malheur, lorsque votre cri nous fit prendre une autre direction. Vous savez le reste. »

Ione rougit vivement ; puis ses yeux s'arrêtèrent sur ceux de Glaucus, et il comprit toute la gratitude qu'elle ne pouvait pas exprimer.

« Viens ici, ma Nydia, dit-elle tendrement à la Thessalienne* : n'avais-je pas raison d'assurer que tu serais ma sœur et mon amie ? N'as-tu pas été déjà plus que cela, ma gardienne, ma libératrice ?

— Je n'ai fait que mon devoir, répondit Nydia avec froideur, et sans bouger.

— Ah ! j'oubliais, poursuivit Ione, que c'était à moi d'aller vers toi. »

Elle se glissa le long du bateau, jusqu'à l'endroit où Nydia était assise, et, jetant ses bras avec tendresse autour de la jeune fille, couvrit ses joues de baisers.

Nydia était ce matin-là plus pâle que d'habitude, et sa pâleur s'accrut encore pendant qu'elle se prêtait à regret aux embrassements de la belle Napolitaine.

« Mais comment as-tu deviné si exactement, Nydia,

continua Ione, le danger auquel j'étais exposée ? Connaissais-tu donc l'Égyptien ?

— Oui, je connaissais ses vices.

— Et comment ?

— Noble Ione, j'ai été esclave chez des gens vicieux ; ceux que je servais étaient les ministres de ses plaisirs.

— Et tu as pénétré dans sa maison, puisque tu connaissais si bien cette secrète entrée ?

— J'ai joué de la lyre chez Arbacès, répondit la Thessalienne avec embarras.

— Et tu as pu échapper à la contagion dont tu as préservé Ione ? reprit la Napolitaine en baissant la voix de manière à n'être pas entendue de Glaucus.

— Noble Ione, je n'ai ni beauté, ni rang ; je suis une enfant, une esclave, une aveugle. Ceux qu'on méprise sont en sûreté. »

Nydia prononça d'un ton mêlé de douleur, de fierté et d'indignation, cette humble réponse, et Ione comprit qu'elle blesserait la jeune fille en continuant ses questions. Elle demeura silencieuse, et le bateau entra en ce moment dans la mer.

« Avouez, Ione, dit Glaucus, que j'ai eu raison, de vous empêcher de passer cette belle matinée dans votre chambre ; avouez que j'ai eu raison.

— Oui, vous avez eu raison, Glaucus, s'écria Nydia brusquement.

— L'aimable enfant parle pour vous, reprit l'Athénien ; mais permettez que je me mette en face de vous, de peur que notre léger bateau ne vienne à chavirer. »

En parlant ainsi, il se plaça devant elle, et se penchant de son côté, il s'imagina que c'était l'haleine de Ione, et non celle de l'été, qui de son souffle parfumait la mer.

« Vous avez à m'apprendre, dit-il à Ione, pourquoi votre porte m'a été fermée pendant quelques jours ?

— Oh ! ne parlons pas de cela, répondit-elle avec vivacité ; j'ai prêté l'oreille à ce que je sais maintenant être la malice et la calomnie.

— Et mon calomniateur était l'Égyptien ? »

Le silence d'Ione répondit à cette question.

« Ses motifs sont suffisamment dévoilés.

— Écartons son souvenir, dit Ione en couvrant son visage de ses mains, comme pour cacher la confusion que lui causait la pensée de cet homme.

— Peut-être est-il à présent sur les mornes rives du Styx, dit Glaucus ; cependant, s'il en était ainsi, nous aurions entendu parler de sa mort. Il semble que votre frère ait ressenti l'influence de l'âme ténébreuse d'Arbacès. Lorsque nous sommes arrivés la dernière nuit chez vous, il m'a quitté subitement. Voudra-t-il jamais accepter mon amitié ?

— Il est consumé par un chagrin secret, répondit Ione d'un air triste. Plût aux dieux que nous pussions l'arracher à lui-même ! Unissons-nous pour cette bonne action.

— Ce sera mon frère, répliqua le Grec.

— Avec quel calme, reprit Ione, en s'efforçant d'échapper à la sombre tristesse où le souvenir d'Apœcides l'avait plongée, avec quel calme les nuages semblent reposer dans le ciel ! et cependant, vous m'avez dit, car je n'en ai pas eu connaissance par moi-même, qu'un tremblement de terre a eu lieu cette nuit ?

— En effet, et plus violent, dit-on, que tous ceux qui se sont produits depuis la grande convulsion d'il y a soixante ans ; le royaume de Pluton*, qui s'étend sous notre campagne ardente, a paru agité d'une commotion inaccoutumée. N'as-tu pas senti la terre trembler, Nydia, dans l'endroit où tu étais assise ? et n'est-ce pas la peur qui a fait couler tes larmes ?

— J'ai senti la terre s'agiter et remuer sous moi comme un monstrueux serpent, répondit Nydia ; mais, comme je ne voyais rien, je n'ai pas eu d'effroi. Je me suis figuré que cette convulsion provenait de la magie de l'Égyptien. On dit qu'il commande aux éléments.

— Tu es thessalienne*, ma Nydia, reprit Glaucus, et tu as, par origine, le droit de croire à la magie.

— La magie !... qui doute de la magie ? répliqua Nydia avec naïveté. Est-ce vous ?

— Jusqu'à la dernière nuit (où un prodige de la nécromancie m'a subjugué), je n'avais pas voulu croire à d'autre magie qu'à celle de l'amour, dit Glaucus d'une voix tendre et en attachant ses yeux sur Ione.

— Ah ! » dit Nydia avec une sorte de frisson, et elle tira machinalement quelques sons de sa lyre ; cette harmonie s'accordait bien avec la tranquillité des eaux et le calme du soleil du midi.

« Joue-nous quelque chose, chère Nydia, dit Glaucus, joue un de tes vieux airs thessaliens ; que ton chant parle de magie ou non, à ton choix, mais qu'il parle d'amour !

— D'amour ! » répéta Nydia en levant ses grands yeux incertains, qu'on ne pouvait regarder sans un sentiment de crainte et de pitié ; on ne se familiarisait pas avec leur aspect : car il semblait étrange que leurs globes errants et noirs ignorassent la lumière, avec leur regard quelquefois mystérieux et fixe, quelquefois inquiet et troublé, de sorte qu'en le rencontrant on éprouvait la même impression vague, glaçante et presque surnaturelle qu'on éprouve en présence d'une personne privée de la raison, de celles qui, ayant une vie extérieure comme la nôtre, ont de plus une vie intérieure différente, inexplicable, impossible à saisir.

« Vous voulez donc un chant d'amour ? dit-elle en fixant ses yeux sur Glaucus.

— Oui », répliqua-t-il en baissant les yeux.

Nydia éloigna le bras d'Ione qui était encore autour d'elle, comme si cette douce étreinte la gênait ; et, plaçant son léger et gracieux instrument sur ses genoux, elle chanta. [...]

Chapitre 3

La réunion religieuse

*Apœcides accompagne Olynthus à une réunion de
Nazaréens, c'est-à-dire de chrétiens.*

Apœcides, dont le cœur était naturellement si pur,
fut frappé de ce qu'il y avait de bienveillant et de
généreux dans l'esprit qui animait les paroles d'Olynthus ; en le voyant placer son bonheur dans le bonheur
des autres, et dans sa vaste compréhension chercher
des compagnons pour l'éternité, il fut touché, consolé,
subjugué. Il n'était pas d'ailleurs dans une situation
d'âme à rester seul. Et puis la curiosité aussi se joignait
à ces sentiments plus élevés. Il souhaitait vivement de
voir ces rites sur lesquels on faisait courir tant de
bruits sinistres et contradictoires. Il s'arrêta un moment,
jeta un coup d'œil sur son costume, songea à Arbacès,
éprouva un frisson d'horreur, fixa ses yeux sur le large
front du Nazaréen inquiet, et dont les traits exprimaient une noble et fraternelle attente pour son
bonheur et pour son salut. Il jeta son manteau autour
de lui, de manière à cacher sa robe, et dit :
   « Conduis-moi ; je te suis. »
   Olynthus lui serra la main avec joie, et, descendant
avec lui vers la rivière, il héla une des barques qui y
séjournaient constamment ; les deux nouveaux amis y
entrèrent et s'assirent sous une tente en toile, qui
servait en même temps à les protéger contre le soleil :
ils fendirent rapidement les eaux. Dans l'une des
barques qui passèrent près d'eux, et dont la poupe
était couronnée de fleurs, ils entendirent une douce
musique. Cette barque allait du côté de la mer.
   « Ainsi, dit Olynthus avec tristesse, voguent les

adorateurs du luxe et des plaisirs, insouciants et pleins de gaieté dans leurs illusions, vers le grand océan des tempêtes et des naufrages, tandis que nous, silencieux et sans attirer l'attention, nous passons pour gagner le rivage. »

Le regard d'Apœcides avait distingué à travers les ouvertures de la tente le visage d'une des personnes assises dans cette joyeuse barque : c'était la figure d'Ione. Les amants venaient de partir pour la promenade où nous les avons accompagnés. Le prêtre soupira et se laissa retomber sur son siège. Ils descendirent dans un faubourg, près d'une allée bordée de maisons petites et grossières, qui s'étendaient vers la rive. Ils renvoyèrent leur barque. Olynthus, marchant le premier, conduisit le prêtre d'Isis*, à travers un labyrinthe de ruelles, jusqu'à la porte fermée d'une habitation un peu plus grande que celles dont elle était entourée. Ils frappèrent trois coups. La porte s'ouvrit et se referma, après qu'Apœcides et son guide eurent franchi le seuil.

Ils traversèrent un chemin désert et arrivèrent à une chambre intérieure d'une moyenne étendue, qui, lorsque la porte en était fermée, recevait la lumière du jour par une petite fenêtre située au-dessus de cette même porte. S'arrêtant sur le seuil de la chambre et frappant à la porte, Olynthus cria : « Que la paix soit avec vous ! » Une voix de l'intérieur répondit : « La paix avec qui ? — Avec le fidèle », répondit Olynthus, et la porte s'ouvrit.

Douze ou quatorze personnes étaient assises en demi-cercle, silencieusement, et paraissant absorbées dans leurs pensées, en face d'un crucifix grossièrement sculpté en bois.

Ces personnes levèrent les yeux lorsque Olynthus entra, sans dire un mot : le Nazaréen lui-même, avant de leur parler, s'agenouilla sur-le-champ, et par le mouvement de ses lèvres, non moins que par ses yeux fixés sur le crucifix, Apœcides comprit qu'il priait. Le rite accompli, Olynthus se tourna vers l'assemblée :

« Hommes et frères, dit-il, ne vous étonnez pas de voir parmi vous un prêtre d'Isis : il a demeuré avec les aveugles ; mais l'esprit est descendu sur lui : il désire voir, entendre et comprendre.

— Qu'il en soit ainsi », dit un des membres de l'assemblée.

Et Apœcides remarqua que celui qui venait de parler était plus jeune que lui, d'une physionomie également altérée et pâle, avec des yeux qui exprimaient les incessantes inquiétudes d'un esprit ardent et longtemps troublé.

« Qu'il en soit ainsi », répéta une deuxième voix.

Et celui qui parlait était dans la force de l'âge ; sa peau bronzée et ses traits asiatiques indiquaient un fils de la Syrie. Il avait été brigand dans sa jeunesse.

« Qu'il en soit ainsi », dit une troisième voix.

Et le prêtre, se tournant vers celui qui venait de parler, aperçut un vieillard à longue barbe grise, dans lequel il reconnut un serviteur du riche Diomède.

« Qu'il en soit ainsi », murmurèrent les autres assistants, qui, tous, à part deux exceptions, appartenaient évidemment aux classes inférieures.

Dans ces deux exceptions, Apœcides reconnut un officier de la garde et un marchand d'Alexandrie.

« Nous ne vous recommandons pas le secret, reprit Olynthus ; nous ne vous ferons pas jurer (comme quelques-uns de nos frères plus timides pourraient le faire) de ne pas nous trahir. Il est vrai qu'il n'y a pas positivement de loi établie contre nous ; mais la populace, plus sauvage que ceux qui la gouvernent, a soif de notre sang. » [...]

Dans ce moment, une porte intérieure s'ouvrit, et un homme de petite taille entra dans la chambre. A sa vue, toute l'assemblée se leva. Il y avait une expression de respect profond et affectueux dans le maintien de chacun. Apœcides, en le considérant, se sentit attiré vers lui par une irrésistible sympathie.

Personne n'avait jamais regardé cet homme sans se sentir porté à l'aimer : car le sourire d'un dieu s'était reposé sur son visage ; l'incarnation de l'amour céleste y avait laissé une marque glorieuse et éternelle.

« Mes enfants, Dieu soit avec vous ! » dit le vieillard en étendant les bras ; les enfants accoururent aussitôt à lui.

Il s'assit à terre, et ils se groupèrent sur son sein : c'était un beau spectacle que ce mélange des deux extrémités de la vie ; les ruisseaux sortant de leur source, et le fleuve magnifique qui se dirige vers l'océan de l'éternité ! Comme la lumière du jour à son déclin semble mêler la terre au ciel, dont elle efface les contours en confondant les sommets des montagnes avec les vapeurs de l'air, cette douce vieillesse souriante paraissait sanctifier l'aspect de tout ce qui l'entourait, confondre la diversité des âges, et répandre sur l'enfance et sur l'âge mûr la lumière de ce ciel où elle était si près d'entrer.

« Père, dit Olynthus, toi sur le corps duquel le miracle du Sauveur a eu lieu ; toi qui as été arraché à la tombe pour devenir le vivant témoignage de *sa* miséricorde et de *son* pouvoir, regarde : un étranger est parmi nous, une nouvelle brebis est entrée dans le troupeau.

— Laissez-moi le bénir », dit le vieillard.

Tous les assistants s'écartèrent. Apœcides s'approcha de lui comme par instinct : il tomba à genoux devant lui. [...]

Glaucus et Ione ont décidé de se marier en septembre (III, chap. 4).

Chapitre 5

Nydia rencontre Julia
Entrevue de la sœur païenne
et du frère converti
Notions d'un Athénien
sur le christianisme

« Quel bonheur pour Ione !... heureuse, elle s'assied
à côté de Glaucus... elle entend sa voix, elle peut le
voir, *elle !...* »

Ainsi se parlait à elle-même la pauvre aveugle en
marchant seule, vers la fin du jour, et en regagnant la
maison de sa nouvelle maîtresse, où Glaucus l'avait
précédée. Elle fut interrompue soudain dans son
monologue par la voix d'une femme :

« Bouquetière aveugle, où vas-tu ? tu n'as point de
corbeille sous le bras ; as-tu vendu toutes tes fleurs ? »

La personne qui s'adressait en ces termes à Nydia
et qui avait plutôt, dans ses traits et dans son maintien,
l'air hardi d'une dame que la contenance d'une vierge,
était Julia, la fille de Diomède. Son voile était à moitié
relevé ; elle était accompagnée par Diomède lui-même,
et par un esclave qui portait une lanterne devant eux ;
le marchand et sa fille revenaient de souper chez un
de leurs voisins.

« Ne te rappelles-tu plus ma voix ? continua Julia ;
je suis la fille du riche Diomède.

— Ah ! pardonnez-moi, je me souviens du son de
votre voix ; mais, noble Julia, je ne vends plus de
fleurs.

— J'ai entendu dire que tu avais été achetée par le

bel Athénien Glaucus ; est-ce vrai, jolie esclave ? demanda Julia.

— Je sers la Napolitaine Ione, répondit Nydia d'une manière évasive.

— Ah ! il est donc vrai, alors...

— Viens, viens, interrompit Diomède, son manteau posé sur sa bouche... la nuit devient froide... je n'ai pas envie de rester ici, pendant que tu babilleras avec cette fille aveugle... Viens ; qu'elle nous suive à la maison, si tu veux lui parler.

— Oui, suis-nous, mon enfant, dit Julia du ton d'une femme qui n'est pas accoutumée à rencontrer des refus... J'ai beaucoup de choses à te demander, viens.

— Je ne puis ce soir, il est trop tard, répondit Nydia ; il faut que je rentre : je ne suis pas libre, noble Julia.

— Quoi ! la douce Ione te gronderait-elle ? Ah ! je ne doute pas que ce ne soit une seconde Thalestris*. Viens donc demain. Souviens-toi que j'ai été de tes amies autrefois.

— Vos souhaits seront remplis », répondit Nydia.

Et Diomède s'impatientant de nouveau et gourmandant sa fille, Julia fut obligée de suivre son père, sans avoir interrogé Nydia sur le sujet qu'elle avait à cœur de traiter avec elle.

Maintenant, retournons vers Ione. L'intervalle écoulé entre la première et la seconde visite de Glaucus ne s'était pas passé de façon très gaie pour elle : elle avait reçu la visite de son frère, qu'elle n'avait pas revu depuis le soir où il avait aidé à la délivrer de l'Égyptien.

Occupé de ses seules pensées, pensées d'une nature sérieuse et exclusive, le jeune prêtre n'avait guère songé à sa sœur. A la vérité, les hommes de cet ordre d'esprit qui aspire toujours à quelque chose placé au-dessus de la terre, ne sont que peu enclins ordinairement aux affections de notre monde ; Apœcides n'avait donc pas désiré depuis longtemps ces doux entretiens de l'amitié, ces tendres confidences qu'il recherchait dans sa jeunesse près d'Ione, et qui sont si naturels entre des personnes unies par des liens fraternels.

Cependant Ione n'avait pas cessé de regretter cet éloignement ; elle l'attribuait aux devoirs de plus en plus sévères, sans doute, de la confrérie à laquelle il appartenait. Souvent, au milieu de ses plus brillantes espérances et de son nouvel attachement à son fiancé, souvent elle pensait au front soucieux de son frère, à ses lèvres dont le sourire avait disparu, à son organisation affaiblie ; elle soupirait à l'idée que le service des dieux jetait une ombre si noire sur cette terre qu'ils ont créée.

Mais le jour où il vint chez elle, il y avait un étrange calme sur ses traits, une expression tranquille et satisfaite dans ses yeux enfoncés, qu'elle n'avait pas remarquée depuis plusieurs années. Cette apparente amélioration n'était que momentanée : c'était une fausse sérénité, que le moindre vent pouvait troubler.

« Que les dieux te soient propices, mon frère ! dit-elle en l'embrassant.

— Les dieux ! ne parle pas si vaguement, peut-être n'y a-t-il qu'*un* dieu !

— Mon frère !

— Oui, si la foi sublime du Nazaréen est vraie ; oui, si Dieu est un monarque, *un, invisible, seul* ; oui, si ces nombreuses divinités, dont les autels remplissent la terre, ne sont que de noirs démons, qui cherchent à nous détourner de la pure croyance... cela peut être, Ione !

— Hélas ! pouvons-nous le croire ? » répondit la Napolitaine [...].

Apœcides n'avait pas encore adopté formellement la foi chrétienne, mais il était sur le point de le faire. Il participait déjà aux doctrines d'Olynthus ; il se figurait que les gracieuses inventions du paganisme étaient les suggestions de l'ennemi du genre humain.

L'innocente et naturelle réponse d'Ione le fit frémir. Il se hâta de répliquer avec véhémence, mais pourtant avec tant de confusion, que sa sœur craignit pour sa raison beaucoup plus qu'elle ne fut effrayée de son emportement.

« Ô mon frère, dit-elle, les laborieux devoirs de ta profession ont troublé ton esprit. Viens à moi, Apœcides, mon frère aimé ; donne-moi ta main, laisse-moi essuyer la sueur qui coule de ton front, ne me gronde pas ; je ne puis te comprendre ; pense seulement que Ione n'a pas voulu t'offenser.

— Ione, dit Apœcides, en l'attirant à lui et en la regardant avec tendresse, puis-je croire que tant de charmes et qu'un cœur tendre soient destinés à une éternité de tourments ?

— *Dii meliora*, que les dieux m'en préservent », dit Ione, usant de la formule naturelle à ses contemporains pour détourner quelque funeste présage.

Ces mots, et surtout les idées superstitieuses qui s'y rattachaient, blessèrent les oreilles d'Apœcides. Il se leva, se parla à lui-même, sortit de la chambre, et s'arrêtant tout à coup, se retourna, regarda tendrement Ione, et lui tendit les bras. Ione courut s'y jeter ; il l'embrassa avec transport et lui dit :

« Adieu, ma sœur ! lorsque nous nous reverrons, tu ne seras plus rien pour moi. Reçois cet embrassement, tout rempli encore des souvenirs de notre enfance, alors que la foi, l'espérance, les croyances, les habitudes, les intérêts, les objets de ce monde, étaient les mêmes pour nous. Désormais, le lien est rompu. »

Il s'éloigna aussitôt qu'il eut prononcé ces étranges paroles.

C'était là, en effet, la plus grande et la plus sévère épreuve des premiers chrétiens ; leur conversion les séparait de leurs plus chères relations. Ils ne pouvaient plus s'associer à des êtres dont les actions, les paroles les plus ordinaires, étaient pour ainsi dire tout imprégnées d'idolâtrie. Ils frémissaient aux divines promesses de l'amour ; l'amour lui-même n'était plus qu'un démon. C'était leur malheur et leur force. S'ils se séparaient ainsi du reste du monde, ils n'en étaient que plus unis entre eux. C'étaient des hommes de fer qui travaillaient pour l'œuvre de Dieu, et les liens qui les unissaient étaient de fer aussi.

Glaucus trouva Ione en pleurs. Il possédait déjà le doux privilège de la consoler. Il obtint d'elle le récit de sa conversation avec son frère ; mais, dans le peu de clarté qu'elle y mit, et dans le peu de lumières qu'il avait lui-même sur ce sujet, l'un et l'autre ne distinguaient pas bien quelles intentions guidaient la conduite d'Apœcides.

« Avez-vous entendu parler, demanda Ione, de cette nouvelle secte des Nazaréens dont parle mon frère ?

— J'ai souvent entendu parler de ses adeptes, répondit Glaucus, mais je sais peu de chose de leurs doctrines, si ce n'est qu'elles passent pour être extraordinairement tristes et sévères. Ils vivent à part entre eux : ils affectent d'être choqués même de nos guirlandes ; ils paraissent, en un mot, avoir emprunté leur sombre et lugubre croyance à l'antre de Trophonius* ; cependant, continua Glaucus après un instant de silence, ils n'ont pas manqué d'hommes de valeur et de génie, ni de convertis, même parmi les membres de l'aréopage d'Athènes. Je me souviens très bien avoir entendu dire à mon père qu'un hôte étrange était, il y a déjà longtemps, arrivé à Athènes. Je crois qu'il s'appelait Paul*. Mon père se trouva un jour au milieu d'une foule immense qui s'était rassemblée sur une de nos immortelles montagnes pour écouter ce sage de l'Orient. Il ne se fit pas d'abord entendre un seul murmure dans cette multitude. Les plaisanteries, les rumeurs qui accueillent nos orateurs habituels lui furent épargnées ; et, quand ce mystérieux visiteur monta sur le sommet qui dominait l'assemblée, sa figure et son maintien inspirèrent le respect, même avant qu'il eût ouvert la bouche. C'était un homme, au dire de mon père, d'une taille moyenne, mais d'une noble et expressive physionomie ; sa robe était ample et de couleur sombre. Le soleil à son coucher éclairait obliquement sa figure imposante, où régnait un air d'autorité ; ses traits fatigués et fortement marqués indiquaient les vicissitudes de sa vie et la fatigue de ses voyages en divers climats ; mais ses yeux brillaient d'un feu qui n'avait rien de terrestre ; lorsqu'il leva ses bras pour parler, ce fut avec la majesté d'un homme sur qui l'esprit de Dieu est descendu !

« "Hommes d'Athènes, dit-il, d'après ce que mon père m'a rapporté, je trouve parmi vous un autel avec cette inscription : *Au Dieu inconnu*. Vous honorez, dans votre ignorance, le Dieu même que je sers. Ce Dieu qui vous est inconnu, je viens vous le révéler."

« Alors ce voyageur inspiré déclara que le Créateur de toutes choses, qui avait fixé pour l'homme ses diverses tribus et ses diverses demeures, ce maître de la terre et du ciel, n'habitait pas dans les temples élevés par nos mains ; que sa présence, son esprit, étaient dans l'air que nous respirons ; que toute notre vie et notre âme étaient avec lui... » [...]

Julia demande à Nydia un charme pour séduire l'homme qu'elle aime. Nydia, sans savoir qu'il s'agit de Glaucus, l'envoie chez Arbacès (III, chap. 7).

Chapitre 8

Julia visite Arbacès
Le résultat de cette entrevue

« Approchez-vous, belle étrangère, reprit Arbacès,
et parlez sans crainte et sans réserve. »

Julia s'assit auprès de l'Égyptien, et jeta des regards
de surprise autour d'une chambre dont le luxe exquis
et coûteux surpassait même celui qui brillait dans la
maison de son père ; elle remarqua aussi avec un
certain effroi les inscriptions hiéroglyphiques tracées
sur les murs, les figures des mystérieuses idoles qui
paraissaient la contempler de tous les coins de l'appartement ; le trépied à peu de distance ; et par-dessus
tout, elle observa l'air grave et imposant d'Arbacès.
Une longue robe blanche couvrait à moitié comme un
voile ses cheveux noirs et tombait jusqu'à ses pieds ;
sa présente pâleur rendait encore sa physionomie plus
expressive ; son œil noir et pénétrant semblait percer
l'abri du voile de Julia, et explorer les secrets de l'âme
vaine et si peu féminine de sa visiteuse.

« Quel motif, dit-il d'une voix lente et grave, t'amène,
ô jeune fille, dans la maison d'un fils de l'Orient ?

— Sa réputation, dit Julia.

— En quoi ? reprit-il avec un étrange et léger
sourire.

— Peux-tu le demander, sage Arbacès ? Ta science
n'est-elle pas le sujet de toutes les conversations de
Pompéi ?

— J'ai acquis en effet quelques connaissances,
répondit Arbacès ; mais comment ces sérieux et stériles
secrets peuvent-ils être agréables à l'oreille de la
beauté ?

— Hélas ! dit Julia, un peu encouragée par ce ton d'adulation auquel elle était habituée, la douleur ne s'adresse-t-elle pas à la sagesse pour être consolée ? et les personnes qui aiment sans espoir ne sont-elles pas les victimes choisies de la douleur ?

— Ah ! s'écria Arbacès, un amour sans espoir ne saurait être le lot d'une si belle personne, dont les attraits se révèlent à travers le voile même qui les couvre ; relève, jeune fille, relève ce voile ; laisse-moi voir si ton visage est en harmonie avec la grâce de ton corps. »

Julia, qui ne demandait pas mieux que de montrer ses charmes, et qui pensait peut-être intéresser ainsi davantage l'Égyptien à son sort, leva son voile après une courte hésitation, et révéla une beauté à laquelle le regard de l'Égyptien n'aurait pu reprocher qu'un peu trop d'art.

« Tu viens pour m'entretenir d'un amour malheureux, dit-il ; tourne ton visage vers celui que tu aimes ; je ne saurais te conseiller un meilleur charme que celui-là !

— Oh ! trêve à ces flatteries, dit Julia ; c'est un vrai *charme* que je viens demander à ta science, un charme qui fasse aimer.

— Belle étrangère, répliqua Arbacès avec un peu d'ironie, de semblables talismans ne sont pas au nombre des secrets que mes longues veilles ont acquis.

— Alors, illustre Arbacès, pardonne-moi et reçois mes adieux.

— Arrête, s'écria Arbacès, qui, malgré sa passion pour Ione, ne demeurait pas insensible à la beauté de sa visiteuse, et qui, dans un meilleur état que celui où il se trouvait, aurait peut-être essayé de consoler la noble Julia par d'autres moyens que ceux d'une science surnaturelle...

« Arrête, reprit-il ; quoique j'aie laissé, je l'avoue, l'art de la magie, des philtres et des breuvages à ceux qui en font métier, je ne suis pas cependant si indifférent à la beauté, que je n'aie usé de cet art pour mon propre compte, dans ma jeunesse... Je puis te donner des renseignements utiles, du moins, si tu me parles avec franchise. Si j'en crois ta toilette, tu n'es pas encore mariée.

— Non, dit Julia.

— Et peut-être, n'étant pas favorisée de la fortune, tu veux conquérir un riche époux.

— Je suis plus riche que celui qui me dédaigne.

— C'est étrange, très étrange ! tu aimes donc bien celui qui ne t'aime pas ?

— Je ne sais si je l'aime, répondit Julia avec hauteur, mais je sais que je veux triompher d'une rivale. Je voudrais voir à mes pieds celui qui m'a refusé son hommage... Je voudrais voir celle qu'il m'a préférée, méprisée à son tour.

— Ambition naturelle et digne d'une femme ! continua l'Égyptien d'un ton trop grave pour être ironique ; un mot encore, jeune fille. Peux-tu me confier le nom de celui que tu aimes ; est-il possible que ce soit un Pompéien ? Un Pompéien, s'il était aveugle à ta beauté, le serait-il à ta richesse ?

— Il est d'Athènes, répondit Julia en baissant les yeux.

— Ah ! s'écria l'Égyptien impétueusement, et une vive rougeur colora ses joues, il n'y a qu'un Athénien jeune et noble à Pompéi... Parlerais-tu de Glaucus ?

— Ne me trahis pas, c'est lui en effet. »

L'Égyptien s'affaissa sur son siège, le regard attaché sur le visage à demi détourné de la fille du marchand, en se demandant à lui-même si cette conférence, qu'il avait jusqu'alors regardée comme indifférente, en s'amusant de la crédulité de sa visiteuse, ne pouvait pas profiter à sa vengeance.

« Je vois que tu ne peux m'être d'aucun secours, reprit Julia offensée de son silence ; garde-moi du moins le secret ; encore une fois adieu.

— Jeune fille, répliqua l'Égyptien d'un ton empressé

et sérieux, ta requête m'a vivement touché... tes désirs seront satisfaits. Écoute-moi : je ne me suis pas occupé moi-même de ces mystères subalternes ; mais je connais une personne qui en fait sa profession. Au pied du Vésuve[1], à moins d'une lieue de la ville, habite une puissante magicienne ; elle a cueilli, sur la rosée de la nouvelle lune, des plantes qui possèdent la vertu d'enchaîner l'amour par des nœuds éternels. Son art peut faire tomber celui que tu aimes à tes pieds. Va la trouver, prononce devant elle le nom d'Arbacès ; elle redoute ce nom, et elle te communiquera ses philtres les plus certains.

— Hélas ! dit Julia, je ne connais pas la route qui conduit à la demeure de cette magicienne dont tu parles ; la route, quelque courte qu'elle soit, est longue à traverser pour une jeune fille qui quitte, à l'insu de tout le monde, la maison de son père ; la campagne est semée de vignes sauvages et de cavernes dangereuses ; je n'ose me fier à des étrangers pour me garder ; la réputation des femmes de mon rang est aisément ternie ; et, quoiqu'il m'importe peu qu'on sache que j'aime Glaucus, je ne voudrais pas qu'on crût que j'ai pu obtenir son amour au moyen d'un philtre.

— Trois jours encore, dit l'Égyptien en se levant pour essayer ses forces, et en marchant dans la chambre d'un pas faible et irrégulier, trois jours de santé, et je pourrais t'accompagner... tu m'attendras.

— Mais Glaucus va épouser cette Napolitaine que je hais.

— L'épouser ?

— Oui, dans les commencements du mois prochain.

— Si tôt ! en es-tu sûre ?

— Je le tiens de la bouche de son esclave.

— Cela ne se fera pas, dit l'Égyptien avec force. Ne crains rien. Glaucus sera à toi. Mais lorsque tu auras

1. Volcan, encore en activité, au pied duquel s'étendait Pompéi.

obtenu le philtre, comment t'y prendras-tu pour t'en servir ?

— Mon père a invité Glaucus, et, je pense, la Napolitaine aussi à un banquet pour après-demain ; j'aurai l'occasion de verser le philtre dans sa coupe.

— Qu'il en soit ainsi, dit l'Égyptien, dont les yeux brillèrent d'une joie si sauvage que Julia éprouva quelque frayeur en le regardant. Demain soir, commande ta litière ; as-tu quelqu'un à tes ordres ?

— Certainement, répondit Julia, toujours fière de son opulence.

— Commande ta litière... à deux milles de la ville, il y a une maison de plaisir, fréquentée par les plus riches Pompéiens, connue pour l'excellence de ses bains et la beauté de ses jardins. Tu peux en faire le prétexte de ta promenade... tu m'y trouveras, fussé-je mourant, près de la statue de Silène*, dans le petit bois qui borde le jardin ; je te conduirai moi-même chez la magicienne. Nous attendrons que l'étoile du soir ait fait rentrer les troupeaux des bergers, qu'un sombre crépuscule nous entoure et dérobe nos pas à tous les yeux. Arbacès, le magicien, l'Égyptien, te jure, par le destin, qu'Ione ne sera jamais l'épouse de Glaucus.

— Et que Glaucus sera le mien, ajouta Julia, achevant la sentence.

— Tu l'as dit », répliqua Arbacès ; et Julia, à demi effrayée du terrible engagement qu'elle prenait, mais poussée par la jalousie et par la haine contre sa rivale, résolut de le tenir.

Demeuré seul, Arbacès laissa éclater ses sentiments.

« Brillantes étoiles qui ne mentez jamais, vous commencez déjà l'exécution de vos promesses, le succès dans mes amours, la victoire sur mes ennemis, pour le reste de ma douce existence. Au moment même où mon esprit ne me fournit plus aucun moyen de vengeance, vous m'avez envoyé pour appui cette belle insensée ! » Il se plongea dans ses profondes pensées. « Oui, ajouta-t-il d'une voix plus calme. Je ne lui aurais pas donné, moi, ce poison qui sera le philtre... sa mort aurait pu me compromettre en remontant jusqu'à ma porte... Mais la magicienne !... ah ! c'est elle qui est l'agent le plus convenable pour mes desseins ! »

Il appela un de ses esclaves, lui ordonna de suivre les pas de Julia et de s'informer du nom et de la condition de la jeune fille. Cela fait, il sortit sous le portique. Les nuages étaient sereins et clairs ; mais, familiarisé comme il l'était avec les moindres variations de l'atmosphère, il aperçut une masse de nuages, au loin à l'horizon, que le vent commençait à agiter, et qui annonçaient un orage.

« C'est l'image de ma vengeance, dit-il ; le ciel est pur, mais le nuage s'approche. »

Chapitre 9

Un orage dans les pays chauds
La caverne de la magicienne

Ce fut lorsque les chaleurs du midi commencèrent graduellement à se retirer de la terre, que Glaucus et Ione sortirent pour jouir de l'air pur et se rafraîchir. [...]

La route les conduisit aisément à travers des bosquets de vignes et d'oliviers, jusqu'à ce qu'ils arrivassent sur les sommets les plus élevés du Vésuve. Le chemin alors devint difficile : les mules marchaient lentement et avec peine. A chaque perspective qui s'ouvrait dans le bois, ils apercevaient des cavernes grises et terribles, découpées dans le roc brûlé, que Strabon* a décrites, mais que les diverses révolutions du temps et les éruptions du volcan ont effacées de l'aspect actuel de la montagne. Le soleil était sur son déclin ; de grandes et profondes ombres s'avançaient sur les collines ; par intervalles ils entendaient encore les sons rustiques du berger parmi les touffes de bouleaux et les chênes sauvages. Parfois ils remarquaient la forme gracieuse de la *capella*[1] au poil soyeux, à la corne contournée, à l'œil brillant et gris, qui, sous les cieux de l'Ausonie[2], rappelle les églogues de Virgile*, en broutant sur le flanc des montagnes. Des grappes de raisin, que le sourire de l'été rendait déjà vermeilles, étincelaient entre les festons de pampre qui pendaient d'un arbre à l'autre. Au-dessus, de légers nuages flottaient dans un ciel serein, et glissaient d'une façon si lente à travers le firmament, qu'ils semblaient à peine se mouvoir ; à leur droite, de moment en moment, leur vue découvrait une mer sans vagues, qu'animaient seulement quelques légères barques à sa surface ; les derniers rayons du soleil teignaient de douces et innombrables nuances cette délicieuse mer. [...]

Ils arrivèrent aux ruines ; ils les examinèrent avec cette tendresse qu'inspirent les vestiges sacrés des lieux habités par nos ancêtres ; ils y demeurèrent jusqu'à ce qu'Hesperus* parût dans les nuages roses du ciel ; et, se mettant en route au crépuscule pour revenir, ils gardèrent quelque temps le silence : car, dans l'ombre et sous les étoiles, leur mutuel amour oppressait davantage leurs cœurs.

Ce fut à ce moment que l'orage prédit par l'Égyptien commença à gronder autour d'eux. D'abord un roulement de tonnerre sourd et éloigné les avertit de la

1. Chèvre.
2. Nom poétique donné à l'Italie antique.

prochaine lutte des éléments ; bientôt les nuages s'accumulèrent sur leurs têtes, et la foudre y retentit avec force et à coups pressés. La promptitude avec laquelle se forment les nuages, dans ce climat, a quelque chose de surnaturel, et la superstition des premiers âges a pu y voir l'effet d'une puissance divine sans qu'il y ait lieu de s'en étonner : quelques larges gouttes de pluie tombèrent pesamment à travers les branches qui s'étendaient au-dessus du sentier ; puis, tout à coup, un éclair rapide et effrayant passa avec ses lueurs fourchues devant leurs yeux, et fut suivi d'une complète obscurité.

« Va plus vite, bon *carrucarius*[1], dit Glaucus au conducteur. L'orage va fondre sur nous. »

L'esclave pressa ses mules ; elles rasèrent le chemin inégal et pierreux ; les nuages s'épaissirent de plus en plus ; le tonnerre redoubla ses coups, et la pluie tomba à grands flots.

« N'as-tu pas peur ? murmura tout bas Glaucus à Ione, en saisissant ce prétexte pour s'approcher d'elle davantage.

— Non, pas avec toi », répondit-elle doucement.

En cet instant, la voiture fragile et mal construite (comme beaucoup d'autres choses peu perfectionnées de ce temps, en dépit de leurs formes gracieuses) tomba avec violence dans une ornière, en travers de laquelle se trouvait une poutre en bois. Le conducteur, jurant contre ses mules, ne fit que les stimuler plus vigoureusement ; mais il en résulta qu'une des roues vint à se détacher, et que la voiture versa.

Glaucus, précipitamment sorti du véhicule, porta secours à Ione, qui par bonheur ne s'était pas blessée. Ils parvinrent, non sans difficulté, à relever la *carruca*[2], mais ils reconnurent qu'il ne fallait pas songer même à y chercher un abri ; les ressorts qui servaient

1. Conducteur.
2. Voiture de voyage pour trois ou quatre passagers.

à attacher la tenture étaient brisés, et la pluie se précipitait dans l'intérieur.

Qu'y avait-il à faire dans cette fâcheuse conjoncture ? Ils étaient encore à quelque distance de la ville : ni maison ni aide autour d'eux.

« Il y a, dit l'esclave, un forgeron, à un mille d'ici, il pourrait remettre la roue de la voiture ; mais, par Jupiter*, comme il pleut, ma maîtresse sera trempée avant que je sois revenu.

— Cours-y, reprit Glaucus ; nous tâcherons de nous abriter du mieux possible jusqu'à ton retour. »

La route était ombragée d'arbres ; Glaucus attira Ione sous le plus épais. Il essaya de la protéger avec son manteau contre la pluie ; mais la pluie tombait avec tant de violence que rien ne lui faisait obstacle. Pendant que Glaucus soutenait la belle Ione et l'encourageait tout bas à prendre patience, la foudre éclata sur un des arbres qui se trouvaient immédiatement devant eux, et fendit en deux son large tronc. Ce redoutable accident leur fit connaître le péril qu'ils couraient sous leur propre abri, et Glaucus regarda autour de lui avec anxiété pour voir s'il ne découvrirait pas un lieu de refuge moins exposé au danger.

« Nous sommes maintenant, dit-il, à peu près à la hauteur de la moitié du Vésuve, il doit y avoir quelque caverne, quelque creux dans ces rochers couverts de vignes, retraite abandonnée par les nymphes ; si nous pouvions y arriver ! »

En parlant ainsi, il s'éloigna un peu de l'arbre, et, parcourant la montagne d'un regard attentif, il aperçut à une distance peu considérable une lumière rouge et tremblante. « Cette lumière, dit-il, doit provenir du foyer de quelque berger ou de quelque vigneron ; elle va nous guider vers un endroit hospitalier. Voulez-vous rester ici, Ione... pendant que... mais non... je ne voudrais pas vous quitter lorsqu'il y a du danger...

— J'irai volontiers avec vous, dit Ione ; quoique cet

espace soit découvert, il vaut encore mieux que l'abri perfide de ces arbres. »

Glaucus, moitié conduisant, moitié portant Ione, s'avança, accompagné de la tremblante esclave, vers la lueur rougeâtre et d'un aspect étrange qui les guidait. Ils en perdaient quelquefois les rayons à travers les plants de vigne sauvage qui remplissaient leur chemin découvert et encombraient leurs pas. Cependant la pluie augmentait toujours, et les éclairs revêtaient leurs formes les plus effrayantes et les plus sinistres. Ils continuaient néanmoins à marcher, dans l'espoir que, si leur attente était trompée par cette lumière, ils arriveraient pourtant à quelque demeure de berger ou à quelque caverne propice. Les vignes s'entortillaient de plus en plus devant eux ; la lumière disparaissait complètement à leur vue ; mais un léger sentier qu'ils suivaient avec fatigue et avec peine continuait à les conduire dans sa direction, à la seule lueur des éclairs que lançait l'orage. La pluie cessa soudain ; un terrain escarpé et rude, formé par la lave, s'étendait devant eux, rendu plus terrible encore dans son aspect par les éclats de foudre qui l'illuminaient de temps à autre. Quelquefois la flamme, en tombant sur des monceaux de scories gris de fer, couverts en partie d'ancienne mousse et d'arbres rabougris, s'arrêtait là quelque temps hésitante, comme si elle eût cherché en vain quelque production de la terre plus digne de son courroux ; d'autres fois, laissant toute cette partie dans l'obscurité, elle courait au-dessus de la mer en longs traits, et semblait embraser les vagues ; si intense était le feu du ciel, qu'on pouvait reconnaître les contrées les plus éloignées de la baie, depuis l'éternel Misène[1], avec son front orgueilleux, jusqu'à la belle Sorrente[1] et aux montagnes géantes qui l'entourent.

Nos amants s'arrêtèrent pleins de doute et de perplexité, lorsque soudain, dans un moment où l'obscu-

---

1. Cités du golfe de Naples.

rité les enveloppait, après les embrasements de la
foudre, ils revirent, tout près d'eux, mais plus haut, la
mystérieuse lumière. Un nouvel éclair, qui rougit le
ciel et la terre, leur fit distinguer même les environs.
Aucune maison ne se trouvait à leur proximité ; mais,
à l'endroit où avait brillé la lumière, ils crurent
apercevoir au pied d'une cabane une espèce de forme
humaine. L'obscurité revint. La lumière, que les feux
du ciel n'éclipsaient plus, reparut encore ; ils se déci-
dèrent à monter de ce côté ; il leur fallut se faire un
chemin au milieu des fragments de rochers, recouverts
çà et là de buissons sauvages ; cependant ils appro-
chaient de plus en plus, et, à la fin, ils parvinrent à
l'entrée d'une sorte de caverne, qui semblait avoir été
formée par de gros blocs de pierre, tombés en travers
les uns des autres. Ils jetèrent alors les yeux dans
l'ombre de la caverne, et reculèrent involontairement,
avec une terreur superstitieuse et un long frisson.

Un feu était allumé dans l'intérieur de la caverne ;
et, sur ce feu, on voyait un petit chaudron. Une lampe
grossière était placée sur une haute et mince colonne
de fer. Sur le côté du mur au bas duquel flambait le
feu, pendaient, en rangs nombreux, comme pour
sécher, une quantité d'herbes et de graines. Un renard,
couché devant l'âtre, fixait sur les étrangers des yeux
rouges et étincelants, le poil hérissé, et faisant entendre
un sourd murmure entre ses dents. Au centre de la
caverne se dressait une statue de la Terre, avec trois
têtes d'un aspect bizarre et fantastique, composées des
crânes d'un chien, d'un cheval et d'un sanglier. Un
trépied peu élevé s'avançait en face de ce terrible
symbole de la populaire Hécate*.

Mais ce ne furent pas ces bizarres ornements de la
caverne qui glacèrent le plus le sang de ceux qui y
jetèrent les yeux. Ce fut la figure de l'hôtesse. Devant
le feu, la lumière réfléchie sur ses traits, se tenait assise
une femme très âgée. On ne rencontre peut-être dans
aucun pays autant de vieilles femmes affreuses qu'en

Italie. Dans aucun pays la beauté, en se retirant, ne laisse une forme plus révoltante et plus hideuse. Mais la vieille femme qui se présentait aux amants n'offrait pas ce dernier degré de la laideur humaine ; on reconnaissait au contraire en elle les restes de traits réguliers, nobles et aquilins ; elle avait un regard qui exerçait encore une sorte de fascination. On eût dit le regard d'un cadavre, regard froid et terne ; ses lèvres bleues et rentrées, ses cheveux d'un gris pâle, plats et sans lustre, sa peau livide, verte, inanimée, semblaient avoir déjà pris les couleurs et les nuances de la tombe.

« C'est une morte, dit Glaucus.

— Non... elle se meut... c'est un fantôme, ou une *larve*, murmura Ione en se pressant contre la poitrine de l'Athénien.

— Oh ! fuyons, fuyons, s'écria l'esclave, c'est la magicienne du Vésuve.

— Qui êtes-vous ? dit une voix creuse et pareille à celle d'une ombre, et que faites-vous ici ? »

Cette voix lugubre et sépulcrale, en harmonie avec la figure de celle qui parlait, et qui paraissait plutôt la voix de quelque malheureuse créature errant sur les bords du Styx[1], que celle d'un être mortel, aurait fait fuir Ione au milieu des plus terribles rigueurs de l'orage ; mais Glaucus, quoiqu'il ne fût pas sans frayeur lui-même, l'entraîna dans la caverne.

« Nous sommes des voyageurs de la cité voisine ; égarés sur la montagne, dit-il, nous avons été attirés par cette flamme, et nous demandons un abri à votre foyer. »

Pendant qu'il parlait, le renard se leva et s'approcha d'eux, en montrant dans toute leur rangée ses dents blanches, et en glapissant d'une façon menaçante.

« Paix, esclave ! » dit la sorcière ; et au son de sa voix l'animal s'arrêta et se recoucha, couvrant son museau de sa queue, et tenant seulement ses yeux

1. Fleuve qui mène aux Enfers.

fixés d'un air plein de vigilance sur les étrangers qui étaient venus troubler son repos. « Approchez-vous du feu, si vous voulez, dit la vieille à Glaucus et à ses compagnes. Je ne reçois volontiers ici aucune créature vivante, à l'exception du hibou, du renard, du crapaud et de la vipère... Je ne puis donc vous faire bon accueil... Mais asseyez-vous malgré cela auprès du feu... sans autre cérémonie. »

Le langage dans lequel s'exprima la vieille femme était un latin étrange et barbare, entremêlé de mots d'un plus rude et plus ancien dialecte. Elle ne se leva pas de son siège, mais elle les regarda attentivement, pendant que Glaucus débarrassait Ione de son manteau et la faisait asseoir sur une poutre, le seul siège qu'il trouvât à sa portée ; il se mit ensuite à rallumer avec son haleine les restes du feu à moitié éteint. L'esclave, encouragée par la hardiesse de ses maîtres, se dépouilla elle-même de sa longue *palla*[1] et se glissa timidement de l'autre côté du foyer.

« Nous vous gênons peut-être ? » dit Ione d'une voix argentine, pour se concilier la vieille.

La sorcière ne répondit pas. Elle ressemblait à une femme réveillée un moment de la tombe, mais qui avait repris après son éternel sommeil.

« Dites-moi, s'écria-t-elle tout à coup après un long silence, êtes-vous frère et sœur ?

— Non, répondit Ione en rougissant.

— Êtes-vous mariés ?

— Pas encore, reprit Glaucus.

— Ha ! des amants... ha ! ha ! ha ! » et la sorcière fit retentir la caverne d'un éclat de rire prolongé.

Le cœur d'Ione se glaça à cet étrange accès de gaieté. Glaucus se hâta de murmurer quelques paroles auxquelles il attribuait le pouvoir de conjurer un mauvais présage, et l'esclave, dans son coin, devint aussi pâle que la sorcière elle-même. [...]

1. Vêtement féminin qui descendait jusqu'aux pieds.

« Y a-t-il longtemps que tu habites ici ? » dit Glaucus après une pause, car ce silence effrayant était comme un poids sur son cœur.

« Oh ! oui, bien longtemps.

— C'est une lugubre demeure.

— Ah ! tu peux le dire avec raison ; l'enfer est sous nos pieds, répondit la sorcière en montrant la terre de son doigt osseux, et je veux bien te dire un secret. Les êtres ténébreux d'ici-bas vous menacent de leur colère, vous qui habitez là-haut... vous tous, jeunes, imprévoyants et beaux.

— Tu n'as que de mauvaises paroles, peu convenables à l'hospitalité, reprit Glaucus, et à l'avenir j'affronterai l'orage plutôt que ta présence.

— Tu feras bien. Nul ne devrait entrer chez moi, excepté les malheureux.

— Et pourquoi les malheureux ? demanda l'Athénien.

— Je suis la magicienne de la montagne, répliqua la sorcière avec un terrible sourire ; mon métier est de donner de l'espérance à qui n'en a plus ; j'ai des philtres pour les gens contrariés dans leurs amours ; des promesses de trésors pour les avaricieux ; des potions vengeresses pour les méchants ; pour les heureux et les bons, je n'ai que ce que la vie a elle-même, des malédictions. Ne me trouble pas davantage. »

Après cela, la terrible hôtesse de la caverne reprit son attitude silencieuse, sans que Glaucus pût l'engager dans une plus ample conversation. Aucune altération de ses traits rigides et immobiles n'indiquait même qu'elle l'entendît. Par bonheur, l'orage, aussi calme qu'il avait été violent, commençait à passer, la pluie tombait avec moins de force ; et, à mesure que les nuages se dissipaient, la lune se montrait dans le ciel en flamme, et jetait une claire lumière dans cette demeure sinistre : jamais peut-être elle n'avait éclairé un groupe plus digne d'être reproduit par l'art du peintre. La jeune, la toute belle Ione, était assise près du foyer grossier ; son amant, qui avait déjà oublié la présence de la sorcière, était couché à ses pieds, les yeux tournés vers elle et lui murmurant de douces paroles ; l'esclave, pâle et effrayée, se tenait à peu de distance, et la sorcière, au formidable aspect, les surveillait du regard. Cependant, ces deux êtres si beaux avaient repris leur sérénité (car tel est le pouvoir de l'amour). Ils paraissaient sans inquiétude, et on les aurait pris pour des êtres d'un ordre supérieur, descendus dans cette mystérieuse et sombre caverne. Le renard les contemplait de son coin, avec des yeux perçants et sauvages ; Glaucus, en se retournant vers la sorcière, aperçut pour la première fois, sur le siège qu'elle occupait, le regard étincelant et la tête couronnée d'un large serpent ; il se peut que les vives couleurs du manteau de l'Athénien, jeté sur les épaules d'Ione, eussent attiré la colère du reptile ; sa tête se dressa, il sembla se préparer à s'élancer sur la Napolitaine. Glaucus s'empara sur-le-champ d'un tison du foyer, et, comme si cette action augmentait la fureur du serpent, il sortit de sa retraite et se dressa sur sa queue jusqu'à la hauteur du Grec.

« Sorcière, s'écria Glaucus, rappelle ce serpent à toi, ou tu vas le voir tomber mort.

— Il a été dépouillé de son venin », dit la sorcière, réveillée par cette menace ; mais avant que ces paroles fussent échappées de ses lèvres, le serpent s'était élancé sur Glaucus. L'agile Grec, qui était sur ses gardes, se jeta précipitamment de côté, et frappa un coup si violent et avec tant d'adresse sur la tête du serpent, que l'animal tomba sans force, parmi les cendres brûlantes du foyer.

La sorcière bondit et se plaça en face de Glaucus, avec un visage qui aurait convenu à la plus horrible des Furies, tant il y avait de colère et de rancune dans son expression, quoiqu'elle conservât, même dans son horreur et dans son redoutable aspect, des contours et des traces de beauté. Elle n'offrait rien, en effet, comme nous l'avons dit, de cette laideur ridicule et grotesque dans laquelle les imaginations du Nord ont cherché la source de la terreur.

« Tu as, dit-elle d'une voix lente et ferme, qui contrastait par son calme avec l'expression de son visage, tu as trouvé un abri sous mon toit, tu t'es réchauffé à mon foyer, tu m'as rendu le mal pour le bien ; tu as frappé et peut-être tué l'être qui m'aimait et qui m'appartenait, bien plus, la créature consacrée entre toutes aux dieux, et que les hommes regardent comme vénérable[1] ; sache quelle punition t'attend. Par la Lune, qui est la protectrice de la magicienne, par Orcus*, qui est le trésorier de la Colère, je te maudis. Tu es maudit. Puisse ton amour être flétri, ton nom être déshonoré... puissent les dieux infernaux te poursuivre... puisse ton cœur brûler à petit feu... puisse ta dernière heure te faire souvenir de la voix prophétique de la *saga*[2] du Vésuve. Et toi, ajouta-t-elle, en se retournant avec la même rage vers Ione, et en agitant sa main droite...

— Arrête, sorcière ! s'écria Glaucus en l'interrompant avec impétuosité. Tu m'as maudit, et je confie mon sort aux dieux. Je te brave et te méprise. Mais ne profère pas une parole contre cette jeune fille, ou la malédiction qui sortira de ta bouche sera ton dernier soupir. Prends garde !

— J'ai fini, reprit la sorcière avec un sauvage éclat de rire, car la destinée de la femme que tu aimes est attachée à la tienne, et ta destinée est d'autant plus certaine que j'ai entendu *ses* lèvres prononcer ton nom, et je sais par quelle parole te dévouer aux dieux infernaux. *Glaucus*, tu es maudit ! »

---

1. Une idée toute particulière de sainteté était attachée par les Romains aux serpents, de même que chez les anciens peuples ; ils en avaient d'apprivoisés dans leurs maisons et ils les admettaient même à leur table. *(Note de l'auteur.)*
2. Sorcière.

En parlant ainsi, la sorcière se détourna de l'Athénien, et s'agenouillant à côté du reptile blessé, qu'elle retira du foyer, elle ne releva plus les regards sur les assistants.

« Ô Glaucus ! s'écria Ione terrifiée, qu'avez-vous fait ? Sortons vite de ce lieu. L'orage a cessé... Bonne hôtesse, pardonne-lui... rétracte tes malédictions... il n'avait pas d'autre dessein que de se défendre... Accepte ce gage de paix pour revenir sur ce que tu as dit. »

Et Ione, en se baissant, déposa sa bourse sur les genoux de la sorcière.

« Dehors, dehors, dit-elle amèrement ; l'imprécation est lancée, les Parques* seules peuvent dénouer un pareil nœud...

— Viens, ma bien-aimée, dit Glaucus avec impatience... Penses-tu que les dieux du ciel ou des enfers écoutent le radotage d'une vieille folle ? Viens. »

Les échos de la caverne retentirent longtemps encore des éclats de rire de la saga. Elle ne fit pas d'autre réponse.

Les amants respirèrent plus librement lorsqu'ils furent en plein air ; mais la scène dont ils venaient d'être témoins, les paroles et les éclats de rire de la sorcière, pesaient encore sur le cœur de Ione : Glaucus lui-même avait peine à se remettre de l'émotion qu'il avait éprouvée. L'orage avait passé, on n'entendait plus qu'un coup de tonnerre de temps à autre à distance, dans les nuages sombres, ou bien un éclair égaré venait protester contre la lune victorieuse. Ils regagnèrent le chemin avec quelque difficulté, et retrouvèrent la voiture suffisamment réparée pour qu'ils pussent reprendre leur route. Le *carrucarius* invoquait à grands cris Hercule* pour lui demander ce que ses maîtres étaient devenus.

Glaucus essaya vainement de ranimer les esprits épuisés d'Ione ; il ne réussit pas davantage à reprendre lui-même l'élasticité de sa gaieté naturelle. Ils parvinrent bientôt à la porte de la ville. Comme on la leur ouvrait, ils rencontrèrent une litière portée par des esclaves et qui barrait le chemin.

« Il est trop tard pour sortir, cria la sentinelle à la personne placée dans la litière.

— Pas du tout, répondit une voix que les amants n'entendirent pas sans effroi, car ils la reconnurent immédiatement. Je suis attendu à la maison de campagne de Marcus Polybius. Je reviendrai dans peu d'instants. Je suis Arbacès, l'Égyptien. »

Les scrupules du gardien s'évanouirent, et la litière passa à côté de la voiture qui ramenait les amants.

« Arbacès à cette heure et à peine rétabli, ce me semble !... Où va-t-il, et pour quel motif quitte-t-il la ville ? dit Glaucus.

— Hélas ! répondit Ione en fondant en larmes, mon âme pressent de plus en plus quelque prochain malheur. Préservez-nous, ô dieux ! ou du moins, ajouta-t-elle intérieurement, préservez Glaucus ! »

Chapitre 10

Le seigneur de la Ceinture flamboyante et sa confidente
Le destin écrit sa prophétie en lettres rouges, mais qui pourra le lire ?

Arbacès se rend incognito chez la sorcière, puis, devant ses réticences, découvre sa véritable identité.

[...] « Regarde donc, reprit Arbacès, je suis cet homme. »

En prononçant ces paroles, il ouvrit sa robe et fit voir une ceinture couleur de feu qui semblait brûler autour de sa taille, ceinture retenue au milieu par un anneau sur lequel était gravé un signe en apparence vague et inintelligible, mais qui n'était évidemment pas inconnu à la saga. Elle se hâta de se lever et se jeta aux pieds d'Arbacès.

« J'ai vu, dit-elle d'une voix excessivement humble, le seigneur de la Ceinture flamboyante... Qu'il reçoive mon hommage.

— Lève-toi, dit l'Égyptien, j'ai besoin de toi. »

Il s'assit en même temps sur la poutre où s'était assise Ione, et fit signe à la sorcière de reprendre son siège.

« Tu dis, reprit-il quand elle eut obéi, que tu es une fille des anciennes tribus étrusques[1], dont les vastes murs, bâtis sur le roc, contemplent aujourd'hui encore avec mépris la race des brigands usurpateurs de leur ancien empire. Ces tribus vinrent en partie de la Grèce, en partie d'un climat plus brûlant, d'une terre plus primitive. Dans l'un et l'autre cas, tu es d'origine égyptienne, car les maîtres grecs des ilotes aborigènes furent au nombre des enfants turbulents que le Nil rejeta de son sein. Tu descends également, ô saga ! d'ancêtres qui jurèrent obéissance aux miens. Par la naissance aussi bien que dans la connaissance de ton art, tu es sujette d'Arbacès. Écoute-moi donc et obéis ! »

La sorcière baissa la tête.

« Quelle que soit notre science en magie, dit Arbacès, nous sommes parfois obligés d'employer des moyens naturels pour atteindre notre but. L'anneau, le cristal, les cendres, les herbes[2], ne nous donnent pas des pronostics certains ; les mystères plus sublimes de la

---

1. Les Étrusques étaient célèbres par leurs enchantements. *(Note de l'auteur.)*
2. La dactylomancie, la cristallomancie, la téphromancie, la botanomancie. *(Note de l'auteur.)*

lune elle-même n'accordent pas au possesseur de la Ceinture le privilège de se dispenser de la nécessité de recourir à des mesures humaines pour parvenir à un but humain. Remarque donc ceci. Tu es profondément versée, je crois, dans la connaissance des herbes vénéneuses ; tu sais quelles sont celles qui arrêtent le cours de la vie, qui embrasent et consument l'âme et la tirent de force de sa citadelle, ou bien qui se glissent dans les canaux d'un jeune sang, et les épaississent de telle façon qu'aucun soleil ne peut fondre cette glace. Ai-je trop présumé de tes talents ? Réponds franchement.

— Puissant Hermès*, cette science est en effet la mienne. Daigne regarder seulement ces traits pareils à ceux d'un fantôme, d'un vrai cadavre ; s'ils ont perdu les couleurs de l'existence, c'est seulement pour s'être penchés sur les herbes qui nuit et jour cuisent dans ce chaudron. »

L'Égyptien se recula involontairement, à la pensée de ce breuvage infernal et malsain.

« C'est bien, dit-il, tu connais le conseil de la science à ses disciples : Méprise le corps, pour rendre l'âme plus sage. Mais continue ta tâche : demain, à l'heure où les étoiles brilleront dans le ciel, viendra te voir une jeune fille pleine de vanité, qui réclamera de ton art un philtre amoureux capable de détourner d'une autre des yeux qu'elle ne voudrait voir s'attacher que sur elle. Au lieu de philtre, donne à cette jeune fille un de tes plus puissants poisons. Que l'âme de son amant aille rejoindre les ombres ! »

La sorcière trembla de la tête aux pieds.

« Oh ! pardon, pardon, maître redoutable, dit-elle d'une voix affaiblie, je n'oserai faire cela. Les lois de la cité sont rigoureuses et vigilantes ; on m'arrêtera, on me tuera. [...]

— A quoi te servent donc tes herbes et tes breuvages ? » reprit Arbacès d'un ton amer.

La sorcière cacha son odieuse figure entre ses mains.

« Oh ! il y a bien des années, poursuivit-elle avec une voix différente de sa voix habituelle, tant elle était plaintive et douce, je n'étais pas celle que je suis à présent. J'ai aimé, je me suis crue aimée.

— Et quel rapport y a-t-il, sorcière, entre ton amour et mes ordres ? répliqua Arbacès avec impatience.

— Patience, reprit la sorcière, patience, je t'en conjure. J'aimais... Une autre moins belle que moi, oui, par Némésis* ! moins belle, éloigna de moi mon amant... J'appartenais à cette sombre tribu étrurienne qui connaissait le mieux les secrets de la magie occulte. Ma mère était elle-même une saga. Elle partagea le ressentiment de sa fille. Je reçus de ses mains le breuvage qui devait me rendre celui que j'avais choisi. Je reçus aussi d'elle le poison qui devait anéantir ma rivale. Oh ! que ces murs terribles m'écrasent ! Ma main tremblante se trompa de philtre : mon amant tomba à mes pieds, mais mort ! mort ! Depuis, qu'est-ce que la vie a été pour moi ? Je devins vieille subitement ; je me dévouai moi-même aux sorcelleries de ma race ; mais par une impulsion irrésistible, je me suis maudite et condamnée à une horrible expiation. Je recherche encore les herbes les plus vénéneuses, j'en extrais les poisons, je me figure qu'ils sont destinés à ma rivale détestée ; je les verse dans une fiole ; je me persuade qu'ils vont réduire sa beauté en poussière. Je me réveille et je vois devant moi le corps agité, les lèvres écumantes, le regard éteint de mon Aulus, immolé... par moi. »

Le squelette de la sorcière tressaillit, en proie à une violente convulsion.

Arbacès la contempla d'un regard qui exprimait la curiosité et le dédain. [...]

« C'est pour une vengeance que je suis venu vers toi. Ce jeune homme que je veux écarter de mon chemin a traversé mes projets, en dépit de mes talismans ; cette chose couverte de pourpre et de broderie, de sourire et d'œillades, dépourvue d'âme et de raison, ne possédant d'autre charme que sa beauté, charme maudit, cet insecte, ce Glaucus... Je te le dis, par Orcus* et par Némésis*, il doit mourir ! »

Et, s'animant à chaque mot qu'il prononçait, l'Égyptien, oubliant sa faiblesse et son étrange compagne, oubliant tout excepté sa rage avide de vengeance, parcourait à grands pas l'obscure caverne.

« As-tu dit Glaucus, maître puissant ? » s'écria tout à coup la sorcière ; et dans son œil terne se peignit une rancune terrible, à ce nom qui lui rappelait un outrage, petit à la vérité ; masi pour les gens qui vivent dans la solitude, loin du commerce des autres, il n'y a point de petits affronts.

« Oui, il s'appelle ainsi ; mais qu'importe le nom ? Que d'ici à trois jours il n'appartienne plus à la race des vivants !

— Écoute-moi, reprit la sorcière, sortant d'une espèce de rêverie dans laquelle elle s'était plongée après la sentence prononcée par l'Égyptien. Écoute-moi ; je suis à toi, je suis ton esclave, épargne-moi. Si je donne à la jeune fille dont tu parles de quoi détruire la vie de Glaucus, je serai certainement découverte ; les morts trouvent toujours des vengeurs. Bien plus, homme terrible ; si l'on apprenait la visite que tu m'as faite, si ta haine contre Glaucus était connue, tu aurais besoin pour te protéger toi-même des plus puissants secours de ta magie.

— Ah ! » dit Arbacès en s'arrêtant soudain, car, voyez l'aveuglement dont la passion couvre les yeux des plus clairvoyants, c'était la première fois que les risques que ce moyen de vengeance pouvait lui faire courir à lui-même se présentaient à son esprit d'ordinaire prudent et circonspect.

« Mais, continua la sorcière, si, au lieu de ce breuvage qui brise le cœur, j'en composais un qui trouble et altère le cerveau, qui rend celui qui le prend incapable de continuer sa route dans la carrière ordinaire de la vie, qui en fait un être abject, privé de jugement et de raison, ta vengeance ne serait-elle pas également satisfaite, et ton but également atteint ?

— Oh ! sorcière, non plus la servante, mais la sœur, mais l'égale d'Arbacès ! Combien l'esprit de la femme est plus raffiné que le nôtre, même dans la vengeance ! Qu'une telle expiation me semble préférable à la mort. Tu vivras vingt ans de plus pour cela, reprit Arbacès. Je renouvellerai l'époque de ton sort sur la face des pâles étoiles ; tu n'auras pas en vain servi le maître de la Ceinture flamboyante. Et tiens, *saga*, prends ces outils dorés pour te creuser une cellule plus commode dans cette sombre caverne. Un service rendu à Arbacès doit t'apporter plus de bénéfice que mille divinations au moyen du crible et des ciseaux devant les villageois étonnés. »

En parlant ainsi, il jeta à terre une bourse pesante, qui résonna assez agréablement à l'oreille de la sorcière ; car, tout en méprisant les jouissances du monde, elle aimait à savoir qu'elle pouvait se les procurer.

« Adieu, dit Arbacès, n'omets rien, et veille plus longtemps que les étoiles pour composer ton breuvage. Tu obtiendras le respect de tes sœurs, au rendez-vous du Marronnier[1], lorsque tu leur diras que ton ami et ton patron est l'Égyptien Hermès*. »

Il ne demeura pas pour écouter les adieux et les remerciements de la sorcière ; il retourna d'un pas pressé dans une atmosphère plus pure, sous le ciel éclairé par la lune, et se hâta de descendre la montagne.

> *Julia apprend à Nydia qu'elle a reçu de la sorcière un philtre pour se faire aimer de Glaucus. Nydia le dérobe et décide de s'en servir pour son propre bénéfice (III, chap. 11).*

---

1. Célèbre rendez-vous des sorciers, à Bénévent. *(Note de l'auteur.)*

LIVRE QUATRIÈME

Cependant Apœcides est devenu chrétien (IV, chap. 1) ; il tente d'attirer sa sœur vers sa nouvelle croyance (IV, chap. 2).

Au cours d'un banquet donné par Diomède, Julia fait boire son philtre à Glaucus. Elle ne sait pas que Nydia l'a remplacé par une boisson inoffensive (IV, chap. 3).

Chapitre 5

Le philtre - Ses effets

C'était dans cette disposition d'esprit, mêlée de désir et de crainte, le cœur palpitant, les joues en feu, que Nydia attendait la possibilité du retour de Glaucus avant la nuit... Il traversa le portique juste au moment où les premières étoiles se levaient, et où le ciel se revêtait de sa robe de pourpre.

« Ah ! mon enfant, est-ce que tu m'attends ?

— Non ; je venais d'arroser les fleurs, et je me reposais un moment.

— Il a fait chaud, dit Glaucus en s'asseyant sur un des sièges adossés à la colonnade.

— Très chaud.

— Veux-tu appeler Dave ? Le vin que j'ai bu m'altère, et je désirerais prendre quelque boisson rafraîchissante. »

Ainsi donc se présentait soudainement et d'une façon inattendue l'occasion recherchée par Nydia ; de lui-même, de son propre mouvement, il venait au-devant de ses souhaits. Comme elle respirait vite !... « Je veux vous préparer moi-même, dit-elle, le breuvage d'été qu'Ione affectionne ; un breuvage composé de miel et d'un peu de vin rafraîchis dans la neige.

— Merci, répondit Glaucus, loin de se douter de ce qui se passait dans l'âme de Nydia : si Ione l'aime, cela suffit ; je l'accepterai avec joie, fût-ce un poison. »

Nydia fronça le sourcil et sourit : elle disparut quelques instants et revint avec une coupe qui conte-nait le breuvage ; Glaucus le prit de sa main. Que n'aurait pas donné Nydia en ce moment pour sortir de sa cécité pendant une heure, afin de voir ses espérances se réaliser ; de distinguer les premières lueurs de cet amour qu'elle rêvait ; d'adorer, avec toute la ferveur des Perses le lever de ce soleil qui devait, selon son âme crédule, illuminer à jamais les ténèbres de sa nuit terrible ! Il y avait une grande différence entre les émotions de la fille aveugle et celles qui avaient agité l'orgueilleuse Pompéienne, dans une semblable attente. Combien de frivoles passions occupaient celles-ci ! Que de petitesse et de dépit, quel misérable sentiment de vengeance, quel désir d'un sot triomphe, profanaient le culte qu'elle honorait du nom d'amour ! Dans le cœur de la Thessalienne* tout était passion, passion pure, que rien ne contrôlait, ne modifiait ; passion, il est vrai, aveugle, insensée, sauvage, mais à laquelle ne se mêlait aucun élément vil et bas. La vie et l'amour se confondaient en elle ; comment aurait-elle pu résister à l'occasion de conquérir l'amour de Glaucus en retour du sien ?

Elle s'appuya pour se soutenir contre le mur, et sa

figure, de pourpre tout à l'heure, était à présent blanche comme la neige ; ses mains délicates étaient convulsivement serrées : et les lèvres entrouvertes, les yeux à terre, elle attendait avec anxiété les premiers mots que Glaucus allait prononcer.

Il avait déjà porté la coupe à ses lèvres, il avait bu à peu près le quart de ce qu'elle contenait, lorsque son regard tomba sur la figure de Nydia et en remarqua l'altération. Cette expression d'attente et d'effroi était si étrange, qu'il cessa de boire tout à coup, et, tenant encore la coupe près de ses lèvres, s'écria :

« Mais Nydia, pauvre Nydia, tu es malade. Il faut que tu souffres de quelque mal violent, ta figure ne l'indique que trop. Qu'as-tu donc, ma pauvre enfant ? »

En prononçant ces mots, il posa la coupe à terre et se leva de son siège pour s'approcher d'elle, lorsqu'il sentit tout à coup une douleur soudaine glacer son cœur, et une sensation confuse, vertigineuse, ébranler son cerveau. Le pavé sembla se dérober sous lui, comme si son pied ne frappait que l'air... Une gaieté irrésistible et surnaturelle s'empara de son esprit ; il était trop léger pour la terre ; il eût voulu avoir des ailes ; on eût dit même que, dans cette nouvelle existence, il croyait en avoir déjà. Il poussa involontairement un long et bruyant éclat de rire. Il battit des mains, il bondit, il avait l'air d'une pythonisse inspirée. Ce transport singulier cessa presque aussitôt, mais en partie seulement... Son sang courait rapidement dans ses veines, s'élançant avec la vivacité d'un ruisseau qui a rompu un obstacle et qui se précipite vers l'Océan. Son oreille en saisissait le murmure, il la sentait monter à son front ; il sentait les veines de ses tempes s'étendre et se gonfler, comme si elles ne pouvaient plus contenir cette marée impétueuse et croissante ; alors une demi-obscurité se répandit sur ses yeux ; il apercevait au travers de cette ombre les murs opposés, dont les figures lui paraissaient s'animer et marcher ainsi que des fantômes. Ce qu'il y avait de plus étrange, c'est qu'il ne souffrait plus ; la nouveauté de ses sensations avait quelque chose d'heureux et de brillant ; une jeunesse nouvelle paraissait lui avoir infusé sa vigueur ; il était tout près de la folie, et il n'en avait pas conscience. [...]

Un nouveau changement sembla s'opérer dans l'esprit éperdu, bouleversé, de l'infortuné Athénien. Il posa ses mains sur la soyeuse chevelure de Nydia ; il en caressa les boucles ; il la regarda attentivement, et comme, dans la chaîne rompue de ses idées, se tenaient encore deux ou trois anneaux, sa figure parut lui rappeler le souvenir d'Ione ; et cette vague image rendit sa démence plus forte encore, en y joignant toute l'impétuosité de la passion.

« Je jure, s'écria-t-il, par Vénus*, par Diane* ou par Junon*, que, bien que j'aie en ce moment le monde sur mes épaules, comme autrefois mon compatriote Hercule*... Ah ! oui, stupides Romains, tout ce qui a été grand a été grec ; et sans nous vous n'auriez pas de dieux... Qu'est-ce que je disais ?... Comme mon compatriote Hercule l'avait avant moi... Ce monde... je le laisserais tomber dans le chaos pour un sourire d'Ione. Ah ! beauté adorée, ajouta-t-il avec une plaintive douceur d'un caractère inexprimable, tu ne m'aimes pas ! tu n'es pas bonne pour moi... L'Égyptien m'a calomnié près de toi, tu ignores combien d'heures j'ai passées à errer autour de ta maison... tu ne sais pas combien de fois j'ai veillé en compagnie des étoiles, attendant que toi, mon soleil, tu parusses à la fin ; et tu ne m'aimes pas, tu m'abandonnes... Oh ! ne me quitte pas maintenant ! Je sens bien que je n'ai que peu de temps à vivre ; laisse-moi te contempler jusqu'au dernier moment !... Ne suis-je pas né dans la brillante contrée de tes pères ?... J'ai gravi les hauteurs de Phyle[1], j'ai cueilli l'hyacinthe et la rose parmi les

1. Village de l'Attique.

bouquets d'oliviers de l'Ilissus[1]. Tu ne dois pas m'abandonner, *toi*, car tes ancêtres étaient les frères des miens ; ah ! l'on dit que cette terre est belle, que ces climats sont purs ; mais je veux t'emmener avec moi... Oh ! noire vision, pourquoi jeter ton image entre elle et moi ?... La mort est empreinte, calme et terrible, sur ton front... J'aperçois sur ta lèvre un sourire qui tue... Ton nom est *Orcus**, mais sur terre les hommes t'appellent Arbacès... tu vois, je te connais... fuis... ombre fatale, tes enchantements ne te serviront à rien.

— Glaucus, Glaucus ! murmura Nydia, en cessant de le retenir et en tombant sans connaissance sur le pavé, oppressée par le remords, l'épouvante et la douleur.

— Qui m'appelle ? s'écria-t-il. Ione, est-ce toi ? ils l'ont emportée... sauvons-la. Où est mon style ?... ah ! je l'ai... Ione, je viens à ton secours, je viens, je viens... »

A ces mots, l'Athénien franchit le portique d'un bond, traversa la maison, et sortit d'un pas rapide et chancelant, en se parlant à lui-même, le long des rues éclairées par les étoiles. La funeste potion brûlait comme du feu dans ses veines, car ses effets s'augmentaient encore de la disposition où le banquet avait mis ses esprits. Accoutumés aux excès qui suivaient les repas nocturnes, les citoyens souriaient, et se rangeaient pour le laisser passer, en se faisant des signes d'intelligence ; ils s'imaginaient que Glaucus ressentait l'influence de Bacchus*, fort honoré à Pompéi ; mais ceux qui attachèrent deux fois les yeux sur son visage tressaillirent d'un effroi sans nom, et le sourire quitta leurs lèvres. [...]

---

1. Ruisseau qui, provenant du mont Hymette, coule au sud d'Athènes.

Chapitre 6

Réunion de différents personnages - Des fleuves qui, en apparence, coulaient séparément, unissent leurs eaux dans le même golfe

L'astre de la nuit éclairait d'une lumière douce et brillante l'antique bosquet consacré à Cybèle*... Les arbres majestueux dont l'âge remontait au-delà même de la tradition jetaient leurs longues ombres sur la terre, tandis qu'à travers les ouvertures de leurs branches, scintillaient les étoiles. La blancheur du *sacellum*[1] situé au milieu du bosquet, et environné d'un sombre feuillage, présentait quelque chose d'abrupt et de frappant ; il rappelait l'intention qui avait fait consacrer le bosquet, sa sainteté et sa solennité.

D'un pas furtif et léger, Calénus, se glissant sous l'ombre des arbres, s'approcha de la chapelle, et, repoussant les branches qui se joignaient complètement autour de lui, s'arrangea dans sa cachette ; elle était si bien close, avec le temple devant lui et les arbres derrière, qu'aucun passant ne pouvait l'y découvrir : il aurait fallu savoir qu'il était là. Tout était en apparence solitaire dans le bosquet ; de loin on entendait faiblement résonner les voix joyeuses de quelques convives qui s'en retournaient chez eux, ou bien la musique écoutée par les groupes des promeneurs, qui,

1. Petite enceinte consacrée à une divinité et contenant un autel.

dès ce temps-là, comme aujourd'hui dans ces climats, se plaisaient à passer les nuits d'été dans les rues, et à jouir de la fraîcheur de l'air et des douceurs des clairs de lune, après l'éclat trop ardent du jour.

Des hauteurs où le bosquet était situé, on pouvait voir, à travers les intervalles des arbres, la mer vaste et pourprée qui grondait au loin, les blanches maisons de Stabies[1] sur la pente du rivage, et les obscures collines Lectiariennes[2] confondues dans un ciel délicieux ; en ce moment, Arbacès, qui se rendait chez Diomède, montra sa grande figure à l'entrée du bosquet ; et il arriva qu'Apœcides, qui venait rejoindre Olynthus, passa devant lui.

« Hem, Apœcides, dit Arbacès, en reconnaissant le jeune prêtre du premier coup d'œil, lorsque nous nous sommes rencontrés la dernière fois, vous étiez mon ennemi. J'ai désiré depuis vous revoir, car je souhaite que vous restiez toujours mon disciple et mon ami. »

Apœcides tressaillit à la voix de l'Égyptien et, s'arrêtant brusquement, le regarda avec un air de profond mépris et de violente émotion.

« Scélérat et imposteur, s'écria-t-il enfin, tu es donc sorti des étreintes du tombeau ; mais n'espère plus jeter sur moi tes sacrilèges filets... *rétiaire*[3]. Je suis armé contre toi.

— Paix ! » répondit Arbacès à voix basse ; mais l'orgueil si fier chez ce descendant des rois trahit la blessure que lui causaient les épithètes insultantes du jeune prêtre dans le tremblement de ses lèvres, et dans la rougeur subite de son front basané... « Paix ! parle plus bas ; tu pourrais être entendu, et, si d'autres oreilles que les miennes avaient surpris tes paroles...

— Me menaces-tu ? Ah ! je voudrais que la ville entière pût m'entendre...

1. Cité au sud de Pompéi qui sera aussi ensevelie sous la lave.
2. Collines situées dans la pointe sud de la baie de Naples.
3. Gladiateur armé d'un filet et d'un trident.

— ... les mânes de mes ancêtres ne me permettraient pas de te pardonner. Mais écoute, tu es courroucé parce que j'ai voulu faire violence à ta sœur... Calme-toi un instant... un seul instant, je te prie... tu es dans ton droit. Ce fut le délire de l'amour et de la jalousie... Je me suis repenti amèrement de ma folie... pardonne-moi. Je n'ai jamais imploré le pardon d'un être vivant, je te prie de me pardonner, oui, je réparerai l'insulte ; je demande ta sœur en mariage ; ne frémis pas... réfléchis... Qu'est-ce que l'alliance de ce Grec frivole à côté de la mienne ? Une fortune incalculable... une naissance telle que les noms grecs ou romains ne sont que d'hier auprès de son ancienneté ; la science... mais tu sais tout cela. Je te demande ta sœur, et ma vie entière sera consacrée à réparer l'erreur d'un moment.

— Égyptien, quand je céderais à ton vœu, ma sœur abhorre l'air que tu respires ; mais j'ai mes propres griefs à te pardonner. Je puis oublier que tu m'as pris pour instrument de tes desseins, mais jamais que tu m'as séduit au point de me faire partager tes vices, que tu as fait de moi un homme souillé et parjure. Tremble ; dans ce moment même, je prépare l'heure qui doit démasquer toi et tes faux dieux ; ta vie débauchée comme celle des compagnons de Circé* sera exposée au grand jour ; tes oracles menteurs seront dévoilés... Le temple de l'idole Isis* deviendra un objet de mépris : le nom d'Arbacès sera un but pour les railleries et l'exécration du peuple. »

A la rougeur qui avait couvert le front de l'Égyptien succéda une pâleur livide ; il regarda derrière lui, devant, autour de lui, pour s'assurer que personne n'était là, et fixa ensuite son noir et large regard sur le jeune prêtre, avec une expression de colère et de menace qu'aucun autre qu'Apœcides, soutenu par la ferveur de son zèle ardent et divin, n'aurait pu supporter sans effroi, tant cette expression était terrible. Le jeune converti demeura impassible sous ce regard, et y répondit par un air d'orgueilleux défi.

« Apœcides, reprit l'Égyptien d'une voix sourde et émue, prends garde ! Que médites-tu ? Parles-tu (réfléchis bien avant de me répondre) sous l'impression de la colère, sans dessein préconçu, ou bien as-tu dans l'âme quelque projet arrêté ?

— Je parle d'après l'inspiration du vrai Dieu, dont je suis à présent le serviteur, répondit hardiment le chrétien, et avec la connaissance certaine que la grâce a déjà marqué le jour où le courage humain triomphera de ton hypocrisie et du culte du démon : avant que le soleil ait brillé trois fois, tu l'apprendras. Sombre magicien, tremble ; adieu. »

Toutes les passions ardentes et farouches que l'Égyptien avait reçues en héritage de sa nature et de son climat, et qu'il avait peine à cacher sous les apparences de la douceur et d'une froide philosophie, se déchaînèrent à la fois dans son cœur. Une pensée succédait rapidement à une autre pensée ; il voyait devant lui un obstacle invincible à une alliance légitime avec Ione ; il voyait le compagnon de Glaucus dans la lutte qui avait renversé ses desseins ; l'homme qui devait déshonorer son nom, le déserteur de la déesse qu'il servait sans croire à son culte, le révélateur avoué et prochain de ses impostures et de ses vices. Son amour, sa réputation, sa vie entière, se trouvaient en danger ; le jour et l'heure étaient déjà désignés pour l'atteindre. Il apprenait par les propres paroles du néophyte qu'Apœcides avait adopté la foi chrétienne ; il connaissait le zèle indomptable qui animait les prosélytes de cette foi : tel était le nouveau converti. Il mit la main sur son style ; cet ennemi était en son pouvoir, ils étaient en ce moment devant la chapelle. Il jeta de nouveau un regard furtif autour de lui ; il ne vit personne ; le silence et la solitude vinrent le tenter.

« Meurs donc, dit-il, dans ta témérité ; disparais, obstacle vivant de mes destinées ! »

Et à l'instant où le chrétien allait le quitter, Arbacès leva la main au-dessus de l'épaule gauche d'Apœcides et plongea sa lame aiguë à deux reprises dans la poitrine du jeune prêtre.

Apœcides tomba percé au cœur... Il tomba mort sans un soupir au pied de la chapelle sacrée.

Arbacès le considéra un moment avec la joie animale et féroce que donne la mort d'un ennemi ; mais l'idée du danger auquel il venait de s'exposer s'empara bientôt de son esprit... Il essuya avec soin son arme sur le gazon et avec les vêtements mêmes de la victime, s'enveloppa de son manteau, et se disposa à partir, lorsqu'il vit venir à lui un jeune homme dont les pas vacillaient et chancelaient d'une façon singulière à mesure qu'il s'approchait ; un rayon de lune éclaira la figure de l'étranger ; cette figure, sous cette lune blafarde, parut à Arbacès aussi blanche que le marbre. Il reconnut les traits et la taille de Glaucus ; le Grec infortuné chantait une chanson décousue et triste, composée de fragments d'hymnes et d'odes sacrées, entremêlés sans ordre et sans intelligence.

« Ah ! s'écria l'Égyptien, devinant aussitôt son état et la terrible cause qui l'avait produit, le breuvage agit, et la destinée l'amène ici pour que je triomphe à la fois de mes deux ennemis ! »

Promptement, et avant même que cette pensée lui fût venue, il s'était retiré vers un des côtés de la chapelle, en se cachant parmi les branches ; de ce guet-apens il surveilla, comme un tigre dans son antre, l'arrivée de sa seconde victime. Il remarqua les flammes errantes et sans repos qui traversaient les yeux de l'Athénien, les convulsions qui détruisaient la régularité sculpturale de ses traits et décoloraient ses lèvres ; il comprit que le Grec était tout à fait dépourvu de sa raison. Cependant, lorsque Glaucus arriva près du corps d'Apœcides, dont le sang inondait le gazon, un si étrange et si terrible spectacle ne pouvait manquer d'arrêter ses pas, malgré le désordre de ses esprits. Il s'arrêta donc, passa sa main sur son front, comme pour rappeler sa mémoire, et dit :

« Oh ! oh ! Endymion*, tu dors bien profondément ?... Qu'est-ce donc que la lune a pu te dire ? Tu me rends jaloux... Il est temps de te réveiller... »

Il se baissa dans l'intention de soulever le corps.

Oubliant... ne sentant plus sa faiblesse... l'Égyptien s'élança de l'endroit où il était caché, et, pendant que le Grec se baissait, il le frappa et le jeta sur le corps du chrétien ; puis, élevant sa forte voix aussi haut qu'il le put, il s'écria :

« Holà ! citoyens, holà ! à mon aide... Ici, ici ! Au meurtre, au meurtre devant votre temple ! au secours... afin que le meurtrier ne puisse s'échapper !... »

En parlant ainsi, il plaça son pied sur la poitrine de Glaucus... précaution vaine et superflue... car, l'effet du breuvage se combinant avec la chute, le Grec demeurait sans mouvement, insensible, à l'exception de ses lèvres qui laissaient sortir des sons vagues et incohérents.

Tandis qu'il restait dans cette position, en attendant l'arrivée de quelques citoyens, peut-être éprouva-t-il quelque remords, quelque pitié... car, en dépit de ses crimes, il était homme... L'état inanimé de Glaucus sans défense, ses paroles sans suite, sa raison égarée, le touchèrent plus que la mort d'Apœcides... Il dit si bas qu'à peine put-il l'entendre lui-même :

« Pauvre argile ! pauvre raison humaine ! *Où est maintenant ton âme ?* Je pourrais t'épargner, ô rival... qui ne peux plus être un rival pour moi... Mais la destinée doit avoir son cours ; ma sûreté demande ce sacrifice. »

Puis, pour étouffer cette pitié momentanée, il cria plus fort qu'auparavant ; et, tirant de la ceinture de Glaucus le style qui y était attaché, il le plongea dans le sang du malheureux assassiné, et le posa à côté du corps.

Alors arrivèrent plusieurs citoyens, empressés et hors d'haleine ; quelques-uns avec des torches, que la clarté de la lune ne rendait pas nécessaires, mais qui flamboyaient d'une manière sinistre à travers les arbres : ils entourèrent la place.

« Emportez ce corps, dit l'Égyptien, et emparez-vous du meurtrier. »

Ils soulevèrent le corps, et grande fut leur horreur, ainsi que leur sainte indignation, lorsqu'ils découvrirent que cet être inanimé était un prêtre de la vénérable et adorée Isis* ; mais leur surprise fut encore plus grande quand ils virent que l'accusé était le brillant Athénien si admiré par eux tous.

« Glaucus ! s'écrièrent les assistants d'une commune voix. Est-ce croyable ?...

— Je croirais plus volontiers, dit un homme à son voisin, que c'est l'Égyptien lui-même. »

Un centurion[1] se jeta dans la foule avec un air d'autorité.

« Ah ! du sang versé ! dit-il. Quel est le meurtrier ? »
Les assistants montrèrent Glaucus.

« Lui ! par Mars* ! il a plutôt l'air d'une victime. Qui l'accuse ?

— Moi ! » dit Arbacès en se redressant avec fierté.

Et les joyaux qui garnissaient sa robe, resplendissant aux yeux du digne guerrier, lui persuadèrent aisément que c'était là un témoin des plus honorables.

« Pardonnez-moi ; votre nom ? dit-il.

— Arbacès ; il est bien connu, je crois, à Pompéi. En passant dans ce bosquet, j'ai vu ce Grec et le prêtre ensemble : leur conversation était très animée. Je fus frappé des mouvements désordonnés du premier, de ses gestes violents, de sa voix éclatante. Il me paraissait ivre ou fou. Soudain je l'ai vu tirer son style... Je me suis élancé, mais trop tard, pour empêcher le coup. Il avait frappé deux fois sa victime, et se penchait sur son corps, lorsque, dans mon horreur et dans mon indignation, je l'ai jeté violemment lui-même la face contre terre... Il est tombé sans lutte, ce qui me fait

---

1. Sorte d'officier subalterne.

supposer qu'il n'était pas maître de ses sens lorsqu'il a commis le crime : car, remis à peine d'une cruelle maladie, le coup que j'ai porté était faible, et surtout comparativement à la force du jeune Glaucus, comme vous pouvez en juger.

— Ses yeux s'ouvrent, ses lèvres se meuvent, dit le soldat. Parle, prisonnier ; que réponds-tu à l'accusation ?

— L'accusation, ah ! ah !... Ce qui a été fait a été bien fait... Lorsque la vieille sorcière a dirigé son serpent sur moi... et que Hécate* se tenait là riant à mon oreille.. que pouvais-je faire ? Mais je suis souffrant... je me sens défaillir... la langue du serpent m'a mordu... Portez-moi dans mon lit... faites venir le médecin... le vieil Esculape* accourra lui-même si vous dites que je suis grec... Oh ! merci, merci ! je brûle... Mon cerveau, la moelle de mes os... Je brûle. »

Et, après un long et douloureux soupir, l'Athénien tomba dans les bras des assistants.

« Il est en délire, dit l'officier avec compassion ; et, dans son transport, il a frappé le prêtre. Quelqu'un l'a-t-il vu aujourd'hui ?

— Moi, dit un des spectateurs. Je l'ai vu ce matin ; il a passé devant ma boutique et il m'a accosté. Il me paraissait bien-portant et de sens rassis, comme le plus calme d'entre nous.

— Et il n'y a pas une heure que je l'ai vu, ajouta un autre, passant dans les rues et se parlant à lui-même avec d'étranges gestes, absolument comme vient de le dépeindre l'Égyptien.

— Confirmation du témoignage. Ce ne peut être que la vérité. A tout événement, il sera conduit chez le préteur[1]... Cela fait vraiment pitié ! Si jeune et si riche ! Mais le crime est terrible ! Un prêtre d'Isis, en costume encore, et au pied de notre plus ancienne chapelle ! »

---

1. Magistrat d'un rang élevé.

Ces paroles mirent sous les yeux de la foule toute la force du sacrilège que, dans le premier mouvement de sa curiosité, elle n'avait pas entrevue : ce n'était plus un crime ordinaire ; il y eut un mouvement de pieuse horreur.

« Il n'est pas étonnant que la terre vienne à trembler, dit quelqu'un, lorsqu'elle porte de tels monstres !

— En prison ! en prison ! » crièrent-ils tous.

Une voix plus perçante que les autres, ajouta avec un ton joyeux :

« Les bêtes ne manqueront pas d'un gladiateur à présent. » [...]

> *Glaucus a été enfermé dans la maison de Salluste. Arbacès lui propose de le sauver s'il renonce à Ione mais Glaucus refuse de céder (IV, chap. 7).*
>
> *Après les funérailles d'Apœcides (IV, chap. 8), Arbacès annonce à Ione que, désormais, elle vivra sous son toit (IV, chap. 9). Quant à Nydia, elle est sous bonne garde dans la maison de l'Égyptien (IV, chap. 10). Elle tente de s'échapper en faisant croire à son gardien, Sosie, qu'elle est une sorcière (IV, chap. 11).*
>
> *Arbacès, lui, propose à Calénus qui a assisté au meurtre d'acheter son silence et le conduit vers le lieu où sont, déclare-t-il, entreposées ses richesses (IV, chap. 12, début du chap. 13).*

Chapitre 13

L'esclave consulte l'oracle
Un aveugle peut tromper
ceux qui s'aveuglent eux-mêmes
Deux nouveaux prisonniers
faits dans la même nuit

Pendant que Sosie, pris ainsi dans le piège, se lamentait sur son sort et formait mille projets pour remettre la main sur Nydia, la jeune aveugle, avec la singulière précision et la dextérité de mouvements qui lui étaient particulières et que nous avons déjà fait remarquer en elle, avait passé légèrement le long du péristyle, s'était glissée dans le passage en face qui conduisait au jardin, et, toute palpitante, se dirigeait vers la porte, lorsqu'elle entendit tout à coup un bruit de pas et distingua la terrible voix d'Arbacès ; elle s'arrêta un moment dans l'incertitude et dans l'effroi ; il lui revint à la mémoire qu'il y avait un autre passage, servant à introduire ordinairement les belles convives qu'Arbacès invitait à ses secrètes orgies, et qui tournant autour du soubassement de ce vaste édifice, ramenait également dans le jardin ; il était ouvert par hasard, elle se hâta donc de retourner sur ses pas, descendit à droite les étroits escaliers, et arriva promptement à l'entrée du corridor. Hélas ! la porte de communication était fermée à clef. Pendant qu'elle s'assurait que cette porte était bien fermée en effet, elle entendit derrière elle la voix de Calénus, et un moment après celle d'Arbacès qui lui répondait. Elle ne pouvait demeurer en cet endroit, ils allaient sans doute y passer ; elle s'élança en avant, et se trouva dans des régions qui lui étaient inconnues. L'air devenait froid et humide, ce qui la rassura. Elle pensa qu'elle pourrait bien être dans les caves de cette superbe demeure, ou du moins dans quelque lieu que ne visiterait pas le superbe propriétaire de la maison, et pourtant son oreille si fine distingua bientôt de nouveau les pas et les voix. Elle se remit à marcher, en étendant les bras, et rencontra des piliers d'une forme épaisse et massive ; avec un tact que sa crainte rendait plus grand, elle échappa à ces dangers, et continua son chemin ; à mesure qu'elle s'avançait l'air devenait de plus en plus humide ; elle s'arrêtait par moments pour reprendre haleine, et alors elle entendait toujours le bruit des pas et le vague murmure des voix. Enfin, elle arriva à un mur qui paraissait mettre un terme à sa course. Comment trouver un endroit pour s'cacher ? Nulle ouverture, point de cavité. Elle s'arrêta et se tordit les mains avec désespoir ; puis surexcitée par le rapprochement des voix, elle courut tout le long du mur, et se heurtant avec violence contre un des arcs-boutants qui s'étendaient en avant, elle tomba à terre. Quoique froissée par sa chute, elle ne perdit pas ses sens, elle ne poussa pas un cri ; loin de là, elle regarda comme heureux un accident qui l'avait peut-être jetée dans un endroit où elle pourrait être cachée. Se retirant le plus qu'elle pouvait dans l'angle formé par l'arc-boutant, en sorte que d'un côté du moins elle ne pourrait être vue, elle pelotonna son petit corps dans le plus petit espace possible, et attendit son destin sans respirer.

Arbacès et le prêtre continuaient leur route vers cette chambre secrète, dont les trésors avaient été tant vantés par l'Égyptien. Ils se trouvaient dans un vaste atrium souterrain, c'est-à-dire dans une grande salle ; le toit assez bas était soutenu par de courtes et épaisses colonnes d'une architecture bien éloignée des grâces élégantes de l'art grec, adopté par cette voluptueuse époque. L'unique et pâle lampe que portait Arbacès ne jetait qu'une lumière imparfaite sur les murs grossiers et nus, composés de larges blocs de pierre enchevêtrés l'un dans l'autre, mais sans ciment. Des reptiles troublés par ces hôtes inattendus les regardaient d'un air effaré, et se perdaient précipitamment dans l'ombre des murs.

Calénus frissonna en jetant les yeux autour de lui et en respirant cet air humide et malsain.

« Eh bien ! dit Arbacès avec un sourire, en s'apercevant de ce frisson, ce sont ces grossiers caveaux qui fournissent au luxe des salles supérieures. Ils ressemblent aux laboureurs de ce monde ; nous méprisons leurs grossières mœurs, et ce sont eux qui nourrissent notre orgueil dédaigneux.

— Et où conduit cette galerie à gauche ? demanda Calénus, dans sa profonde obscurité, elle paraît sans limite, comme si elle conduisait aux enfers.

— Au contraire, elle conduit à la lumière, répondit négligemment Arbacès. Quant à nous, notre chemin est à droite. »

Cette salle, comme beaucoup d'autres dans les quartiers habités de Pompéi, se divisait à son extrémité en deux ailes ou passages, dont la longueur, en réalité, n'était pas considérable, mais elle s'agrandissait aux yeux dans des ténèbres que la lampe ne pouvait pas dissiper entièrement. Les deux *amis* dirigèrent leurs pas sur la droite de ces deux ailes.

« Le joyeux Glaucus habitera demain un appartement qui ne sera pas plus sec, mais moins spacieux, dit Calénus, justement au moment où ils passaient devant l'endroit où la Thessalienne* était blottie sous la protection du large arc-boutant.

— Oui, mais en revanche, le jour suivant, il jouira d'un espace assez considérable et assez sec dans l'arène ; et quand on pense, continua Arbacès lentement et d'un ton délibéré, qu'un mot de Calénus pourrait le sauver et mettre Arbacès à sa place !

— Ce mot ne sera jamais dit, répliqua Calénus.

— C'est juste, mon cher Calénus, il ne sera jamais dit (et Arbacès s'appuya familièrement sur l'épaule de son compagnon) ; mais nous voici devant la porte... »

La lumière tremblante de la lampe laissa voir dans ce mur sombre et grossier une petite porte, profondément enfoncée et garnie de fortes bandes et de plaques de fer. Arbacès tira de sa ceinture un petit anneau qui retenait trois ou quatre clefs courtes, mais solides. Le cœur de l'avide Calénus battit avec violence, lorsqu'il entendit la serrure rouillée crier, comme si elle ne livrait qu'à regret la vue des trésors confiés à sa garde.

« Entre, mon ami, dit Arbacès, pendant que j'élève la lampe, afin que tu puisses contempler à ton aise tous ces monts d'or. »

L'impatient Calénus ne se fit pas prier deux fois. Il s'avança dans l'ouverture.

A peine avait-il passé le seuil que la forte main d'Arbacès le poussa en avant.

« Le mot ne sera jamais dit », s'écria l'Égyptien avec un long éclat de rire, et il referma la porte sur le prêtre.

Calénus avait été précipité de plusieurs marches ; mais au premier moment, il ne sentit pas la douleur de sa chute ; il s'élança vers la porte, et la frappant violemment avec ses poings fermés, il s'écria d'une voix plus semblable au hurlement d'une bête fauve qu'à une voix humaine, tant son désespoir était profond :

« Oh ! délivrez-moi, Arbacès, délivrez-moi, et gardez votre or. »

Ces paroles ne pénétrèrent qu'imparfaitement au travers de la porte massive, et Arbacès poussa un nouvel éclat de rire ; frappant ensuite du pied avec force, et laissant éclater enfin sa colère longtemps contenue, il reprit :

« Tout l'or de la Dalmatie[1] ne te procurera pas une

---

1. Aujourd'hui région de la Yougoslavie.

croûte de pain : meurs de faim, misérable, tes derniers
soupirs ne réveilleront pas même l'écho de ces vastes
salles ; l'air ne révéla jamais que l'homme qui a
menacé et qui pouvait perdre Arbacès est mort de
faim, rongeant, dans son désespoir, la propre chair de
ses os. Adieu !

— Oh ! pitié ! pitié, odieux scélérat... est-ce pour
cela... »

Le reste de cette imprécation n'arriva pas à l'oreille
d'Arbacès, qui s'en retournait à travers la sombre salle.
Un crapaud, gros et gonflé de venin, se trouva sur ses
pas ; les rayons de la lampe tombèrent sur le hideux
animal et sur l'œil rouge qu'il tournait en l'air. Arbacès
se détourna, afin de ne pas le blesser.

« Tu es dégoûtant et venimeux, murmura-t-il, mais
tu ne peux me faire de mal : tu n'as donc rien à
craindre de moi. »

Les cris de Calénus, quoique affaiblis et étouffés par
la barrière qui le retenait, arrivaient encore faiblement
à l'oreille de l'Égyptien. Il s'arrêta pour y prêter
l'oreille.

« Ce qu'il y a de malheureux, pensa-t-il, c'est que je
ne puis maintenant m'éloigner de Pompéi avant que
cette voix se soit tue pour toujours. Mes richesses,
mes trésors, ne se trouvent pas, il est vrai, dans cette
aile, mais dans l'autre. Mes esclaves, en les transpor-
tant, peuvent entendre la voix de cet homme. Mais il
n'y a pas de danger ! dans trois jours, s'il survit encore,
par la barbe de mon père ! ses accents seront bien
faibles... ils ne perceront pas même à travers son
tombeau. Par Isis*, il fait froid, j'ai besoin de boire
une coupe de falerne[1] épicé ! »

Et l'Égyptien, sans remords, resserrant sa robe autour
de lui, se hâta d'aller respirer l'air supérieur.

1. Excellent vin local.

Chapitre 14

Nydia et Calénus

Quelles paroles de terreur, mais aussi d'espérance, avaient frappé l'oreille de Nydia ! Le lendemain, Glaucus devait être condamné ; mais il existait encore un homme qui pouvait le sauver et mettre Arbacès à sa place, et cet homme respirait à quelques pas du lieu où elle était cachée. Elle entendait ses cris et ses plaintes, ses imprécations et ses prières, quoique, à la vérité, ils ne lui arrivassent pas d'une façon bien distincte. Il était captif, mais elle connaissait le mystère de la prison ; si elle pouvait s'échapper, si elle pouvait aller trouver le préteur, on pourrait le rendre à la liberté et sauver l'Athénien. Ses émotions l'empêchaient presque de respirer, sa tête brûlait ; elle se sentait défaillir, mais un violent effort la rendit maîtresse d'elle-même ; et, après avoir écouté le bruit des pas d'Arbacès jusqu'à ce qu'elle fût convaincue qu'il avait laissé ces lieux à leur solitude et qu'elle était seule, elle se traîna, en suivant le son de la voix de Calénus, jusqu'à la porte du caveau où il était enfermé. Là, elle put saisir ses accents de terreur et de désespoir. Trois fois elle essaya de parler, et trois fois sa voix manqua de force pour pénétrer à travers la porte massive. Enfin, trouvant la serrure, elle y appliqua ses lèvres, et le prisonnier entendit distinctement une douce voix prononcer son nom.

Son sang se glaça ; ses cheveux se dressèrent sur sa tête : quel être mystérieux et surnaturel avait pu pénétrer dans cette redoutable solitude ?

« Qui est là ? cria-t-il avec une nouvelle alarme,

quel spectre, quelle larve appelle déjà le malheureux Calénus ?

— Prêtre, dit la Thessalienne*, à l'insu d'Arbacès, j'ai été, par la permission des dieux, témoin de sa perfidie. Si je puis échapper moi-même de ses mains, je te sauverai. Mais que ta voix passe à travers cette étroite ouverture et réponde à mes questions.

— Ah ! esprit du ciel, dit le prêtre avec joie, en obéissant aux injonctions de Nydia, sauve-moi, et je vendrai les coupes mêmes de l'autel pour récompenser ta bonté.

— Je n'ai pas besoin d'or, je n'ai besoin que de ton secret. Ai-je bien entendu ? peux-tu sauver l'Athénien Glaucus de l'accusation qui menace ses jours ?

— Je le puis, je le puis... c'est pour cela (puissent les furies poursuivre l'infâme Égyptien !), c'est pour cela qu'il m'a enfermé ici, dans l'intention de m'y faire mourir de faim et de m'y laisser pourrir.

— On accuse l'Athénien de meurtre ! peux-tu repousser l'accusation ?

— Que je sois libre, et il n'y aura pas de tête à Pompéi mieux gardée que la sienne ; j'ai vu le meurtre ; j'ai vu Arbacès porter le coup ; je puis convaincre le véritable meurtrier, et faire acquitter l'innocent. Mais si je péris, il périt aussi. Si tu t'intéresses à ce jeune homme, ô douce étrangère, mon cœur est l'urne où repose sa vie ou sa mort.

— Et tu donneras tous les détails qui sont à ta connaissance ?

— Oh ! quand les enfers seraient à mes pieds, oui... vengeance contre le perfide Égyptien ! vengeance, vengeance... vengeance !... »

A la manière dont Calénus répétait ces mots en grinçant des dents, Nydia comprit qu'elle pouvait compter sur sa haine contre Arbacès pour sauver l'Athénien ; son cœur palpitait. Serait-elle donc assez heureuse pour sauver celui qu'elle adorait, qui était son idole...

« C'est assez, dit-elle ; les dieux qui m'ont conduite ici ne m'abandonneront pas sans doute. Oui, je sens que je te délivrerai ; attends-moi avec patience et prends courage.

— Mais sois prudente, sois adroite, douce étrangère. N'essaie pas d'attendrir Arbacès ; il est de marbre. Va trouver le préteur, dis-lui tout ce que tu sais... obtiens de lui un mandat pour me faire chercher... amène des soldats et d'habiles serruriers... ces serrures sont d'une force surprenante... le temps passe... je puis mourir de faim, de faim !... si tu ne te presses pas. Va, va... non, attends... il est affreux d'être seul... l'air est comme dans un cimetière... et les scorpions... ah ! et les pâles larves... ah ! attends, attends...

— Non, s'écria Nydia, terrifiée de la terreur du prêtre, et pressée de ressaisir ses idées confuses ; non, c'est dans ton intérêt que je pars... Que l'espérance demeure avec toi... Adieu ! »

Elle s'éloigna doucement et en tendant les bras le long des piliers, jusqu'à ce qu'elle eût gagné l'extrémité de la salle, et l'entrée du corridor qui conduisait au grand air. Mais là, elle s'arrêta ; elle pensa qu'il serait plus prudent d'attendre que toute la maison, vers les approches du matin, fût endormie dans un profond sommeil, afin de pouvoir sortir sans être remarquée ; elle se coucha donc de nouveau à terre, et compta les instants. La joie était le sentiment qui dominait dans son cœur agité. Glaucus courait un grand danger, mais elle le sauverait.

Ione, pressée par Arbacès, déclare qu'elle se tuera plutôt que de devenir sa femme. Nydia a été rattrapée par Sosie et de nouveau enfermée dans sa chambre (IV, chap. 15).

Glaucus, condamné aux lions, a été emprisonné avec Olynthus. Il comprend alors qu'il n'est pas coupable : Arbacès a tué Apæcides parce qu'il était devenu chrétien (IV, chap. 16).

Nydia arrive à convaincre son gardien de porter une lettre à Salluste. Mais celui-ci, ivre, n'en prend pas immédiatement connaissance (IV, chap. 17). Ce n'est que plus tard qu'il libérera Calénus.

ce premier assaut, et d'attendre qu'il fît place à des
armes plus terribles, avant de commencer eux-mêmes
les hostilités. Ils s'appuyèrent sur leurs armes, séparés
les uns des autres, les yeux fixés sur le jeu, qui n'était
pas assez sanglant pour satisfaire la populace, mais
qui ne laissait pas néanmoins de l'intéresser, parce
qu'il venait de la Grèce, le pays des ancêtres.

Au premier coup d'œil, les deux antagonistes ne
semblaient pas faits l'un pour l'autre. Tétraidès, quoiqu'il ne fût pas plus grand que Lydon, était beaucoup
plus gros. La force naturelle de ses muscles s'augmentait, aux yeux du vulgaire, de l'épaisseur de sa chair ;
car on croyait généralement que l'embonpoint ne
pouvait qu'être favorable au combat du ceste, et
Tétraidès avait encouragé, autant qu'il avait pu, ses
dispositions à engraisser : ses épaules étaient fortes,
ses membres inférieurs épais, et légèrement arqués en
dehors, son corps trapu, de cette constitution enfin qui
paraît donner en force tout ce qu'elle enlève en grâce.
Mais Lydon, quoique élancé jusqu'à friser la maigreur,
était admirablement proportionné dans sa délicatesse ;
les connaisseurs pouvaient s'apercevoir que ses muscles,
moins gros que ceux de son adversaire, étaient plus
compacts, et pour ainsi dire de fer. En proportion
aussi, il avait d'autant plus d'activité qu'il était moins
chargé d'embonpoint, et un hautain sourire sur sa
figure résolue, qui contrastait avec l'expression pesante
et stupide de son adversaire, donnait confiance à ceux
qui le regardaient, et inspirait à la fois l'espérance et
un sentiment de bienveillance ; en sorte que, malgré
la différence apparente de leur force, les souhaits de la
multitude se rangeaient du côté de Lydon aussi bien
que du côté de Tétraidès. [...]

« En garde ! » s'écria Tétraidès en s'approchant de
plus en plus près de son adversaire, qui tournait
autour de lui beaucoup plus qu'il ne reculait.

Lydon ne répondit que par un regard où son œil
prompt et vigilant avait mis tout son dédain ; Tétraidès

frappa comme un forgeron sur un étau ; Lydon posa un genou à terre : le coup passa sur sa tête, sa revanche ne fut pas si inoffensive ; il se releva sur-le-champ et lança son ceste en pleine poitrine à son adversaire ; Tétraidès fut étourdi ; la populace fit éclater ses applaudissements.

« Vous n'êtes pas heureux aujourd'hui, dit Lépidus à Claudius ; vous avez perdu un pari, vous allez en perdre un autre.

— Par les dieux ! si cela est, mes bronzes iront chez l'huissier priseur. Je n'ai pas engagé moins de cent sesterces sur Tétraidès. Ah ! ah ! voyez comme il se remet. Voilà un maître coup. Il vient de fendre l'épaule de Lydon... Bravo, Tétraidès !... Bravo Tétraidès !

— Mais Lydon ne s'émeut pas. Par Pollux ! il conserve son sang-froid. Voyez comme il évite avec adresse ces mains pareilles à des marteaux en se penchant tantôt d'un côté, tantôt de l'autre... et tournant avec agilité... Ah ! le pauvre Lydon... il est atteint de nouveau.

— Trois pour un en faveur de Tétraidès ! s'écria Claudius. Qu'en dites-vous, Lépidus ?

— C'est entendu ; neuf sesterces contre trois ! Quoi ! Lydon reprend de nouveau... Il respire... Par les dieux ! il est à terre... Mais non, le voilà sur ses jambes... Brave Lydon... Tétraidès est encouragé... Il rit tout haut... il se précipite sur lui...

— Le fou ! le succès l'aveugle... il devrait être plus prudent... L'œil de Lydon est comme celui d'un lynx, dit Claudius entre ses dents.

— Ah ! Claudius, voyez-vous ? votre homme chancelle... encore un coup... il tombe... il est tombé !...

— La terre le ranime, alors... Car le voilà encore debout ; mais le sang coule sur son visage.

— Par le maître de la foudre ! Lydon triomphe... Voyez comme il presse son adversaire... Ce coup sur la tempe aurait renversé un bœuf ; il a écrasé Tétraidès,

qui tombe de nouveau... il ne peut plus se remuer...
Habet, habet[1] !...

Les jeux du cirque

Les spectacles sont gratuits à Rome ; ils sont donnés
sous la forme de jeux *(ludi)* qui s'inscrivent sur le
calendrier officiel car la religion est inséparable, au
moins aux origines, du divertissement dans la cité
antique. Pendant ces fêtes la foule se presse surtout en
deux lieux : le Grand Cirque *(Circus Maximus)* et l'Amphithéâtre Flavien, plus connu sous le nom de *Colisée* ;
l'un et l'autre de ces édifices peuvent contenir, à part
égale, près d'un demi-million de spectateurs. Ces spectacles organisés par les autorités avaient aussi pour but
de canaliser les tensions et de divertir une population
urbaine où abondent les chômeurs.
Les combats de gladiateurs constituent la plus specta-
culaire — et la plus célèbre — manifestation de ces
spectacles. Ils naquirent à Rome en 264 av. J.-C. et ne
furent, au début, que des jeux funéraires d'un caractère
exceptionnel. Ce n'est qu'à partir de 105 av. J.-C. qu'ils
figurent à part entière dans les spectacles officiels dont
ils deviennent, peu à peu, l'ornement principal.
On distingue plusieurs sortes de gladiateurs : les *samnites*, lourdement armés, les *secutores* qu'on oppose
traditionnellement aux *rétiaires*, armés seulement d'un
trident et d'un filet. D'autres paires fonctionnent aussi :
les *Thraces* opposés aux *mirmillons*. Ces gladiateurs
dont l'armement et la disposition peuvent être changés
par l'empereur sont l'objet d'un intérêt passionné de la
part du public qui vient leur rendre visite et engage des
paris sur eux. Ils sont, en général, formés dans des
écoles dirigées par un laniste *(lanista)*. Parfois volon-
taires, quelquefois d'une noble famille, ils sont, le plus
souvent, des condamnés de droit commun et des
esclaves. Après une honorable carrière, les survivants
pouvaient se retirer des combats et devenir libres.

— *Habet !* répéta Pansa ; qu'on les emmène et qu'on
leur donne les armures et les épées.

---

1. « Il en a ! il en a ! »

— Noble *editor*, dirent les employés, nous craignons que Tétraidès ne soit pas remis à temps. Du reste, nous essaierons.

— Faites. »

Quelques minutes après, les employés qui avaient emporté le gladiateur tombé et insensible, reviennent avec un air déconcerté. Ils craignaient pour la vie de Tétraidès ; il lui était impossible de reparaître dans l'arène.

« En ce cas, dit Pansa, gardez Lydon pour un *subdititius*[1] ; il remplacera le premier gladiateur vaincu contre le vainqueur. »

Le peuple applaudit à cette sentence. Le silence recommença ; les fanfares éclatèrent de nouveau ; les quatre combattants se préparèrent fièrement à se mesurer en se regardant en face. [...]

L'*editor* s'arrêta et proclama tout haut que la blessure de Niger l'empêchait de rentrer dans l'arène. Lydon devait succéder à Nepimus qui venait d'être tué, et combattre à son tour Eumolpus.

« Cependant Lydon, ajouta-t-il, si tu veux décliner le combat avec un homme si brave et si éprouvé, tu en as le droit. Eumolpus n'est pas l'adversaire qui t'était destiné dans l'origine, tu sais mieux que personne si tu es en état de te mesurer avec lui. Si tu succombes, ce ne sera pas sans gloire ; si tu triomphes, je doublerai de ma propre bourse le prix stipulé pour toi. »

Le peuple fit éclater de grands applaudissements. Lydon se tenait dans la lice : il jeta les yeux autour de lui, il aperçut au loin sur ces hauts gradins la figure pâle, les yeux fixes de son vieux père ; il demeura irrésolu un moment. Non, la victoire du reste n'était pas suffisante... il n'avait pas encore remporté le prix qu'il voulait... son père était encore esclave.

« Noble édile, dit-il d'un ton ferme, je ne recule pas

1. Remplacement.

devant ce combat... pour l'honneur de Pompéi je demande qu'un homme instruit par son célèbre *lanista* combatte le Romain. »

Les applaudissements du peuple devinrent plus vifs.

« Quatre contre un pour l'autre, dit Claudius à Lépidus.

— Je n'accepterais pas vingt contre un. Eumolpus est un véritable Achille*, et ce pauvre garçon n'est qu'un *tiro*[1]. »

Eumolpus regarda attentivement Lydon et sourit. Cependant ce sourire fut suivi d'un léger soupir à peine entendu ; mouvement de compassion étouffé dans le cœur au moment où il s'y faisait sentir.

Tous deux alors, revêtus d'armures, l'épée tirée, la visière baissée, derniers combattants de l'arène (avant que les hommes fussent livrés aux bêtes) se mirent en face l'un de l'autre.

Dans ce moment un des employés de l'arène remit une lettre au préteur, qui en retira l'enveloppe et parcourut l'écrit des yeux ; ses traits exprimèrent la surprise et l'embarras. Il lut de nouveau la lettre, et murmura : « Allons, c'est impossible ; il fallait que cet homme fût ivre dès le matin pour écrire de pareilles folies... » Il mit la lettre de côté, et se replaça lui-même dans l'attitude convenable pour suivre le nouveau combat.

L'intérêt du public était vivement excité. Eumolpus s'était d'abord concilié la faveur générale, mais l'intrépidité de Lydon et son heureuse allusion à l'honneur du *lanista* de Pompéi avaient bien disposé pour lui tous les cœurs.

« Eh bien, vieux camarade, dit le voisin de Médon au pauvre père, voilà votre fils bravement engagé de nouveau ; mais ne craignez rien. L'*editor* ne permettra pas qu'on le tue ; ni le peuple non plus. Il s'est comporté noblement. Ah ! voilà un fameux coup...

1. Un novice, un « bleu ».

bien paré, par Pollux*! La riposte, Lydon!... ils s'arrêtent pour respirer... qu'est-ce que vous murmurez donc, vieux père ?

— Des prières, répondit Médon avec plus de calme et un maintien qui indiquait plus d'assurance.

— Des prières... bagatelles ! les temps ne sont plus où les dieux dérobaient les hommes dans un nuage. Ah ! Jupiter* ! quel coup... ton côté... ton côté... prends garde à ton côté, Lydon ! »

Une crainte convulsive avait fait frémir l'assemblée. Un terrible coup d'Eumolpus, porté sur la tête de Lydon, l'avait fait tomber sur le genou.

« *Habet !* cria une petite voix de femme, il en a. »

C'était la voix de la jeune fille qui avait désiré si vivement qu'on trouvât des criminels pour les bêtes.

« Silence, dit la femme de Pansa avec autorité, *non habet*, il n'est pas blessé.

— Je voudrais qu'il le fût, s'écria la jeune fille, quand ce ne serait que pour causer de la peine à ce vieux grognon de Médon. »

Pendant ce temps-là, Lydon, qui s'était défendu jusqu'alors avec autant d'habileté que de valeur, commença à reculer devant les vigoureuses attaques du Romain expérimenté ; son bras était fatigué ; ses yeux étaient obscurcis, il respirait avec peine. Les combattants s'arrêtèrent pour reprendre haleine.

« Jeune homme, dit Eumolpus à voix basse, cède... je te blesserai légèrement, tu baisseras les bras... tu as acquis la sympathie de l'*editor* et du peuple, tu seras honorablement sauvé.

— Et mon père restera esclave ? murmura Lydon. Non, la mort ou sa liberté. »

A cette pensée, et voyant que ses forces n'égaleraient pas la persévérance du Romain, et que la victoire dépendait pour lui d'un effort soudain et désespéré, il s'élança sur Eumolpus... Le Romain rompit aussitôt... Lydon essaya une nouvelle attaque... Eumolpus se jeta de côté... l'épée n'atteignit que la cuirasse... la poitrine de Lydon se trouva exposée. Le Romain plongea dans le défaut de la cuirasse, sans avoir néanmoins le dessein de porter une blessure mortelle. Lydon, faible et épuisé, tomba en avant, sur la pointe même de son adversaire, et fut percé d'outre en outre. Eumolpus retira la lame ; Lydon tâcha de regagner son équilibre... Son épée tomba de sa main, qui, désarmée, alla frapper seule son adversaire, et il roula dans l'arène... L'*editor* et l'assemblée, d'un commun accord, firent le signal de grâce ; les employés de l'amphithéâtre s'approchèrent ; ils ôtèrent le casque du vaincu, il respirait encore ; ses yeux étaient fixés d'un air farouche sur son ennemi ; la férocité qu'il avait puisée dans sa profession était empreinte sur son front déjà obscurci par les ombres de la mort. Alors, avec un soupir convulsif, et en essayant de se relever, il tourna les yeux vers les hauts gradins ; ils ne s'arrêtèrent pas sur l'*editor* ni sur les juges bienveillants, il ne les voyait pas. Tout cet immense amphithéâtre semblait vide pour lui. Il ne reconnut qu'une figure pâle et pleine de douleur. Le cri d'un cœur brisé, au milieu des applaudissements de la populace, fut tout ce qu'on entendit. L'expression féroce de sa physionomie s'effaça ; une expression plus douce de tendresse filiale et désespérée se peignit sur ses beaux traits, puis s'évanouit. Sa figure reprit un air farouche, ses membres se roidirent ; il retomba à terre.

« Qu'on prenne soin de lui, dit l'édile ; il a fait son devoir. »

Les employés le portèrent au spoliarium.

« Un vrai type de la gloire et de ce qu'elle vaut », murmura Arbacès en lui-même, et son œil, parcourant l'amphithéâtre, révélait tant de dédain et de mépris, que toutes les personnes qui rencontraient ses regards éprouvaient une étrange émotion : leur respiration se suspendait ; leur sang se glaçait d'effroi et de respect.

Des parfums délicieux furent répandus dans l'arène ; les employés renouvelèrent le sable.

« Qu'on introduise le lion et Glaucus l'Athénien »,
dit l'*editor*.

Un silence profond, indiquant la puissance où l'intérêt était parvenu, une terreur intense (et cela est
étrange à dire, mais elle n'était pas dépourvue de
charme), régnèrent dans l'assemblée, qui semblait sous
l'empire d'un rêve terrible.

*Enfin lucide, Salluste prend connaissance de la
lettre de Nydia (V, chap. 3).*

Chapitre 4

Encore l'amphithéâtre

Glaucus et Olynthus avaient été placés ensemble
dans cette étroite et obscure cellule où les criminels
de l'arène attendaient leur dernière et terrible lutte.
Leurs yeux, accoutumés déjà à l'obscurité, pouvaient
distinguer leurs traits dans cette heure terrible et à
cette faible lueur : car la pâleur, qui avait remplacé les
couleurs naturelles de leurs joues, prenait de plus en
plus une teinte livide et sépulcrale. Leurs têtes étaient
hautes et fières, leurs membres ne tremblaient pas.
Leurs lèvres étaient serrées et insensibles. La religion
de l'un, l'orgueil de l'autre, le sentiment de leur
commune innocence, enfin la consolation provenant
de cette association de leur destinée, transformaient
ces victimes en héros. [...]

La porte grinça et s'ouvrit. Les lances brillaient le
long des murs.

« Glaucus, l'Athénien, c'est à toi, dit une voix claire. Le lion t'attend.

— Je suis prêt, dit l'Athénien. Mon frère, mon compagnon, un dernier embrassement... Bénis-moi et adieu ! »

Le chrétien ouvrit les bras. Il serra le jeune païen sur son cœur ; il lui baisa le front et les joues... Il sanglota... Ses larmes coulèrent à flots brûlants sur le visage de son nouvel ami.

« Oh ! si j'avais eu le bonheur de te convertir, je ne pleurerais pas. Oh ! que ne puis-je te dire : nous souperons cette nuit dans le paradis !

— Cela peut encore être ainsi, dit Glaucus : ceux que la mort ne sépare pas se rencontreront sans doute au-delà de la tombe. Mais, sur cette terre, sur cette terre si belle et si aimée, adieu pour toujours. Digne geôlier, je vous suis. »

Glaucus s'éloigna avec peine d'Olynthus. Lorsqu'il se retrouva au grand air, le souffle des cieux, aride et chaud, quoiqu'il n'y eût pas de soleil, lui parut avoir quelque chose de desséchant. Son corps, à peine rétabli encore des effets du fatal breuvage, frissonna et chancela. Les gardes de l'arène le soutinrent.

« Courage, dit l'un d'eux : tu es jeune, adroit, bien proportionné. On te donnera une arme ; ne désespère pas, et tu peux triompher. »

Glaucus ne répondit pas ; mais, honteux de cette faiblesse, il fit un violent et convulsif effort sur lui-même et retrouva la fermeté de ses nerfs. On oignit son corps complètement nu, sauf une ceinture des reins, on lui mit un style (vaine arme) dans la main, et on le conduisit dans l'arène.

Alors, lorsque le Grec vit les yeux de mille et mille personnes fixés sur lui, il ne sentit plus qu'il était mortel. Toute apparence de crainte, toute crainte elle-même, avait disparu. Une vive et fière rougeur couvrit la pâleur de ses traits. Il se redressa de toute la hauteur de sa noble taille. L'élasticité de ses membres, la grâce de sa personne, la sérénité de son front attentif, son air dédaigneux, l'âme indomptable qui respirait dans son attitude et dans le mouvement de ses lèvres, et les éclairs de ses yeux, attestaient la puissance de son courage ; tout se réunissait pour offrir en lui une incarnation vivante et corporelle de la valeur et du culte de ses aïeux : c'était à la fois un héros et un dieu !

Le murmure de haine et d'horreur pour son crime, qui s'était élevé à son entrée, expira dans un silence d'admiration involontaire et de compassion respectueuse ; avec un soupir prompt et convulsif, qui sortit comme d'un seul corps de cette masse animée, les spectateurs détournèrent leurs regards de l'Athénien pour les diriger sur un objet sombre et informe apporté dans le centre de l'arène. C'était la cage du lion.

« Par Vénus*, qu'il fait chaud ! dit Fulvie : cependant il n'y a pas de soleil. Pourquoi ces imbéciles de matelots n'ont-ils pas pu fermer la tenture[1] ? »

Le lion avait été privé de nourriture pendant vingt-deux heures, et l'animal avait toute la matinée témoigné un singulier malaise, une vague inquiétude, que son gardien attribuait aux angoisses de la faim. Mais son air annonçait plutôt la crainte que la rage. Ses rugissements étaient sinistres et plaintifs. Il penchait la tête, respirait à travers les barreaux, puis se couchait, se relevait, et poussait de nouveau des gémissements sauvages qui s'entendaient au loin. En ce moment, il demeurait au fond de sa cage, immobile et silencieux, les naseaux ouverts appuyés contre la grille, et, par sa pesante respiration, faisait voler çà et là le sable de l'arène.

Les lèvres de l'*editor* frissonnèrent et ses joues pâlirent. Il jetait les yeux autour de lui avec anxiété. Il hésitait ; il attendait. Enfin, la foule se montra

1. C'étaient ordinairement les matelots qui tendaient les *velaria*. (*Note de l'auteur.*)

impatiente. Il se décida à donner le signal. Le gardien qui était devant la cage en ouvrit la porte avec précaution, et le lion sortit en poussant un rugissement qui indiquait sa joie de reconquérir sa liberté ! Le gardien se retira promptement à travers le passage grillé qui formait une des issues de l'arène, et laissa le roi des forêts avec sa proie.

Glaucus avait ployé ses membres de manière à s'affermir de son mieux afin de soutenir le premier choc de l'animal, en tenant levée son arme, petite et brillante, dans la faible espérance qu'un coup bien appliqué (car il savait qu'il n'avait le temps que d'en donner un seul), pourrait pénétrer par l'œil dans le cerveau de son redoutable ennemi.

Mais, à la surprise inexprimable de tous, l'animal ne parut même pas se douter de la présence de son adversaire.

Au premier moment de sa délivrance, il s'arrêta brusquement dans l'arène, se souleva sur les pattes de derrière, aspira l'air avec des marques d'impatience, puis s'élança en avant, mais non pas sur l'Athénien. Il fit plusieurs fois en courant le tour de l'arène, secouant sa large tête de côté et d'autre, avec un regard inquiet et troublé, comme s'il eût cherché quelque issue pour s'échapper ; une ou deux fois il essaya de franchir le parapet qui le séparait de l'assemblée, et fit entendre en retombant, plutôt un hurlement de mauvaise humeur que son rugissement profond et royal. Il ne donnait aucun signe de faim ni de colère : sa queue balayait le sable, au lieu de s'ébattre le long de ses flancs, et son œil, quoiqu'il roulât quelquefois du côté de Glaucus, se détournait de lui aussitôt. Enfin, comme s'il était ennuyé de chercher vainement à s'échapper, il rentra avec un grognement plaintif dans sa cage et se recoucha.

La première surprise de l'assemblée avide, en voyant l'apathie du lion, se changea bientôt en ressentiment contre sa lâcheté ; et la pitié qui s'était déclarée un moment pour Glaucus devint un véritable dépit. Quel désappointement !

L'*editor* appela le gardien.

« Que veut dire ceci ? Prenez l'aiguillon, forcez-le de sortir, et puis fermez la porte de la cage. »

Alors que le gardien, avec quelque frayeur et plus d'étonnement encore, se disposait à obéir, on entendit un cri à l'une des entrées de l'arène ; il y eut une confusion, un trouble... quelques remontrances semblèrent éclater, mais la réplique les fit taire. Tous les yeux se tournèrent du côté d'où venait cette interruption : la foule en cet endroit s'ouvrait, et Salluste apparut soudain sur le banc sénatorial, les cheveux en désordre, haletant, suant, à moitié épuisé ! Il regarda autour de lui. « Faites sortir l'Athénien de l'arène, s'écria-t-il ; dépêchez-vous, il est innocent ! Arrêtez Arbacès l'Égyptien ; c'est lui qui est le meurtrier d'Apœcides !

— Êtes-vous fou, Salluste ? dit le préteur en se levant de son siège. D'où vient ce délire ?

— Éloignez l'Athénien, éloignez-le vite, ou son sang retombera sur vos têtes. Préteur, suspends l'exécution ou ta vie en répondra à l'empereur. J'amène avec moi un témoin de l'assassinat du prêtre Apœcides... Faites place !... Reculez-vous !... Livrez passage ! Peuple de Pompéi !... lève les yeux sur Arbacès... Il est assis en ce lieu... Faites place au prêtre Calénus. »

Pâle, hagard, comme un homme qui vient de sortir des dents de la famine et de la mort, la face abattue, les yeux ternes comme ceux d'un vautour, son corps puissant passé à l'état de squelette, Calénus se vit porté sur le banc même où Arbacès était assis. Ses libérateurs lui avaient ménagé les aliments ; mais ce qui le soutenait le mieux, c'était le désir de se venger.

« Le prêtre Calénus !... Calénus ! cria la foule... Est-ce bien lui ? non, c'est son spectre.

— C'est bien le prêtre Calénus ! dit le préteur gravement. Qu'as-tu à dire ?

— Arbacès l'Égyptien est le meurtrier d'Apœcides, le prêtre d'Isis*. Mes yeux l'ont vu porter le coup. C'est du cachot où il m'a plongé, c'est de l'obscurité et de l'horreur de la mort, de la mort par la famine, que les dieux m'ont retiré pour dénoncer son crime. Éloignez l'Athénien de l'arène... Il est innocent.

— C'est donc pour cela que le lion l'a épargné lui-même... Un miracle ! un miracle ! s'écria Pansa.

— Un miracle ! un miracle ! répéta le peuple... Délivrez l'Athénien. *Arbacès au lion !*»

Et ce cri retentit de la colline à la vallée, du rivage à la mer... *Arbacès au lion !*

«Gardes, ramenez l'accusé Glaucus ; ramenez-le-moi, mais veillez sur lui, dit le préteur. Les dieux prodiguent aujourd'hui leurs merveilles. »

Quand le préteur donna cet ordre de délivrance, il y eut un cri de joie, un cri de femme, un cri d'enfant qui remua les cœurs avec une force électrique, tant était touchante et pure la voix de la jeune fille qui l'avait proféré ! La populace entière y répondit par un puissant écho, avec une vive et flatteuse sympathie.

«Silence, dit le préteur. Qui est là ?

— La jeune fille aveugle, Nydia, répliqua Salluste ; c'est sa main qui a ravi Calénus à la tombe et délivré Glaucus du lion.

— Nous nous occuperons d'elle après, dit le préteur. Calénus, prêtre d'Isis*, tu accuses Arbacès du meurtre d'Apœcides ?

— Je l'accuse.

— Tu as vu le fait ?

— Préteur, de mes propres yeux.

— C'est assez pour le moment. Les détails doivent être réservés pour un autre lieu et pour un autre temps. Arbacès d'Égypte, tu entends l'accusation qu'on porte contre toi. Qu'as-tu à dire ? »

Les regards de la foule avaient été longtemps attachés sur Arbacès ; il avait montré quelque embarras à l'entrée de Salluste et à celle de Calénus ; aux cris d'*Arbacès au lion !* il avait tremblé, et le bronze de ses joues avait pris une couleur plus pâle ; mais il avait bientôt recouvré sa hardiesse et son sang-froid ; il rendit un regard plein d'arrogance aux mille regards de la foule ; en répondant à la question du préteur il dit, avec cet accent de tranquillité et le ton imposant qui lui étaient naturels :

« Préteur, cette accusation est si insensée, qu'elle mérite à peine une réponse. Mon premier accusateur est le noble Salluste... un intime ami de Glaucus... Le second est un prêtre. Je révère sa robe et sa profession... mais, habitants de Pompéi... vous connaissez le peu de caractère de Calénus... il est avide... son amour pour l'argent est proverbial... le témoignage de pareils hommes peut s'acheter... Préteur, je suis innocent.

— Salluste, dit le magistrat, où avez-vous trouvé Calénus ?

— Dans le cachot d'Arbacès.

— Égyptien, dit le préteur en fronçant le sourcil, tu as osé emprisonner un prêtre des dieux ! et pourquoi ?

— Écoute-moi, répondit Arbacès en se levant avec calme, mais avec une agitation visible sur ses traits. Cet homme est venu me menacer de porter contre moi l'accusation qu'il vient de faire, si je n'achetais pas son silence de la moitié de ma fortune. Je lui ai fait des reproches inutiles... Paix donc... que le prêtre ne m'interrompe pas... Noble préteur, et toi, peuple... je suis étranger dans votre pays... Je sais que je suis innocent du crime... mais le témoignage d'un prêtre contre moi aurait pu me perdre. Dans ma perplexité, j'ai enfermé Calénus en cette cellule où il a été trouvé, sous prétexte que c'était le lieu où je cachais mes trésors. J'avais l'intention de le délivrer aussitôt que le destin du vrai criminel serait accompli, et que ses menaces n'auraient plus été capables de me nuire. J'ai eu tort, sans doute ; mais quel est celui parmi vous qui ne reconnaîtra pas le droit qu'on a de se défendre ? Si j'étais coupable, pourquoi le témoignage du prêtre ne s'est-il pas produit au tribunal ? *Alors* je ne l'avais pas emprisonné, recelé. Pourquoi n'a-t-il pas proclamé mon crime, lorsque je proclamais celui de Glaucus ? Préteur... que répondre à cela ? Pour le reste, je m'abandonne à vos lois : je demande leur protection. Éloignez d'ici l'accusé et l'accusateur. Je consens volontiers à me soumettre au jugement du tribunal légitime. Cette place n'est pas faite pour la discussion.

— Il a raison, dit le préteur. Holà, gardes ! qu'on éloigne Arbacès, qu'on mette Calénus en lieu sûr. Salluste, vous répondrez de votre accusation. Que les jeux continuent.

— Quoi ! s'écria Calénus en se retournant vers le peuple, Isis* sera-t-elle ainsi méprisée ? Le sang d'Apœcides criera-t-il en vain vengeance ? Retardera-t-on la justice pour qu'elle soit frustrée plus tard ? Le lion sera-t-il privé de sa proie légitime ? Un dieu ! un dieu ! je sens qu'un dieu vous parle par ma bouche... *Au lion !... Arbacès au lion !* »

Le corps du prêtre, que la faim avait ruiné, ne put supporter l'excès de ses sentiments rancuneux ; Calénus tomba à terre dans d'étranges convulsions... l'écume inondait ses lèvres... il ressemblait à un homme agité par un pouvoir surnaturel... Le peuple le vit tomber et frissonna.

« C'est un dieu qui inspire ce saint homme !... *Au lion l'Égyptien !* »

Mille et mille personnes se levèrent et s'émurent en poussant ce cri... descendirent des hauteurs de l'amphithéâtre... et se précipitèrent dans la direction de l'Égyptien. En vain l'édile commandait, en vain le préteur élevait la voix et proclamait la loi, le peuple avait été rendu féroce par la vue du sang ; il en voulait davantage ; la superstition se mêlait à cette soif ardente. Excités, enflammés par le spectacle de leur victime, les habitants de Pompéi oubliaient l'autorité de leurs magistrats. C'était une de ces terribles émotions populaires fréquentes parmi les multitudes ignorantes, moi-

tié libres, moitié serviles, et que la constitution particulière des provinces romaines produisait fréquemment.
Le pouvoir du préteur était un roseau au milieu du
tourbillon. Cependant, à son ordre, les gardes s'étaient
rangés le long des bancs inférieurs, sur lesquels les
spectateurs des classes distinguées étaient assis, séparés
du vulgaire : ce ne fut qu'une faible barrière ; les
vagues de cette mer humaine s'arrêtèrent tout au plus
pour laisser à Arbacès le temps de calculer l'instant
précis de sa mort. Désespéré, et plein d'une terreur
qui abaissait même son orgueil, il fixa ses yeux sur la
foule qui s'avançait grossissant toujours, lorsque, au-
dessus d'elle, il aperçut, par l'ouverture des *velaria*[1],
un étrange et terrible phénomène, et soudain son
adresse vint en aide à son courage.

Il étendit la main vers le ciel, et son front majestueux, ses traits empreints d'une autorité royale, prirent une expression des plus solennelles et des plus
imposantes.

« Regardez, s'écria-t-il d'une voix de tonnerre qui
domina les clameurs de la foule, regardez comme les
dieux protègent l'innocent !... Les feux vengeurs d'Orcus* protestent contre le faux témoignage de mon
accusateur. »

Les yeux de la foule suivirent le geste de l'Égyptien,
et chacun vit avec un indicible effroi une immense
vapeur qui s'élevait des sommets du Vésuve sous la
forme d'un pin gigantesque[2] au tronc noir, aux branches
en feu, et la teinte de ce feu variant à tout moment ;
tantôt lumineux à l'excès, tantôt d'un rouge sombre et
mourant, qui se ravivait un instant après avec un éclat
que l'œil ne pouvait supporter.

Il se fit un silence de mort, un silence effrayant,
interrompu tout à coup par le rugissement du lion,
auquel répondit derrière l'amphithéâtre le rugissement

1. Toile de tente qui protégeait du soleil.
2. Pline*. *(Note de l'auteur.)*

plus aigu et plus féroce de son compagnon de captivité ! C'étaient deux sinistres interprètes de la pesanteur de l'atmosphère ; le tigre et le lion semblaient les prophètes de la colère du ciel.

Alors on entendit sur le haut des gradins les cris des femmes : les hommes se regardaient les uns les autres, muets. En ce moment ils sentirent trembler la terre sous leurs pieds. Les murs du théâtre vacillèrent ; et à quelque distance, les toits des maisons se heurtèrent et s'écroulèrent avec fracas ; le nuage de la montagne, sombre et rapide comme un torrent, parut rouler vers eux, et lança de son sein une pluie de cendres mêlée de fragments de pierres brûlantes. Sur les vignes abattues, sur les rues désolées, sur l'amphithéâtre lui-même, au loin et au large, et jusque dans les flots de la mer qu'elle agita, s'étendit cette pluie terrible !...

L'assemblée ne s'occupa pas davantage de la justice ni d'Arbacès... la seule pensée de chacun était sa propre sûreté... ils voulurent fuir, se pressant, se poussant, s'écrasant les uns les autres, marchant sans pitié sur celui qui était tombé ; au milieu des plaintes, des jurements, des prières, des cris soudains, cette foule énorme se précipita dans les nombreux vomitoires de l'amphithéâtre : mais où fuir ? Quelques-uns, prévoyant un second tremblement de terre, se hâtaient de reprendre le chemin de leurs maisons, afin de se charger de leurs objets les plus précieux, et de chercher leur salut dans la fuite, pendant qu'il en était encore temps ; d'autres, craignant cette pluie de cendres qui tombait par torrents dans les rues, cherchaient un abri sous le toit des maisons prochaines, dans les temples, dans tous les lieux qui pouvaient les protéger contre les airs ; mais les nuages succédaient aux nuages, et l'obscurité devenait de plus en plus sombre. C'était une nuit soudaine, une nuit effrayante qui s'emparait du milieu du jour.

Chapitre 5

La cellule du prisonnier et la cellule des morts La douleur reste insensible à l'horreur

Cependant Glaucus et Nydia traversaient rapidement les rues, les périlleuses et terribles rues. L'Athénien avait appris de sa libératrice qu'Ione était encore dans la maison d'Arbacès ; il y courut pour la délivrer, pour la sauver... Les quelques esclaves que l'Égyptien avait laissés dans sa demeure, lorsqu'il était sorti avec son long cortège pour se rendre à l'amphithéâtre, n'avaient pu offrir de résistance à la bande armée de Salluste, et dès qu'ils avaient vu ensuite le volcan en éruption, ils s'étaient retirés pleins d'effroi et pêle-mêle dans les coins et les recoins les plus abrités. Le gigantesque Éthiopien lui-même avait quitté son poste à la porte ; et Glaucus (qui avait laissé Nydia en dehors, la pauvre Nydia, jalouse encore, même en cette heure épouvantable) traversa les salles sans rencontrer personne qui pût lui indiquer où était la chambre d'Ione. L'obscurité qui couvrait le ciel s'épaississait si rapidement pendant ce temps, qu'il voyait à peine assez pour guider ses pas ; les colonnes entourées de guirlandes semblaient frémir et vaciller ; à tout instant il entendait les cendres tomber avec fracas dans le péristyle découvert ; il monta aux chambres supérieures, haletant et répétant à grands cris le nom d'Ione ; enfin il entendit à l'extrémité de

la galerie une voix, *sa* voix, qui répondait à son appel.
S'élancer, briser la porte, saisir Ione dans ses bras, fuir
cette demeure, ce fut l'affaire d'un instant. A peine
avait-il regagné le lieu où l'attendait Nydia, qu'il
entendit des pas s'avancer vers la maison, et reconnut
la voix d'Arbacès, qui revenait chercher ses trésors et
Ione, avant de quitter la cité destinée à périr. Mais la
nuit qui régnait dans l'atmosphère était si profonde,
que les deux ennemis ne se virent pas, quoique si près
l'un de l'autre ; Glaucus distingua seulement les contours
flottants de la robe blanche de l'Égyptien.

Ils s'empressèrent de fuir... tous les trois... Hélas !
où allaient-ils ?... Ils ne voyaient rien à un pas devant
eux, tant les ténèbres devenaient de plus en plus
épaisses. Ils étaient remplis d'incertitude et de terreur,
et la mort à laquelle Glaucus venait d'échapper lui
semblait seulement avoir changé de forme pour aug-
menter ses victimes.

*Tandis que Claudius cherche à gagner Hercula-
num, Diomède s'enferme avec Julia dans leur
maison.*

Chapitre 7

Les progrès de la destruction

Le nuage qui avait répandu une si profonde obscurité sur le jour s'était condensé en une masse solide et
impénétrable. Il ressemblait moins aux ténèbres de la
nuit en plein air qu'à celles d'une chambre étroite où

la lumière ne pénètre pas[1] ; mais à mesure que ces
ténèbres augmentaient, les éclairs qui partaient du
Vésuve étaient plus formidables et plus lumineux.
Leur horrible beauté ne se bornait pas aux couleurs
habituelles du feu ; jamais arc-en-ciel n'égala leurs
teintes changeantes et variées. Tantôt elles paraissaient
bleues comme l'azur le plus profond de la mer du
Sud, tantôt vertes et livides comme la peau d'un
serpent. Les éclairs affectaient parfois la forme et les
replis de ces énormes reptiles ; d'autres fois c'était un
rouge ardent et intolérable, qui, éclatant à travers des
colonnes de fumée, illuminait la ville entière, puis
expirait tout à coup, devenant sombre et pâle comme
un fantôme de lumière.

Dans l'intervalle des pluies on entendait le bruit qui
se faisait sous terre, et les vagues grondantes de la mer
tourmentée ; ou plus bas encore, et perceptible seulement pour une oreille attentive et pleine de craintes,
le murmure sifflant des gaz qui s'échappaient des
crevasses de la montagne lointaine. Par moments le
nuage paraissait briser sa masse solide et offrir, à la
lueur des éclairs, des formes d'hommes ou de monstres
se poursuivant, se heurtant et s'évanouissant, après
ces combats moqueurs, dans le turbulent abîme de
l'ombre : de sorte que, aux yeux et à l'esprit des
voyageurs effrayés, ces vapeurs sans substance paraissaient de gigantesques ennemis, ministres de la terreur
et de la mort[2].

Les cendres en beaucoup d'endroits s'élevaient à la
hauteur des genoux, et la bouillante pluie qui sortait
de la bouche enflammée du volcan entrait violemment
dans les maisons, apportant avec elle une forte et
suffocante vapeur. En certaines places, d'immenses
fragments de rochers étaient précipités sur les toits des
maisons et couvraient les rues de masses confuses de

1. Pline*.
2. Dion Cassius*. *(Note de l'auteur.)*

ruines qui obstruaient de plus en plus les chemins. Plus le jour s'avançait, plus l'agitation de la terre était sensible : le piéton chancelait sur le sol ; ni char ni litière ne pouvaient se tenir en équilibre, même sur le terrain le plus uni.

On voyait les plus larges pierres se choquer les unes contre les autres en tombant, se rompre en mille morceaux et lancer d'immenses étincelles qui embrasaient tout ce qui se trouvait de combustible à leur portée : le long des plaines, hors de la ville, l'obscurité fut dissipée un moment d'une façon terrible ; plusieurs maisons et des vignobles entiers étaient la proie des flammes. Ces incendies éclataient tout à coup au milieu des ténèbres. Pour ajouter à cette clarté intermittente, les citoyens avaient çà et là, sur les places publiques, particulièrement sous les portiques des temples et aux entrées du Forum, essayé de placer des rangées de torches ; mais les pluies de feu et les vents les éteignaient, et l'obscurité n'en paraissait ensuite que plus redoutable ; on sentait l'impuissance des espérances humaines : c'était comme une leçon de désespoir.

Fréquemment, à la lumière momentanée de ces torches, des groupes de fugitifs se rencontraient, les uns fuyant vers la mer, les autres fuyant de la mer vers les campagnes : car l'Océan s'était retiré rapidement du rivage ; de profondes ténèbres le recouvraient en entier. Sur ses vagues agitées et grondantes tombaient les cendres et les pierres, sans que l'on pût échapper à leur fureur, comme sur la terre, qui offrait du moins la protection des édifices. Désordonnés, éperdus, remplis de craintes surnaturelles, ces groupes passaient à côté les uns des autres sans avoir le loisir de se parler, de se concerter, de se conseiller : car les pluies tombaient alors, non pas continuellement, mais à des intervalles si rapprochés, qu'elles éteignaient leurs torches et les forçaient à se disperser pour chercher un abri. Ils n'avaient que le temps de voir leurs faces semblables à celles des ombres. Tous les éléments de la civilisation étaient détruits ; le voleur chargé de butin et riant, à gorge déployée, du profit que lui promettaient ces dépouilles, passait sans crainte à côté du solennel magistrat. Si dans l'ombre une femme était séparée de son mari, un père de son enfant, toute espérance de se retrouver était vaine. On se pressait, on s'enfuyait au hasard. De toutes les combinaisons variées de la vie sociale il ne restait plus rien ; il n'y avait plus qu'un sentiment, celui de sa propre conservation.

L'Athénien, accompagné d'Ione et de la jeune fille aveugle, poursuivait son chemin au milieu de ces scènes de désordre : tout à coup des centaines de personnes, qui se rendaient aussi à la mer, débordèrent sur eux. Nydia fut arrachée du côté de Glaucus, emporté en avant avec Ione ; et lorsque la foule, qu'ils n'avaient pu même entrevoir, tant l'obscurité était forte, eut passé, Nydia n'était plus auprès de son protecteur. Glaucus l'appela ; pas de réponse. Ils revinrent sur leurs pas ; ce fut en vain, ils ne purent la découvrir : il était évident qu'elle avait été entraînée dans quelque direction opposée par ce torrent humain. Leur amie, leur libératrice était perdue, que dis-je ? leur guide même. *Sa cécité rendait la route familière pour elle seule...* Accoutumée dans sa nuit perpétuelle à traverser les détours de la cité, elle les avait conduits, sans se tromper, vers les rivages de la mer, où ils avaient placé l'espérance de leur salut. Maintenant, de quel côté se dirigeraient-ils ? tout était pour eux sans lumière et sans issue dans ce labyrinthe. Fatigués, désespérés, égarés, ils continuèrent néanmoins leur chemin, malgré les cendres qui tombaient sur leurs têtes, et les pierres, dont les fragments faisaient jaillir, en tombant, des étincelles à leurs pieds.

« Hélas ! hélas ! murmura Ione, je ne puis plus marcher, mes pieds s'enfoncent dans les cendres brûlantes. Fuis, mon ami... mon bien-aimé ; laisse-moi à mon destin malheureux.

— Tais-toi, ma fiancée, mon épouse... la mort m'est plus douce avec toi que la vie sans toi. Mais, hélas ! où nous diriger dans cette obscurité ?... Il me semble que nous avons tourné dans un cercle, et que nous sommes revenus au lieu où nous étions il y a une heure.

— Ô dieux ! ce rocher... vois... il a brisé ce toit devant nous. La mort est dans les rues à présent...

— Béni soit cet éclair !... Regarde, Ione, le portique du temple de la Fortune est devant nos yeux : entrons-y, nous y trouverons un abri contre ces pluies terribles. »

Il la prit dans ses bras, et, après beaucoup de peine et de difficulté, atteignit le temple. Il la porta à l'endroit le plus reculé et le plus couvert du portique, et se pencha sur elle afin que son corps lui servît d'abri suprême contre les cendres et les pierres. La grandeur et le désintéressement peuvent encore sanctifier des moments si affreux.

« Qui est là ? dit d'une voix basse et tremblante quelqu'un qui les avait précédés dans ce refuge ; mais qu'importe ? la chute du monde fait qu'il n'existe plus d'amis ni d'ennemis. »

Ione se retourna au son de cette voix, et, avec un faible cri, se pressa dans les bras de Glaucus, qui, jetant les yeux dans la direction de la voix, reconnut la cause de ses alarmes. Deux yeux étranges brillaient dans l'obscurité ; un éclair passa et illumina le temple, et Glaucus, en frémissant, aperçut le lion, dont il aurait dû être la proie, couché sous un des piliers, et à côté de lui, sans se douter de ce voisinage, était étendu le corps gigantesque de celui qui venait de leur parler... le gladiateur blessé, Niger.

L'éclair avait montré l'homme à l'animal, et l'animal à l'homme, mais l'instinct de l'un et de l'autre était assoupi. Bien plus, le lion s'approcha en rampant vers le gladiateur, comme pour avoir un compagnon, et le gladiateur ne recula ni ne trembla : la révolution de la nature avait dissous les terreurs et les sympathies ordinaires.

Pendant qu'ils étaient abrités d'une façon si terrible, un groupe d'hommes et de femmes, portant des torches, passa près du temple. Ils étaient de la congrégation des Nazaréens. Une émotion sublime et céleste leur avait enlevé ce qu'il y a de terrestre dans la frayeur. Ils avaient vécu dans la croyance, erreur des premiers chrétiens, que la fin du monde était proche. Ils croyaient ce jour venu.

« Malheur ! malheur ! cria d'une voix aiguë et perçante le vieillard qui les conduisait. Voyez ! Dieu s'avance pour le jugement ; il fait descendre le feu du ciel à la vue des hommes. Malheur ! malheur à vous, les forts, les puissants ! Malheur à vous, porteurs de faisceaux et de pourpre ! Malheur à l'idolâtre et à l'adorateur de la bête ! Malheur à vous qui répandez le sang des saints, et qui vous réjouissez de l'agonie du Fils de Dieu ! Malheur à votre Vénus*, à la prostituée de la mer ! Malheur ! malheur ! »

Et, d'une voix sinistre et élevée, toute la troupe répéta en chœur :

« Malheur ! malheur à la prostituée de la mer ! Malheur ! malheur ! »

Les Nazaréens passèrent lentement ; leurs torches vacillaient dans la tempête ; leurs voix jetaient des menaces et des avertissements solennels. Ils disparurent enfin dans les détours des rues : la nuit et le silence reprirent possession du temple. [...]

Chapitre 8

Arbacès rencontre
Ione et Glaucus

S'avançant comme des prisonniers qui s'échappent d'un cachot, Ione et son amant continuèrent leur route incertaine. Ce n'était que lorsque les éclairs volcaniques jetaient leur long sillon sur les rues, qu'il leur était possible de diriger leurs pas à cette effrayante clarté ; le spectacle qui les entourait n'était guère propre à les encourager. Partout où les cendres étaient sèches, et sans mélange des bouillants torrents que la montagne lançait à de capricieux intervalles, la surface de la terre présentait une horrible et lépreuse blancheur. En d'autres lieux, les charbons et les pierres s'entassaient sur le corps de quelques malheureux fugitifs, dont on apercevait les membres écrasés et mutilés. Les soupirs des mourants étaient interrompus par les cris plaintifs des femmes, qu'on entendait tantôt de près, tantôt de loin ; cris rendus plus terribles encore par la pensée que, dans cette obscurité périlleuse, il était impossible de porter secours aux victimes. Au-dessus de tous ces bruits dominaient ceux qui partaient de la montagne fatale, plus puissants et plus variés que les autres ; ses tempêtes, ses torrents, ses épouvantables explosions ne cessaient pas. Les vents apportaient dans les rues, toutes les fois qu'ils y soufflaient, des courants de poussière brûlante, et des vapeurs desséchantes et empoisonnées, telles qu'on perdait tout à coup la respiration et le sentiment ; un instant après, le sang refoulé dans les veines s'arrêtait violemment. Chaque nerf, chaque fibre éprouvaient toutes les sensations de l'agonie.

« Ô Glaucus ! mon bien-aimé ; mon époux, soutiens-moi, prends-moi, serre-moi sur ton cœur... Que je sente tes bras autour de mon corps, et que je meure dans ces embrassements... Je n'ai plus de force !...

— Pour mon salut, pour ma vie, courage encore, douce Ione... Mon existence est liée à la tienne... Tiens, vois... des torches... de ce côté ! Ah ! comme elles bravent le vent !... Comme elles vivent dans la tempête... Ce sont des fugitifs qui se rendent à la mer... Nous nous joindrons à eux. »

Comme si le ciel eût voulu ranimer les amants, les vents et les pluies s'arrêtèrent un moment... L'atmosphère était profondément tranquille... La montagne semblait au repos, se recueillant, peut-être, pour recommencer ses explosions avec plus d'énergie ; les porteurs de torches s'avançaient lentement. « Nous sommes près de la mer, dit, d'une voix calme, la personne qui les conduisait. Liberté et richesse à chaque esclave qui survivra à ce jour ! Courage, je vous répète que les dieux m'ont assuré que nous serions sauvés... Allons ! »

Les torches répandirent une lueur rougeâtre et effrayante sous les yeux de Glaucus et d'Ione, qui, tremblante et épuisée, s'appuyait sur la poitrine de son amant. Quelques esclaves portaient des paniers et des coffres, pesamment chargés ; Arbacès, une épée nue à la main, les dirigeait avec fermeté.

« Par mes pères, s'écria l'Égyptien, le destin me sourit au milieu de ces horreurs ; il m'offre, parmi ces horribles scènes de douleur et de mort, des espérances de bonheur et d'amour. Arrière, Grec, je réclame ma pupille Ione.

— Traître et assassin, s'écria Glaucus avec un regard foudroyant, Némésis t'a conduit ici pour ma vengeance ; juste sacrifice aux ombres de Hadès*, qui semble maintenant déchaîné sur la terre... Approche... touche seulement la main d'Ione, et ton arme sera

comme un roseau... Je te déchirerai membre par
membre. »

Soudain, pendant qu'il parlait, le lieu où ils étaient
fut éclairé d'une lumière rouge et vive. La montagne,
brillante et gigantesque, à travers les ténèbres qui
l'entouraient comme les murs de l'enfer, n'était plus
qu'une pyramide de feu. Son sommet parut séparé en
deux. Ou plutôt au-dessus de sa surface semblaient
s'élever deux figures monstrueuses, se menaçant l'une
l'autre, comme des démons qui se disputent un monde.
Elles étaient d'une couleur de sang et elles illuminaient
au loin toute l'atmosphère ; mais au-dessous, au pied
de la montagne, tout était sombre encore, excepté en
trois endroits, où serpentaient des rivières irrégulières
de lave fondue. D'un rouge vif au milieu de leurs
sombres bords, elles coulaient lentement du côté de la
cité condamnée. Au-dessus de la plus large de ces
rivières surgissait, en quelque sorte, une arche énorme
et bizarre, d'où, comme de la bouche de l'enfer, se
débordaient les sources de ce Phlégéthon[1] subit. Et à
travers les airs tranquilles on entendait le bruit des
fragments de rochers roulant les uns sur les autres, à
mesure qu'ils étaient emportés par ces cataractes de
feu, obscurcissant pour un instant le lieu où ils
tombaient, et se teignant, l'instant d'après, des couleurs enflammées du courant sur lequel ils flottaient.

Les esclaves poussèrent un grand cri et se couvrirent
le visage en tremblant ; l'Égyptien lui-même demeura
immobile pendant que l'atmosphère enflammée éclairait ses traits imposants et les pierres précieuses de sa
robe. Derrière lui s'élevait une haute colonne qui
supportait la statue de bronze d'Auguste* ; et l'on eût
dit que l'image impériale était changée en une image
de feu.

Glaucus, la main gauche passée autour de la taille
d'Ione, avait le bras droit levé, en signe de défi, et

1. Fleuve des Enfers, affluent de l'Achéron.

tenait le style qui devait lui servir dans l'arène, et qu'il portait encore heureusement sur lui ; les sourcils froncés, la bouche entrouverte, toute sa physionomie exprimait autant de menace et de colère que les passions humaines en peuvent comporter. Glaucus attendait l'Égyptien.

Arbacès détourna ses yeux de la montagne ; ils retombèrent sur l'Athénien. Il hésita un moment. Pourquoi donc hésiter ? se dit-il ; les étoiles ne m'ont-elles pas prédit que la seule catastrophe que j'avais à redouter était passée ? « L'âme, cria-t-il tout haut, peut braver le naufrage des mondes et le courroux des dieux imaginaires ! eh bien ! au nom de cette âme, je serai vainqueur jusqu'au bout. Esclaves, avancez ! Athénien, si tu me résistes, que ton sang retombe sur ta tête. Je reprends Ione... »

Il fit un pas. Ce fut son dernier sur la terre. Le sol trembla sous lui avec une convulsion qui renversa tout à sa surface. Un fracas simultané retentit à travers la cité. C'étaient les toits et les colonnes qui tombaient de toutes parts. L'éclair, comme attiré par le métal, s'arrêta un instant sur la statue impériale, qui se brisa ensuite, bronze et marbre ; le bruit de sa chute s'entendit au loin ; le pavé se fendit sous ses éclats : la prophétie des étoiles était accomplie.

Ce bruit, ce choc, étourdirent quelque temps l'Athénien. Quand il reprit ses sens, la même lumière éclairait la scène ; la terre vacillait et s'agitait encore. Ione était étendue sans connaissance sur le sol ; mais il ne la voyait pas. Ses regards se fixèrent sur une figure effrayante qui paraissait sortir, sans membres et sans corps, des larges fragments de la colonne rompue, une figure où se peignaient l'agonie et le désespoir. Les yeux du fantôme se fermaient et s'ouvraient encore rapidement, comme si toute vie n'était pas encore disparue ; ses lèvres frémissaient et se contractaient ; puis ses traits assombris devinrent soudain immobiles, en gardant une expression d'horreur impossible à oublier.

Ainsi périt le sage magicien, le grand Arbacès, l'Hermès* à la Ceinture de feu, le dernier des rois d'Égypte.

Chapitre 9

Désespoir des amants
Situation de la multitude

Le tremblement de terre eut lieu, les ténèbres le suivirent comme nous l'avons dit déjà. Alors de nouveaux fugitifs arrivèrent, emportant les trésors qui n'étaient plus destinés à leur maître ; les esclaves d'Arbacès se joignirent à la foule. Une seule de leurs torches brûlait encore ; elle était portée par Sosie, et sa lumière tombant sur la face de Nydia, il reconnut la Thessalienne*.

« A quoi te sert ta liberté, maintenant, jeune aveugle ? dit l'esclave.

— Qui es-tu ? peux-tu me donner des nouvelles de Glaucus ?

— Oui je l'ai vu, il n'y a que quelques minutes.

— Que ta tête soit bénie ! où cela ?

— Couché sous l'arbre du forum, mort ou mourant... allant rejoindre Arbacès qui n'est plus. »

Nydia ne prononça pas un mot ; elle se glissa à l'insu de Salluste, au milieu des personnes qui étaient derrière elle, et retourna vers la cité. Elle gagna le forum, l'arche ; elle se baissa ; elle chercha avec la main autour d'elle... elle appela Glaucus.

Une voix faible répondit : « Qui m'appelle ? est-ce la voix des ombres ? je suis préparé.

— Lève-toi, suis-moi, prends ma main, Glaucus, tu seras sauvé. »

Étonné, mais rendu à l'espoir, Glaucus se leva. « Nydia toujours ! ah ! il ne t'est pas arrivé malheur ! »

La tendresse de sa voix, dans laquelle se révéla toute la joie qu'il éprouvait, toucha le cœur de la pauvre Thessalienne*, et elle le bénit pour la pensée qu'il avait eue.

Moitié conduisant, moitié portant Ione, Glaucus suivit son guide. Avec quelle admirable prudence elle évita le sentier qui conduisait vers la foule qu'elle venait de quitter, et, par une autre route, atteignit le rivage !

Après beaucoup de pauses et une incroyable persévérance, ils gagnèrent la mer et joignirent un groupe qui, plus courageux que les autres, était résolu à se hasarder dans quelque nouveau péril plutôt que de rester témoin de cette scène de désolation. Ils s'embarquèrent par la plus profonde obscurité ; mais, à mesure qu'ils s'éloignaient du rivage et qu'ils virent la montagne sous de nouveaux aspects, ses torrents de lave jetèrent une teinte rougeâtre sur les flots.

Tout à fait épuisée et abattue, Ione dormait sur le sein de Glaucus, et Nydia était à ses pieds pendant ce temps-là ; les pluies de poussière et de cendres continuaient à tomber dans les eaux et répandaient leur neige sombre sur la barque. Portées au loin et au large par les vents, les ondées descendirent jusque dans les pays les plus lointains, étonnèrent même jusqu'au noir Africain, et roulèrent leurs tourbillons sur l'antique sol de la Syrie et de l'Égypte.

Chapitre 10

Le lendemain matin
Le sort de Nydia

Et la lumière se leva enfin douce, brillante, bien-aimée, sur la surface tremblante des flots. Les vents étaient en repos... l'écume expirait sur l'azur éclatant de cette délicieuse mer. A l'orient, de légères vapeurs revêtaient graduellement les couleurs de rose qui annonçaient le matin ; oui, la lumière allait reprendre son empire. Cependant on voyait au loin, sombres et massifs, mais tranquilles, les fragments brisés du nuage destructeur, bordés de bandes rougeâtres qui, tout en s'affaiblissant de plus en plus, indiquaient les flammes encore roulantes de la montagne des *Champs brûlés*. Les murs blancs et les colonnes éclatantes qui avaient décoré ces gracieux bords n'étaient plus. Morne et triste était le rivage, couronné hier encore par les cités d'Herculanum[1] et de Pompéi, enfants chéris de la mer, désormais arrachés à ses embrassements. Durant des siècles, l'onde, comme une mère, étendra ses bras azurés, ne les trouvera plus, et pleurera sur les sépulcres de ses deux filles ! [...]

Lorsque les amants se réveillèrent, leur première pensée fut pour eux-mêmes, et la seconde pour Nydia. On ne la trouvait pas. Personne ne l'avait vue depuis la nuit. On la chercha dans tous les recoins de la barque ; aucune trace de la jeune aveugle ! Mystérieuse depuis sa naissance jusqu'à sa mort, la Thessalienne* avait disparu du monde des vivants. On pressentit en silence son sort ; et Glaucus et Ione, plus étroitement serrés (en sentant qu'ils étaient l'un pour l'autre tout

---

1. Cité voisine de Pompéi, ensevelie sous la lave.

dans le monde), oublièrent leur délivrance, et pleurèrent Nydia comme on pleure une sœur.

Quelques années plus tard, Glaucus, qui vit à Athènes avec Ione, écrit à Salluste pour lui apprendre qu'il est devenu chrétien (V, chap. 11).

ÉPILOGUE

Dix-sept siècles environ avaient passé sur la cité de Pompéi avant qu'elle sortît, toute brillante encore des couleurs de la vie, du fond de sa tombe silencieuse[1], avec ses murs frais comme s'ils étaient peints de la veille ; la riche mosaïque de ses pavés dont aucune teinte ne s'était effacée ; dans son forum des colonnes à moitié achevées, telles qu'elles avaient été laissées par la main de l'ouvrier ; dans ses jardins les trépieds des sacrifices ; dans ses salles le coffret où s'enfermaient les trésors ; dans ses bains le *strigile*[2] ; dans ses théâtres les billets d'admission ; dans ses salons les meubles et les lampes ; dans ses *triclinia* les restes des derniers festins, dans ses *cubicula* les parfums et le fard de ses beautés disparues ; enfin partout avec les ossements et les squelettes de ceux qui faisaient mouvoir les ressorts de cette voluptueuse et splendide civilisation en miniature[3].

1. Détruite en 79, découverte en 1750. *(Note de l'auteur.)*
2. Grattoir pour racler le corps.
3. A l'heure actuelle (1834), environ trois cent cinquante à quatre cents squelettes ont été découverts à Pompéi ; mais puisqu'une grande partie de la ville reste à fouiller, nous pouvons difficilement calculer le nombre de ceux qui périrent pendant la destruction. Cependant, il y a toute raison de croire qu'ils furent peu nombreux par rapport aux rescapés. De nombreuses maisons avaient manifestement été dégagées de leurs cendres afin d'y récupérer tout trésor épargné ; parmi celles-ci, la maison de notre ami Salluste. Ils furent trouvés exactement comme les décrit mon texte, ces squelettes que le lecteur a eu le plaisir de voir, réanimés pour un instant, jouer leur rôle fugace sous les noms de Burbo, Calénus, Diomède, Julia et Arbacès ; puissent-ils avoir été réanimés avec plus de bonheur pour le plaisir du lecteur qu'ils ne l'ont été pour la joie de l'auteur, qui, quant à lui, chercha vainement dans cette œuvre maintenant achevée à adoucir la période la plus douloureuse, la plus sombre, la plus désespérée d'une vie à la trame tissée de moins de fils blancs qu'on peut le penser ! Mais, comme bien d'autres compagnons,

Dans la maison de Diomède, sous les voûtes souterraines, on découvrit vingt squelettes (entre autres celui d'un enfant) au même endroit, près de la porte, recouverts d'une fine cendre dont la poussière avait évidemment pénétré de façon lente par les ouvertures jusqu'à ce qu'elle eût rempli tout l'espace. Là, se trouvaient des bijoux, des pièces de monnaie, des candélabres pour faire briller une lumière inutile et du vin durci dans les amphores, pour la prolongation d'une vie agonisante. Le sable, devenu solide par l'humidité, avait pris la forme des squelettes comme dans un moule ; et le voyageur peut encore voir l'impression du corps et du buste bien proportionné, d'une jeune femme aux gracieux contours : c'est tout ce qui reste de la belle Julia. Il semble à l'étranger qui visite ces lieux que l'air se changea par degrés en vapeur sulfureuse ; que les habitants des caveaux se précipitèrent vers la porte ; qu'ils la trouvèrent fermée et bloquée par les scories du dehors, et qu'en s'efforçant de l'ouvrir, ils ont été suffoqués par la chaleur de l'atmosphère.

On rencontra dans le jardin un squelette dont la main décharnée tenait encore une clef, et à côté de lui se trouvait un sac d'argent. On présume que c'était le maître de la maison, l'infortuné Diomède, qui avait probablement essayé de fuir par le jardin, et avait été asphyxié par les vapeurs, ou atteint par quelque

---

l'imagination se montre capricieuse et nous délaisse souvent au moment où nous en avons le plus besoin. Consolatrice plus fidèle, plus constante, apprenons-nous en vieillissant, est l'habitude. Mais je devrais m'excuser de cette complaisance subite et déplacée pour une faiblesse momentanée, momentanée seulement. Avec la santé retrouvée revient cette énergie sans laquelle l'âme nous eût été donnée en vain et qui nous permet de faire face tranquillement aux malheurs de notre existence et d'en accomplir résolument les objectifs. A travers mille écoles, il n'est qu'une philosophie ; son nom est Force d'âme.

ENDURER, C'EST CONQUÉRIR NOTRE DESTIN !
(Note de l'auteur.)

fragment de pierre. Des vases d'argent reposaient à côté d'un autre squelette, probablement celui d'un esclave.

Les maisons de Salluste et de Pansa, le temple d'Isis avec ses cachettes derrière les statues menteuses d'où partaient les oracles sacrés, sont maintenant exposés au regard des curieux. On trouva dans une des chambres de ce temple un grand squelette avec une hache à côté de lui ; deux murs avaient été percés avec la hache ; la victime ne put pénétrer plus loin. Au milieu de la cité, on découvrit un autre squelette près duquel étaient plusieurs pièces de monnaie, et quelques ornements mystiques du temple d'Isis. La mort avait surpris le prêtre impie dans son avarice, et Calénus avait péri en même temps que Burbo. Les fouilles amenèrent, au milieu d'une masse de ruines, la découverte du squelette d'un homme, littéralement coupé en deux par une colonne tombée ; le crâne offrait une conformation remarquable, on y reconnaissait tous les signes de l'intelligence et toutes les protubérances qui indiquent des instincts voluptueux et pervers ; ce crâne a excité la constante curiosité des adeptes de la science de Spurzheim, qui ont contemplé les ruines de ce palais de l'esprit ; après le laps des âges, le voyageur peut y admirer, si nous pouvons nous exprimer ainsi, cette voûte élevée avec ses galeries bien ordonnées, ses cellules élégamment formées, où méditait, raisonnait, rêvait l'âme d'Arbacès l'Égyptien, souvent livrée à de coupables pensées.

A la vue de ces témoins divers d'un système social disparu du monde à jamais, un étranger venu de cette île barbare et lointaine, que le Romain de l'Empire ne nommait pas sans frissonner de froid, s'est arrêté au milieu des délices de la douce Campanie[1] pour y composer cette histoire.

---

1. Région où étaient situées Pompéi, Herculanum et Stabies.

Commentaires

par

Claude Aziza

Bulwer-Lytton : repères biographiques

1803 : naissance (25 mai) à Londres de Edward George Bulwer (qui deviendra, en 1866, baron Lytton de Knebworth).

1820 : premier recueil de poèmes : *Ismaël et Autres poèmes*.

1825 : étudiant à Cambridge ; lauréat du prix du Chancelier pour un recueil de poèmes : *Sculptures*.

1828 : *Pelham ou les Aventures d'un gentleman*, roman d'aventures criminelles et roman satirique de la société londonienne, qui connaît un énorme succès.

1832 : *Eugène Aram*, roman de la criminalité et de l'injustice sociale. Voyage en Ecosse.

1834 : *Les Derniers Jours de Pompéi* qui suivent un voyage en Italie fait sous le coup d'un chagrin d'amour.

1835 : *Rienzi ou le dernier des tribuns*, roman historique sur la Rome médiévale.

1838 : *La Dame lyonnaise*, drame.

1839 : *Richelieu*, drame.

1840 : *L'Argent*, drame ; *Le Roi Arthur*, poème.

1841 : quitte le Parlement où il a été élu, en 1831, sous l'étiquette du parti radical.

1842 : *Zanoni*, roman d'épouvante à l'aspect ésotérique.

1848 : *Harold le dernier des rois saxons*, roman historique sur la conquête de l'Angleterre par les Normands.

1851-1852 : *Mon roman*, autobiographie en quatre volumes ; réélection au Parlement mais sous l'étiquette du parti conservateur. Il y restera jusqu'en 1866.

1858-1859 : secrétaire d'État aux colonies.

1862 : *Une histoire étrange*, roman d'épouvante.

1873 : *La Race futuriste*, roman d'anticipation. Mort de Bulwer-Lytton (18 janvier).

1883 : *La vie, les lettres et l'héritage littéraire de Lord Bulwer-Lytton*, biographie en trois volumes par le fils de l'écrivain.

Le contexte historique et littéraire du roman

Les Derniers Jours de Pompéi restent, plus d'un siècle et demi après leur parution, un exemple littéraire unique. Roman à la fois historique, voire archéologique, et ancré dans la réalité littéraire de son temps, le romantisme, son succès ne s'est jamais démenti. Il faut essayer d'en donner quelques clefs.

Le contexte littéraire

Le genre romanesque, on le sait, est un genre résolument moderne. Certes, on trouve depuis l'Antiquité, avec Pétrone et Apulée, jusqu'aux XVIIe et XVIIIe siècles, avec Mme de Lafayette, Scarron, Diderot, Lesage et quelques autres, des romans. Mais le genre ne commence vraiment qu'à la fin du XVIIIe siècle, en Angleterre plus précisément, avec un type de romans que l'on nommera « gothiques » ou « noirs », parce qu'ils mettent invariablement en scène des héros aux prises avec des forces maléfiques dans de vieux manoirs gothiques hantés.

Quant au roman historique, le seul qui nous intéresse ici, ses débuts commencent un bon demi-siècle avant notre roman. C'est en 1762 que T. Leland écrit *Longswood, Earl of Salisbury* qu'il sous-titrera significativement *An historical romance*. Récit romancé de la vie d'un populaire héros, il va entraîner dans son sillage une série de romans historiques où excelleront surtout des femmes, comme Clara Reeve (*Memoirs of Sir Roger Clarendon*, 1793), Sophia Lee (*The Recess or a Tale of other time*, 1783) ou Anne Fuller (*The Son of Ethelwold, an Historical Tale*, 1789). C'était là préparer le terrain au grand maître du roman historique, celui dont Bulwer-Lytton se réclame explicitement dans sa préface, Walter Scott, dont les œuvres précèdent de près celles de notre auteur et dont les plus connues sont : *Ivanhoé* (1820) et *Quentin Durward* (1823).

Cependant, si l'œuvre de Scott reste une des sources de notre romancier, on ne saurait oublier d'autres éléments qui entrent aussi dans la composition du roman.

Les Derniers Jours de Pompéi, ne l'oublions pas, c'est, avant tout, un roman sur l'Antiquité et c'est le seul roman sur l'Antiquité que connaisse ce début de siècle. Certes, il y avait eu, en 1809, *Les Martyrs* de Chateaubriand. Mais le roman, tout à la gloire de la religion chrétienne, s'il a pu inspirer telle ou telle page du nôtre, reste plus tourné vers le christianisme antique que vers l'antiquité romaine. Il est vrai que la période se veut médiévale et que l'Antiquité, trop liée à l'Ancien Régime, en France du moins, a cédé la place, dans la littérature européenne, aux brumes médiévales et aux accents passionnés des chevaliers. Ce n'est que plus tard, bien plus tard, malgré l'*Acté* de

Dumas (1839), œuvre de jeunesse, que l'on reviendra à la romanité et à l'hellénisme.

Cependant la peinture n'avait pas, elle, abandonné ses grands sujets à l'antique. Tout au long du siècle, ils perdureront pour culminer en apothéose avec les peintres pompiers dont le plus célèbre reste l'Anglais Alma-Tadema. David (*Le Serment des Horaces*, 1784 ; *L'Enlèvement des Sabines*, 1799), Delacroix, Ingres, Chasseriau resteront fidèles aux images d'Epinal d'une Antiquité aux couleurs du *De Viris* de Lhomond. Et il n'est pas indifférent de constater qu'en 1833, un an avant notre roman, le peintre Karl Brioussov (1799-1852) expose à Paris une immense toile intitulée : *Le Dernier Jour de Pompéi*. Bulwer-Lytton l'a-t-il connue ? Ce n'est pas impossible.

Le contexte historique

En fait, *Les Derniers Jours de Pompéi* sont moins le produit d'un contexte littéraire, comme le seraient de nos jours les innombrables romans sur l'Antiquité qui encombrent les devantures, poussés par un vent favorable, que le résultat d'un intérêt historique, voire archéologique, même si le mot est anachronique à cette époque (on parle d'antiquaires, pas encore d'archéologues).

Les fouilles de Pompéi, dont nous retraçons plus loin l'historique, ont, en effet, largement dépassé le cercle des spécialistes. Pompéi est devenu, peu à peu, un lieu symbolique. On le visite, comme Goethe en 1787 ; on s'y intéresse outre-Manche dès 1791, lorsqu'est nommé comme ambassadeur de la Couronne en Sicile, W. Hamilton, passionné de fouilles.

En 1794, le Vésuve se réveille et engloutit Torre del

Greco. Il rappelle qu'il est toujours vivant et, dès 1806, sous l'impulsion des rois de Naples et surtout de Caroline Bonaparte, la visite à Pompéi devient l'itinéraire obligé des souverains étrangers et des personnalités de passage.

En 1813, pas moins de 500 ouvrages avaient déjà été consacrés à Pompéi. On s'y presse, malgré une nouvelle éruption du Vésuve en 1822. Peu à peu apparaissent des monuments devenus célèbres : l'amphithéâtre, en 1815, le temple de la Fortune Auguste, en 1824 et, surtout, la Maison du Poète tragique, en 1825. En 1830, devant le fils de Goethe, on dégage la Maison du Faune, l'année suivante la fameuse mosaïque d'*Alexandre à Issus*. Tout est donc prêt pour la visite du jeune Bulwer. Il y viendra, pour calmer un chagrin d'amour et rêver devant ces ruines fertiles, précédant de quelques années la future reine Victoria (1838), le pape Pie IX (1849), Maximilien d'Autriche (1851) et Alexandre Dumas, nommé en 1860, par la grâce de Garibaldi, directeur des fouilles de Pompéi...

Les thèmes du roman

Roman centré sur la destruction de Pompéi, roman de l'attente du dernier jour, roman du temps suspendu, de l'immobilité trompeuse et de la fusion brutale, *Les Derniers Jours de Pompéi* sont un hymne à l'eau et au feu. Ces deux éléments primordiaux donnent la clef symbolique d'une structure romanesque centripète. Pompéi, la belle cité baignée par les eaux protectrices et dominée par le feu fertilisant du Vésuve, devient le symbole de la destinée humaine qui roule sans cesse entre les eaux calmes et les feux ardents des passions. Ainsi l'eau et le feu sont partout présents dans le roman, à la fois comme éléments fondamentaux du cadre et comme symboles des personnages.

La mer omniprésente ainsi que le soleil

Placée sous le signe de Vénus, la cité est présentée comme l'enfant chérie de cette mer qui, pourtant, ne pourra la sauver du sort qui l'attend. Du moins, accueillera-t-elle dans ses flots généreux les malheureux qui ont pu fuir la cité sous la cendre. La douceur des flots, mainte fois évoquée, fait de la mer une entité bienveillante et protectrice. Pompéi n'est-elle pas placée sous la protection de cette Vénus que l'on dit être sortie des ondes ?

Le soleil, composante essentielle du thème du feu, est toujours étroitement associé à la mer. Ses rayons, dont les personnages apprécient la tiédeur, peuvent, le plus souvent — climat méditerranéen oblige — se transformer en torches ardentes qui assécheraient les vertes campagnes pompéiennes, si des sources ou des fontaines n'offraient aux promeneurs altérés une fraîcheur nouvelle.

L'eau et le feu, s'ils font partie du paysage pompéien, sont aussi étroitement liés à la description de la vie quotidienne de Pompéi, dont les habitants, décrits comme un véritable « flot humain », sont en proie au bouillonnement et à la fièvre d'une activité incessante. Tout comme si, dans le feu du plaisir, ils se laissaient porter par la vague des passions.

L'eau et le feu comme thèmes symboliques

Ce qui est vrai des habitants de la cité se trouve encore plus accentué chez les héros du roman. Toujours entre l'eau et le feu, ils symbolisent, les uns et les autres, ce que ces deux éléments ont de positif et de négatif à la fois.

Glaucus, au prénom transparent (Glaucos est, dans la mythologie, une divinité marine), tire du soleil le symbole de sa double nature. Si le soleil est sa divinité tutélaire (tout comme Apollon est celle de sa patrie, la Grèce), si l'or et la lumière resplendissent sur ses traits et sur ses vêtements, son origine nous rappelle qu'il appartient à un peuple de marins. D'ailleurs, cette mer va se révéler, dans la catastrophe, une mère protectrice, salvatrice. Cette relation entre Glaucus et le soleil s'accentue dès qu'il tombe amoureux d'Ione. Jusque-là, il avait brûlé des feux du plaisir, désormais, il sera touché par l'ardeur de la passion. Les « flammes de Vénus » qui annoncent celles du Vésuve n'ont pas entamé une vie qui cherche d'autres feux — et ce sera Ione — pour apaiser sa soif d'absolu.

Dans un registre différent, plus négatif, le feu ardent qui consume Apœcides, sa fièvre, l'ardeur de son zèle, l'entraînent vers sa perte. Et, dans l'extrême limite de cet aspect négatif du feu, le feu caché et dangereux, sous des dehors de glace, qui couve dans le cœur d'Arbacès — et de son double féminin, la sorcière, sorte de vestale qui garde le feu du Vésuve. Pourtant le prêtre d'Isis, de par son origine égyptienne, est aussi lié à l'eau du Nil dont il se sert pour arroser les autels de sa déesse.

Cette eau d'Egypte, elle reparaîtra, dans un registre biblique, lorsque Olynthus le chrétien, tel un nouveau Moïse, « fend les eaux » en guidant Apœcides qu'il a arraché à la servitude de l'Egyptien Arbacès.

Dans l'extrême opposé d'Arbacès, le personnage de Ione participe, lui aussi, des deux éléments. Sa beauté éblouit, comme les rayons éclatants du soleil. Pour

Glaucus, elle est celle qui, par sa seule présence, purifie
— comme l'eau lustrale ou celle du baptême chrétien
— et éclaire tout — comme le feu sacré ou la foi
intérieure. Constamment mise en opposition avec
Arbacès, Ione, c'est à la fois le soleil qui réchauffe et
l'eau qui rafraîchit.

Elle est donc complémentaire de la personnalité de
Gaucus dont l'ardeur est tempérée par la fraîcheur de
sa bien-aimée. Avec elle, la vie lui paraît comme un
long fleuve tranquille, ainsi qu'il le chante dans la
barque qui les promène : « Vois la barque flotter sur
cette mer dorée... » et « Ils descendent le fleuve du
temps, pleins de confiance. »

C'est au royaume de l'eau positive qu'appartient
Nydia, celle qui, comme elle arrose les fleurs, récon-
forte le cœur de Glaucus. Reliée cependant au domaine
du feu par la passion qu'elle éprouve pour son maître,
elle va la noyer dans la mer consolatrice où elle
trouvera l'oubli.

Cette mer symbolise aussi le christianisme, né sous
le signe du poisson, et dont le ruisseau va devenir,
nous dit le romancier, un fleuve majestueux et ample.
Mais la description de la foi chrétienne, celle des
néophytes, emprunte au feu ses plus belles comparai-
sons et lie les deux éléments, tout comme la nature va
le faire pour l'éruption finale.

La mort par le feu, le salut par la mer

Toute la description de la catastrophe est placée
sous l'emblème de l'eau et du feu. Les signes annonciateurs sont là, dans l'ardent foyer qui couve dans le
cratère, mais que les hommes ne voient pas. Déjà,
dans les funérailles d'Apœcides, le cadavre consumé

par les flammes et qui n'est plus que cendres brûlantes est à l'image de ce que sera la cité martyre. De même, la folie de Gaucus dont le philtre est semblable « à la lave déchaînée d'un volcan », les amants réfugiés dans la caverne, chassés par l'intensité du feu du ciel, sont autant de signes annonciateurs que le lecteur, qui sait lui le destin de Pompéi, déchiffre peu à peu. Et si la mer intervient en élément salvateur, ce n'est qu'après avoir laissé ses flots bouillonner sous l'effet de la chaleur éruptive, abandonnant en quelque sorte d'abord au volcan les proies qui lui sont dues.

Ainsi entre la mère-mer et le père-Vésuve, Pompéi, enfant chérie des Dieux, foudroyée en quelques instants, renaît de ses cendres par la grâce du romancier.
Cette mer, toujours recommencée, ce Vésuve, couvert de cendres, et, par là, en deuil de la cité qu'il a châtiée (du moins si l'on accepte l'explication chrétienne, trop proche de la destruction de Sodome, pour être pleinement convaincante), symbolisent tous deux la pérennité de la nature face à la fragilité des choses humaines.

Et c'est le génie du romancier que d'avoir, par le feu de son imagination et par les flots qui l'ont roulé jusque dans la cité des morts, retrouvé, comme dit le poète, l'Éternité.

Les personnages

Récit historique, *Les Derniers Jours de Pompéi* est aussi, peut-être surtout, un roman d'amour et de passion. L'auteur, s'il veut faire œuvre d'historien (comme il le dit dans sa préface), s'attache — avant tout — à décrire une époque, des lieux, des événements dramatiques, par le biais d'une intrigue qui met en scène des personnages romanesques.

Certains, il faut bien l'avouer, ne sont que des types représentatifs de leur époque : ils manquent d'épaisseur psychologique. Vagues silhouettes évoluant dans un décor coloré, ils sont là pour rendre la réalité historique. Le romancier les a tirés du néant avec l'aide de l'archéologue. C'est ainsi que Diomède, par exemple, est supposé être le propriétaire de cette belle maison pompéienne que l'on a nommée « la Maison de Diomède ». Car l'intelligence du romancier, son trait de génie peut-être, c'est d'avoir fait revivre des personnages dont on a trouvé la trace matérielle et de les avoir fait mourir dans la position où les fouilles les retrouveront, près de dix-huit siècles après.

Mais s'il en est ainsi des personnages secondaires, les autres, ceux qui occupent le devant de la scène romanesque, non seulement ressuscitent une société antique mais aussi des passions qui, elles, sont intemporelles. Ainsi le lecteur pourra plus aisément s'identifier à des êtres de chair et de sang et, par là, comprendre leur époque de l'intérieur. On trouvera donc, chez les personnages les plus importants, un double aspect, à la fois historique (ils sont marqués par leur époque) et intemporel (ils sont soumis à leurs passions).

Les personnages comme représentatifs de leur époque et de leur société

On trouve dans le roman un échantillonnage presque complet de toutes les classes sociales de la société de l'époque. **Glaucus**, le héros, appartient à la jeunesse dorée de Pompéi. Son immense fortune, soulignée par l'auteur, lui permet de mener, comme ses amis, une vie oisive. Certains d'entre eux, comme **Salluste**, ont une conscience de classe très marquée. Ils n'oublient pas qu'ils sont des patriciens et que la richesse, fût-elle aussi élevée que celle d'un Diomède, ne peut faire oublier le rang.

Diomède, lui, fils d'affranchi, est un riche négociant, fier de ses fêtes, de ses celliers, de sa richesse, il ne peut, malgré tout, faire oublier son origine servile. Certes il n'a plus, depuis plusieurs générations, de points communs avec la classe des esclaves, représentée, dans le roman, par les personnages de **Nydia** et de **Médon**.

Nydia, affligée d'une terrible infirmité, par la grâce d'un artifice romanesque, a le sort peu enviable de servante à tout faire, soumise à des maîtres cupides. Cette espèce de Cosette antique a la chance d'émouvoir Glaucus qui la rachète et l'emploie désormais pour de plus nobles besognes. Ce n'est pas le cas du pauvre Médon, que l'âge et les infirmités rendent peu intéressant, au point de vue du rendement s'entend. Ce malheureux père aura la douleur de perdre son fils, le gladiateur **Lydon**, qui tente, désespérément, de trouver assez d'argent pour pouvoir le faire affranchir. Lui-même, affranchi par son maître, n'est plus au bas de l'échelle sociale ; mais il est pauvre. Il a donc été réduit à vendre sa force dans des combats de gladiateurs. Car, dans cette société, l'argent n'est pas seulement la condition d'une vie meilleure, c'est surtout la clef de la liberté et, par là, de la dignité humaine.

Ainsi le monde des affranchis et des esclaves gravite, par intérêt, obligation ou ambition, autour de la classe la plus noble. **Claudius** est toujours suivi de son ombre : un parasite qui profite de ses générosités.

D'autres profitent aussi de la richesse sociale, mais surtout de la crédulité populaire : ce sont les prêtres.

Représentés par **Arbacès, Calénus, Apœcides**, ils ont des origines sociales fort différentes. Arbacès, l'un des personnages clefs du roman, est le descendant de rois d'Égypte. Calénus vient d'une famille d'affranchis et il a dû choisir la prêtrise pour échapper à la pauvreté. Apœcides, en revanche, est noble. Seule la foi l'a conduit vers cet état. Puissants, les prêtres le sont surtout par leurs richesses. Ainsi, l'édile **Pansa** dit nettement qu'il mettrait bien son nez dans les affaires d'Arbacès, si celui-ci n'était pas si riche... Cette richesse qui protège Arbacès doit permettre à **Julia**, la fille de Diomède, de gravir encore un échelon de l'échelle sociale, en épousant un noble. Enfin, apparaissent, comme figurants, les Pompéiens dont on nous dit qu'ils peuvent être passionnés, naïfs, cruels, versatiles et dont le tableau le plus évocateur est celui de la foule qui hurle au cirque son enthousiasme et ses passions.

Ces personnages, des plus importants aux plus humbles, s'ils sont marqués par leur époque, le sont, surtout, par leur attitude religieuse.

Glaucus est un jeune homme pieux : chaque matin devant le laraire domestique, il fait des libations aux dieux et à ses ancêtres. C'est à Naples, lors d'une cérémonie religieuse, dans le temple de Minerve, qu'il a rencontré Ione pour la première fois. Celle-ci, non moins pieuse, y honorait la déesse.

Les prêtres d'Isis, Arbacès, Calénus, Apœcides, représentent, sinon la religion officielle, mais une religion dont nous savons l'importance capitale à l'époque, au point même que les plus hauts personnages de l'Empire, parfois l'empereur, l'adoptèrent. Que cette religion soit fondée sur l'imposture nous semble plus un élément romanesque qu'une vérité historique. Que son influence ait été si grande relève bien, en revanche, de la réalité. C'est sans doute par un effet de contraste que la secte des Nazaréens, dirigée par **Olynthus**, est parée de tant de vertus et suscite tant de haines. Là encore, la réalité historique a été déformée au profit d'un élément dramatique : la persécution des chrétiens. Mais, en réalité, il faut plutôt concevoir les deux personnages d'Arbacès et d'Olynthus comme antithétiques et comme les représentants d'un itinéraire spirituel qui mènera le jeune et fervent Apœcides de l'un à l'autre.

Ainsi les personnages sont bien montrés ancrés dans une réalité religieuse, partagée entre le culte privé, un culte presque officiel et une croyance dissidente. Dissidente aussi est la pratique de la magie : le personnage de la sorcière du Vésuve, s'il relève aussi du bric-à-brac romantique, est bien représentatif de son temps. A la fois empoisonneuse, comme la fameuse Locuste, dont Néron et Agrippine se servirent, et vendeuse de philtres d'amour, elle remonte, par ses origines étrusques, aux plus anciens temps de Rome.

Ces personnages, reflets de leur époque, en sont aussi les témoins, parfois lucides, souvent désenchantés. Ce n'est pas un hasard s'ils sont étrangers à Pompéi : Nydia est Thessalienne, Arbacès, Egyptien, Glaucus et Ione, Athéniens. C'est, sans doute, cette origine étrangère qui leur permet de porter un œil critique sur la société de leur temps. Ainsi Glaucus n'est pas seulement un jeune noble comme les autres, jouisseur et oisif. Lucide, il ne se fait aucune illusion sur l'authenticité des rapports qu'il a avec ses amis. Il les sait intéressés : ce sont plus des compagnons de plaisir que de vrais amis. Il est vrai qu'il appartient à la race des vaincus. Originaire d'une Grèce depuis longtemps asservie à Rome, il ne peut plus avoir l'ambition d'un destin politique. Certes, on reconnaît là la mélancolie romantique de ceux qui sont venus trop tard dans un monde trop vieux. Mais par-delà les traits du René de Chateaubriand, Glaucus porte un jugement lucide sur la situation politique de son pays. Regard aussi critique que celui d'Arbacès, originaire, lui, d'un pays doublement conquis, d'abord par les Grecs, ensuite par les Romains. La différence qui existe entre eux est plus de structure que de nature : Glaucus a choisi le repli sur soi, Arbacès la conquête du pouvoir. Tous deux méprisent cependant ces Romains si grossiers et leurs sanglants jeux du cirque. Pour eux, cette société est, déjà, une société décadente.

Cette décadence, elle se marque aussi dans le domaine artistique pour lequel Glaucus n'a pas assez de mots méprisants. Il critique ces Romains pour qui la littérature, la poésie, malgré leurs tentatives d'imiter les Grecs, restent des éléments artificiels et extérieurs. Il dénonce le manque de sensibilité artistique d'une société qui loue l'art par convention et par désir de paraître. Cette insensibilité littéraire, on la retrouve dans le domaine religieux. Apœcides se rend bien compte que la religion ne sert qu'à exploiter le peuple, que le culte d'Isis n'est qu'une imposture. Mais c'est bien Arbacès qui exprime, avec des accents de haine, la critique la plus virulente de cette société pompéienne et, par là, de la civilisation gréco-romaine, une civilisation barbare qui a tout volé aux Egyptiens. Et c'est par le biais de ce regard lucide que le roman dépasse la simple anecdote historique pour se hausser jusqu'à l'observation de la nature humaine et de ses passions.

Les personnages comme représentatifs
de l'éventail des passions

On a pu reprocher aux personnages du roman un certain manichéisme : il y aurait d'un côté les bons, de l'autre, les méchants. La réalité est bien différente.

En fait, si les personnages sont bien construits sur le principe du contraste, ils ont, chacun, leur propre réalité psychologique, s'influencent, se déterminent et doivent être pris comme des êtres vivants plutôt que comme des marionnettes.

Certes, comme tous les héros romantiques, ce sont des êtres d'exception, voués à un destin d'exception, poussés par des passions absolues.

Ainsi, **Ione** et **Glaucus** forment le couple idéal et sont, de toute éternité, destinés l'un à l'autre. Beaux tous deux, d'une beauté presque divine, généreux, compatissants, pourvus d'une intelligence supérieure, ils ont la même âme poétique et la même origine athénienne. Mais au-delà de ces traits conventionnels, les deux héros en laissent deviner d'autres qui le sont moins. Glaucus est un viveur : il aime le jeu, les plaisirs, les femmes. Ce n'est que peu à peu qu'il passera d'un épicurisme joyeux à une foi plus austère. Ione, elle, est, malgré son âge et sa situation, d'une force et d'une énergie peu communes. D'une façon presque féministe avant la lettre, elle revendique son indépendance et sa liberté. Ione et Glaucus, en proie à une passion absolue, refusent de transiger. Quoi d'étonnant s'ils se heurtent à **Arbacès**.

Celui-ci est, à première vue, le méchant absolu, l'antithèse de Glaucus. En fait, il lui ressemble beaucoup. Certes, l'un est aussi brun que l'autre est blond, aussi dur que l'autre semble tendre. Mais par-delà ces différences, quelle complicité dans l'usage des plaisirs, quel lien dans la passion qui les pousse tous deux vers la même femme ! Arbacès, lui aussi, est un être d'exception. C'est une espèce de docteur Faust avant la lettre qui essaie de sonder les mystères de la nature. Chacune de ses actions le mène vers un dénouement attendu mais il a, jusque dans sa fin, une sorte de grandeur tragique que l'on chercherait en vain chez Glaucus.

A côté de ces personnages absolus évoluent d'autres personnages, plus déchirés, plus complexes : **Apœcides** et **Nydia**.

Celle-ci, qui apparaît dès le début du roman, sous les traits d'une jeune fille douce et résignée, va, peu à peu, sous l'emprise de la jalousie, se pervertir, jusqu'au point de commettre l'action qui entraînera la mort d'Apœcides et l'emprisonnement de Glaucus. Elle la paiera d'ailleurs de sa vie, par un suicide inéluctable. Apoecidès, lui, qu'on nous montre comme un adolescent épris d'absolu, est au bord du désespoir lorsqu'il découvre qu'il a été trompé par Arbacès. Instable, inassouvi, il a été une proie facile. Il ne devrait trouver l'apaisement que dans la foi chrétienne si le romancier n'en avait décidé autrement en le faisant l'élément moteur de la fin du roman.

Ainsi les personnages apparaissent à la fois comme représentants des mœurs et de la société d'une époque mais aussi comme ceux de la nature humaine, de ses vices et de ses vertus, le tout sous les couleurs de la passion.

La vie quotidienne à Pompéi d'après le roman

L'attrait du roman, par-delà l'intrigue, réside dans la description minutieuse de la vie d'une cité disparue. Très au courant des découvertes — encore bien minces — de son temps, le romancier, qui avait visité Pompéi, s'est livré à un véritable travail de détective pour faire coïncider son intrigue, ses personnages avec une réalité qu'on commençait seulement, en 1834, à soupçonner. Bien plus, il a souvent anticipé sur des découvertes ultérieures. Ainsi le roman reste à la fois un récit fictionnel sur la vie quotidienne d'une cité antique et, aujourd'hui, un témoignage précieux sur l'archéologie naissante des débuts du XIXe siècle.

La cité pompéienne

Pompéi est présentée dans le roman comme une ville active, prospère, commerçante. Son port, décrit dans les premières pages, ses cultures à flanc de Vésuve, tout concourt à la richesse d'une cité dont les charmes touristiques avaient attiré de nombreux résidents, venus de la proche Néapolis (Naples), voire de la lointaine Rome. Sa renommée avait dû franchir les mers, puisque nos principaux personnages sont venus de Grèce ou d'Egypte.

Le centre de la cité, c'est le *forum*. Centre religieux, juridique, commercial, c'est aussi un endroit de brassage de la population dont le caractère cosmopolite est décrit par le romancier : Romains, Grecs, Egyptiens, Syriens, tous vont et viennent en proie aux affaires ou aux plaisirs. C'est que la vie de Pompéi, comme celle de toutes les cités antiques, est une vie d'extérieur dont le forum est le centre et les *thermes* le but obligé.

Les *thermes* de Pompéi, dont nous connaissons la magnificence, occupent une grande place dans le roman. Nous y suivons Glaucus, tout au long du rituel des bains chauds et froids, depuis la fin de la matinée, jusqu'au milieu de l'après-midi, lorsqu'arrive l'heure de la *cena*, le principal repas de la journée.

Parfois, pourtant, on délaisse les thermes pour *l'amphithéâtre*. C'est là que Glaucus et Olynthus attendent la mort ; c'est là que la trouve Lydon ; c'est là que le Vésuve va surprendre une population acharnée à miser sur les gladiateurs ; c'est là que va éclater au grand jour l'imposture d'Arbacès.

Lieux de plaisir, les thermes et l'amphithéâtre sont le centre de la vie mondaine. Les *temples* le sont de la vie spirituelle.

La vie religieuse

A la suite d'Arbacès, le lecteur est entraîné dans le charmant temple d'Isis qu'on a retrouvé dans un excellent état. Parfois, il aperçoit le temple de Jupiter ; quelquefois, à la suite d'Olynthus, il se glisse dans les grottes qui servent d'abri aux chrétiens.

Certes, la religion officielle, celle de la cité, est bien présente. Comme toutes les cités romaines, Pompéi est sous la tutelle de la triade capitoline : Jupiter, Junon, Minerve, mais elle a aussi ses dieux particuliers, protecteurs de la cité : Hercule, Bacchus, Vénus. Or cette religion a, semble-t-il, perdu de son importance : elle est seulement mentionnée, tout comme les dévotions privées que chacun fait devant ses dieux lares, protecteurs du foyer. L'intérêt des Pompéiennes est ailleurs.

Il est tourné vers le culte d'Isis, dont on a déjà dit quelle place capitale il prend dans le roman. Religion à mystères, le culte d'Isis, s'il est dévoyé, comme le suggère — à tort, pensons-nous — Bulwer-Lytton, est prétexte à toutes les supercheries. L'épisode des armateurs anxieux des nouvelles de leur cargaison le montre bien (pp. 43-46).

D'ailleurs ce culte est plus ou moins lié à la magie et, s'il est si prospère, c'est bien parce que les Pompéiens sont superstitieux. Julia nous en est un bon exemple avec son philtre d'amour.

A l'opposé de cette supercherie et de cette superstition, la foi chrétienne paraît pleine de grandeur et d'austérité. Anachroniques à cette époque, les chrétiens sont, dans le roman, les produits de l'époque romantique. Bulwer-Lytton a dû lire *Le Génie du christianisme* de Chateaubriand... Mais, quoi qu'il en soit, ils jouent un rôle important dans la cité. On les déteste, on les craint, on les méprise. On rappelle qu'ils ont brûlé Rome, quelques années auparavant (en 64). Bref, ce sont des boucs émissaires, tout prêt à subir les conséquences d'une colère populaire.

La vie sociale et domestique

Nous avons déjà vu que différents types sociaux apparaissent dans le roman. Il est clair que cette société, comme toutes les sociétés antiques, est de type esclavagiste et que les rapports sociaux sont très clairement définis. Notons la présence, aux côtés des personnages dont nous avons déjà parlé, de tout un peuple de boutiquiers, de commerçants, de taverniers. Certains sont des retraités de la gladiature, comme le sordide couple qui préside aux destinées de la pauvre Nydia. D'autres, simples figurants, forment comme une toile de fond. On les voit se presser derrière l'édile Pansa, le personnage le plus important de la cité, formant autour de lui un cortège de clients.

A mi-chemin entre les pauvres et les riches, les prêtres forment une classe à part. Avides parfois — Calénus en est un bon exemple — ils voient dans leur charge un moyen de réussir socialement.

Si la vie publique est bien représentée dans le roman, la vie privée ne l'est pas moins.

Les maisons sont minutieusement décrites et tout

particulièrement celle de Glaucus, que, par une heureuse initiative, le romancier assimile à « la maison du Poète tragique ». Confort, harmonie, tout respire, chez Glaucus, le calme, le luxe et la volupté. Chez Diomède, au contraire, tout n'est que faste et ostentation. Jusqu'à la cuisine et jusqu'à la salle de bain de Julia qui évoquent la richesse du maître de maison.

Richement logés, les héros sont magnifiquement habillés. Symboliquement aussi. L'écarlate est la couleur des riches, le brun celle des chrétiens, le blanc évoque la pureté, l'or, l'éclat de la fortune et du rang.

Les uns et les autres sont emportés dans de magnifiques équipages, tout comme celui de Glaucus dont les chevaux font pâlir d'envie les Pompéiens.

Ainsi, la vie quotidienne des Pompéiens nous apparaît-elle avec des nuances et des contrastes. Certes, c'est celle d'une cité antique riche, calme et prospère. Mais c'est aussi un lieu de passions, dominé par la présence proche et lointaine à la fois du Vésuve dont l'aspect charmant et les flancs couverts de vigne cachent mal la grondeur menaçante. Comme si le volcan était la représentation du destin face à la joie de vivre.

Le déroulement de la catastrophe

Dès le 20 août 79 le sol tremble et gronde.

24 août 79 :

Vers 10 heures du matin : l'éruption commence, le bouchon de lave explose.

Vers 10 heures 15 : de fines poussières, poussées vers l'est, commencent à ensevelir Pompéi.

Vers 13 heures : Pompéi est ensevelie sous la cendre ; Herculanum, sous la lave et la boue.

Vers 16 heures : Herculanum est inabordable pour Pline qui change de route.

Vers 18 heures : Herculanum est devenue une cité morte. Pline l'Ancien* arrive à Stabies.

Nuit du 24 au 25 : tandis que Pline passe la nuit à Stabies, les secousses telluriques continuent, accompagnées d'éclairs.

25 août 79 :

Vers 7 heures du matin : Stabies est ensevelie. Pline meurt asphyxié sur le rivage.

Après-midi : des cendres blanches recouvrent la contrée jusqu'à Misène.

26 août 79, pendant la nuit : les secousses continuent.

27 août 79 : coulée de lave à Cestel-Cisterna. Fin de l'éruption.

Le témoignage de Pline le Jeune*

VI, XVI. — C. PLINE SALUE SON CHER TACITE

Vous me demandez de vous raconter la mort de mon oncle, afin de pouvoir en transmettre un récit plus exact à la postérité. Je vous en remercie, car je vois que sa mort, si vous la faites connaître au monde, jouira d'une gloire immortelle. Quoique dans le désastre de la plus belle contrée, emporté avec des peuples, avec des villes, il n'ait semblé périr que pour revivre à jamais dans le souvenir des hommes avec celui de cet événement mémorable, quoiqu'il ait laissé lui-même tant d'œuvres durables, l'immortalité de vos écrits n'ajoutera pas peu à la perpétuité de son nom. Heureux les hommes auxquels il a été donné par un présent des dieux de faire des actions dignes d'être écrites ou d'écrire des livres dignes d'être lus, mais plus heureux encore ceux à qui est échu ce double privilège. Mon oncle se trouvera au nombre de ces derniers grâce à ses écrits et aux vôtres. J'entreprends donc volontiers la tâche dont vous me chargez, ou plutôt je la réclame.

Il était à Misène et commandait la flotte en personne. Le neuvième jour avant les calendes de septembre ma mère lui montre l'apparition d'un nuage d'une grandeur et d'un aspect inusités. Quant à lui, après un bain de soleil, puis un bain froid, il avait pris un léger repas allongé et travaillait. Il demande ses sandales, et monte à l'endroit d'où l'on pouvait le mieux observer ce phénomène. Un nuage s'élevait (de loin on ne pouvait savoir de quelle montagne, plus tard on apprit que c'était du Vésuve) ; son aspect et sa forme ne sauraient être mieux rendus que par un arbre et particulièrement par le pin parasol. Car, montant d'abord droit comme un tronc très élancé, il s'étalait ensuite en rameaux ; c'est que, je crois, soulevé d'abord par le souffle puissant du volcan, puis abandonné par ce souffle qui faiblissait et aussi s'affaissant sous sa propre masse, il se dispersait en largeur ; sa couleur était ici éclatante de blancheur, là grise et tachetée, selon qu'il était chargé de terre ou de cendre.

Ce phénomène parut curieux à mon oncle et en vrai savant il voulut l'étudier de plus près. Il fait appareiller un vaisseau liburnien et me donne la permission de l'accompagner, si cela me plaît ; je lui répondis que je préférais travailler, et justement il m'avait lui-même donné quelque chose à écrire. Il sortait de la maison ; on lui remet un billet de Rectina, femme de Cascus, terrifiée par l'imminence du danger (car sa villa était située au pied du Vésuve et l'on ne pouvait plus fuir qu'avec une barque) ; elle le suppliait de l'arracher à un si grand péril. Alors il change de dessein, et ce qu'il avait entrepris par amour de la science, il l'achève par dévouement. Il fait avancer des quadrirèmes, s'y embarque lui-même pour porter secours non pas seulement à Rectina, mais à beaucoup d'autres (car cette côte était très peuplée à cause de son agrément) ; il se hâte vers ces lieux d'où tout le monde fuit, il dirige sa course, il dirige son gouvernail droit sur le danger, exempt de crainte, au point de dicter ou de noter lui-même tous les mouvements, toutes les formes du terrible fléau, à mesure qu'il les apercevait.

Déjà la cendre tombait sur les vaisseaux, plus chaude et

plus épaisse à mesure qu'ils avançaient ; déjà même de la pierre ponce et des fragments de rochers que le feu avait fait éclater, noircis et brûlés ; déjà le fond de la mer s'était exhaussé et les éboulements de la montagne obstruaient le rivage. Il eut une courte hésitation, se demandant s'il retournerait en arrière, puis comme le pilote lui conseillait de prendre ce parti : « La fortune, dit-il, aide les braves ; dirige-toi sur l'habitation de Pomponianus. » Il était à Stabies, de l'autre côté du golfe (car le rivage se courbe et rentre légèrement laissant avancer la mer) ; là le péril n'était pas encore proche, mais visible cependant, et, à mesure qu'il grandissait, il se rapprochait ; Pomponianus avait donc transporté ses effets sur des bateaux, décidé à fuir dès que le vent contraire tomberait ; or ce même vent très favorable à mon oncle l'amène au port ; il embrasse Pomponianus tout tremblant, le rassure, l'encourage, et pour apaiser sa frayeur par son propre calme, il se fait porter au bain ; après, il se met à table et dîne plein de gaieté, ou, ce qui n'est pas moins grand, en affectant la gaieté.

Pendant ce temps, sur plusieurs points du Vésuve on voyait la lueur d'immenses flammes et de gigantesques embrasements, dont l'intensité et l'éclat étaient accrus par les ténèbres de la nuit. Lui allait répétant, pour calmer la frayeur, que c'étaient des feux laissés par les paysans dans leur fuite précipitée, et des villas abandonnées qui brûlaient dans la solitude ; enfin il se livra au repos et dormit d'un sommeil réel, car le bruit de sa respiration, que sa corpulence rendait forte et sonore, était entendu par ceux qui passaient devant sa porte. Cependant la cour par laquelle on entrait dans son appartement, remplie de cendres et de pierres mêlées, s'était exhaussée à tel point que, s'il était resté plus longtemps dans sa chambre, il n'aurait plus pu en sortir. On le réveille, il sort et se joint à Pomponianus et aux autres qui n'avaient pas dormi de la nuit. Ils tiennent conseil ; doivent-ils rester dans les maisons ou errer à découvert ? Car les maisons secouées par de fréquentes et larges oscillations chancelaient et, comme arrachées de leurs fondations, semblaient s'en aller tantôt d'un côté, tantôt d'un autre, puis revenir à leur place. D'autre part en plein air on craignait la chute des pierres ponces, quoique légères et calcinées ; ce fut cependant ce parti qu'on choisit après comparaison des dangers. Mon oncle se décida d'après la raison la plus forte,

les autres d'après la peur la plus vive. Ils mettent des oreillers
sur leurs têtes et les attachent avec des linges, pour se
protéger contre tout ce qui tombait.

Ailleurs le jour était déjà venu, là c'était encore la nuit et
la nuit la plus noire, la plus épaisse, qu'éclairaient cependant
à demi un grand nombre de feux et de lumières de toute
sorte. On songea à se rendre au rivage et à voir de près si la
mer permettait quelque tentative ; mais elle restait boulever-
sée et mauvaise. Là on étendit une étoffe sur laquelle mon
oncle se coucha, puis il demanda de l'eau fraîche et but à
deux reprises. Des flammes et une odeur de soufre qui en
annonçaient l'approche, mettent tout le monde en fuite et
forcent mon oncle à se lever. Il se met debout en s'appuyant
sur deux esclaves, mais retombe aussitôt. J'imagine que les
vapeurs devenues trop denses avaient obstrué sa respiration
et l'avaient suffoqué, car il avait la poitrine naturellement
délicate, embarrassée et souvent haletante. Quand le jour
reparut (c'était le troisième depuis le dernier qui avait lui
pour mon oncle), on trouva son corps intact, sans blessure,
revêtu des vêtements qu'il portait ce jour-là ; son corps
étendu donnait l'impression du sommeil plutôt que de la
mort.

Pendant ce temps à Misène ma mère et moi... Mais ceci
n'intéresse pas l'histoire et vous n'avez désiré connaître que
sa mort. Je m'arrête donc. Je n'ajoute qu'un mot : je vous ai
rapporté fidèlement tout ce que j'ai vu moi-même et tout ce
que j'ai appris sur le moment, quand les récits ont le plus
de chance d'être vrais. A vous d'y puiser selon vos préfé-
rences ; car c'est tout autre chose d'écrire une lettre ou une
histoire, de s'adresser à un ami ou au public. Adieu.

VI, xx. - C. PLINE SALUE SON CHER TACITE

La lettre, dites-vous, que, sur votre demande, je vous ai
écrite au sujet de la mort de mon oncle, vous a inspiré le
désir de connaître les craintes et même les périls auxquels
j'ai été moi-même exposé à Misène où il m'avait laissé (car
j'en avais entamé, puis brusquement interrompu le récit) :

> « *Quoique mon âme frémisse d'horreur à ce souvenir,*
> *Je vais commencer...* »

Après le départ de mon oncle je consacrai le reste du jour

à l'étude (c'était dans cette intention que j'étais resté) ; puis ce fut le bain, le dîner, un sommeil agité et court. Déjà depuis plusieurs jours on avait ressenti des tremblements de terre avant-coureurs, dont on s'était peu effrayé, parce qu'ils sont habituels en Campanie ; mais cette nuit-là ils devinrent si forts que l'on eût dit que tout était non seulement secoué, mais renversé. Ma mère se précipite dans ma chambre ; je me levais de mon côté, pour aller la réveiller, si elle dormait encore ; nous nous assîmes dans la cour, qui sépare la maison de la mer par un étroit espace. Est-ce courage ou imprudence ? je ne sais (j'étais alors dans ma dix-huitième année), je demande un livre de Tite-Live, et comme pour passer le temps, je me mets à lire et même à en faire des extraits, comme j'avais commencé. Survient un ami de mon oncle, récemment arrivé d'Espagne pour le voir. En nous trouvant ma mère et moi assis, et moi en train de lire, il se fâche et nous reproche à elle son indolence, à moi mon insouciance ; je n'en reste pas moins appliqué à ma lecture.

C'était là la première heure du jour, et la lumière était encore incertaine et comme languissante. Déjà les maisons environnantes ébranlées quoique nous fussions dans un espace découvert, mais étroit, nous inspiraient des craintes très vives et justifiées, au cas où elles s'écrouleraient. C'est alors que nous décidons de quitter la ville ; nous sommes suivis d'une foule consternée, qui (la frayeur prend cela pour de la prudence), préférant l'idée d'autrui à la sienne propre, se forme en une longue colonne, qui nous pousse et presse notre marche. Arrivés hors des maisons nous nous arrêtons. Là mille prodiges, mille terreurs nous assaillent. Les voitures que nous avions fait venir avec nous, quoique en terrain plat, s'en allaient de droite et de gauche et, même calées avec des pierres ne restaient pas en place. En outre nous voyions la mer se retirer comme si elle était refoulée par les secousses du sol. Il est du moins certain que le rivage avait gagné sur la mer et que beaucoup d'animaux marins restaient à sec sur le sable. Du côté opposé une nuée noire et effrayante, déchirée par des vapeurs de feu, qui se tordaient et s'élançaient en zigzag, laissait échapper de ses flancs entrouverts de longues traînées de flammes, semblables à des éclairs, mais plus grands.

Alors le même ami venu d'Espagne revint à la charge avec plus de force : « Si votre père, dit-il, si votre oncle est vivant, il veut que vous soyez sauvés ; s'il a péri, il a voulu que vous lui surviviez ; que tardez-vous donc à fuir ? » Nous répondîmes que, tant que nous serions incertains de son salut, nous ne songerions pas au nôtre. Sans attendre davantage il s'élance et d'une course précipitée il se soustrait au danger. Peu après cette nue s'abaisse sur la terre, couvre les flots ; elle enveloppait et cachait Caprée et dérobait à nos yeux le promontoire de Misène. Alors ma mère se met à me prier, à me presser, à m'ordonner de fuir n'importe comment : c'était permis à un jeune homme, elle, appesantie par les ans et la maladie mourrait contente, si elle n'était pas cause de ma mort. Moi je lui dis que jamais je ne me sauverais qu'avec elle. Et la prenant par le bras, je la force à doubler le pas. Elle obéit à regret et s'accuse de me retarder. Voilà la cendre, peu épaisse encore cependant. Je tourne la tête ; une vapeur noire et épaisse nous pressait par-derrière et, se répandant sur la terre à la manière d'un torrent, nous suivait. « Quittons la route, dis-je, pendant qu'on y voit encore, de peur que, renversés au passage de la foule qui nous suit, nous ne soyons écrasés dans les ténèbres. » A peine étions-nous assis, que ce fut la nuit, non pas une nuit sans lune ou voilée de nuages, mais la nuit d'une chambre close, toute lumière éteinte. On entendait les gémissements des femmes, les pleurs des petits enfants, les cris des hommes ; les uns appelaient leurs parents, les autres leurs enfants, d'autres leurs époux, et cherchaient à les reconnaître à la voix. Ceux-ci s'apitoyaient sur leur propre sort, ceux-là sur le destin de leurs proches. Certains par crainte de la mort imploraient la mort. Beaucoup tendaient les mains vers les dieux, d'autres plus nombreux pensaient qu'il n'y avait plus de dieux du tout et que cette nuit serait éternelle, serait la dernière pour l'univers. Il s'en trouvait même pour ajouter aux dangers réels des terreurs imaginaires et fausses. Des gens arrivaient disant qu'à Misène telle maison s'était écroulée, telle autre brûlait ; bruits mensongers auxquels on ajoutait foi. Le ciel s'éclaira faiblement ; nous y vîmes l'indice non pas du retour de la lumière, mais de l'approche du feu. Ce feu cependant s'arrêta assez loin, les ténèbres revinrent, et voilà de nouveau la cendre, abondante et lourde ; nous nous levions de temps en temps pour la secouer, sinon nous aurions été ensevelis et écrasés sous son poids. Je pourrais me vanter de n'avoir laissé échapper au milieu de tels périls ni une plainte, ni une parole trahissant de la faiblesse, si la conviction que je périssais avec l'univers, et l'univers avec moi, si faible, ne m'eût apporté une grande consolation de ma condition mortelle. Enfin cette sombre vapeur s'éclaircit et se dissipa comme une fumée ou un brouillard. Puis le jour véritable reparut, le soleil même brilla, mais d'une lumière pâle, comme celle qu'il répand dans une éclipse. A nos yeux encore clignotants tous les objets apparaissaient changés et couverts d'une épaisse couche de cendre, comme d'un manteau de neige. Nous revînmes à Misène et après y avoir réparé nos forces de notre mieux, nous passâmes la nuit dans l'attente, partagés entre la crainte et l'espérance. La crainte cependant l'emportait ; car les tremblements de terre persistaient, et la plupart, égarés, se plaisaient à exagérer par de terrifiantes prédictions et leurs maux et ceux d'autrui. Cependant, même alors, malgré les périls déjà courus, malgré les périls attendus encore, il ne nous vint pas la pensée de nous éloigner, avant d'avoir des nouvelles de mon oncle.

Ces détails ne méritent pas les honneurs de l'histoire et vous ne les ferez pas entrer dans vos ouvrages ; lisez-les cependant et ne vous en prenez qu'à vous, qui les avez réclamés, s'ils ne vous paraissent pas même dignes d'une lettre. Adieu.

Traduction de C. Sicard
(éd. Garnier)

Histoire des fouilles de Pompéi

Après la catastrophe, une commission d'enquête envoyée par Titus conclut à l'impossibilité de reconstruire les cités qui s'enfoncèrent dans la nuit, parfois visitées, au cours des siècles, par des voleurs et des amateurs d'antiquités. Il fallut attendre bien des années pour que les noms de Pompéi et d'Herculanum qui

avaient disparu des mémoires deviennent de nouveau
célèbres. En voici la brève chronologie.

1738 : début des fouilles d'Herculanum.

1748 : début des fouilles de Pompéi.

1749 : début des fouilles de Stabies.

1750 : début des fouilles de la villa « des papyri » près
d'Herculanum.

1756 : Winckelman entreprend la première étude
scientifique des fouilles de Pompéi et d'Herculanum. Premier roman historique qu'inspire
Pompéi, *Voyage du jeune Anacharsis* (Abbé
Barthélemy, 1788).

1778-1797 : premier plan complet des fouilles.

1787 : le musée d'Herculanum est transféré à Naples.

1825 : reprise des fouilles d'Herculanum (arrêtées en
1763), selon une méthode plus moderne.

1860 : G. Fiorelli, directeur des fouilles, adopte, enfin,
une méthode scientifique. Il ne reprend pas
cependant les fouilles d'Herculanum (interrom-
pues depuis 1855) ni celles de Stabies (interrom-
pues depuis 1762).

1875 : M. Ruggiero succède à Fiorelli et continue à
fouiller scientifiquement.

1910 : exploration du réseau de la voirie pompéienne
sous la direction de V. Spinazzola.

1924 : Pompéi est explorée sur une grande échelle.

1927 : reprise des fouilles d'Herculanum.

1950 : reprise des fouilles de Stabies.

1967 : début des fouilles d'Oplontis.

Index

Personnages historiques et mythologiques

Achille : fils d'un mortel, Pélée, et d'une déesse, Thétis, Achille, le plus célèbre des héros grecs, était invulnérable. Son seul point faible était son talon. C'est là que l'atteignit le Troyen Pâris, au cours de la guerre de Troie.

Agrippa : M. Vipsanius Agrippa (63-12 av. J.-C.), ami et gendre d'Auguste*, accomplit à Rome de grands travaux urbains (parmi lesquels de magnifiques thermes).

Alcibiade : Athénien (450-404 av. J.-C.) à l'esprit et à la beauté remarquables. Amateur de scandales et avide de gloire, il fut assassiné pendant la guerre du Péloponnèse.

Aphrodite : *voir* Vénus*.

Apollon : un des douze dieux de l'Olympe ; protecteur des arts.

Até : fille d'Eris, la déesse de la Discorde, et de Zeus, elle pousse les mortels à l'erreur et entraîne leur perte.

Auguste : Caïus Octavius (63 av. J.-C./14 ap. J.-C.), petit-neveu de César*, devint son fils adoptif en 45. Après la mort du dictateur, il forma avec Antoine et Lépide le second triumvirat. Mais bientôt il se heurta aux ambitions du premier, époux de Cléopâtre. Après la victoire d'Actium (31 av. J.-C.), il est le maître de Rome. Devenu Auguste en 27 et Princeps, il règne jusqu'à sa mort sur ce qui deviendra l'Empire romain.

Bacchus : divinité romaine, assimilée à Dionysos, dieu du vin et de la licence.

Briséis : captive, enjeu d'un conflit, pendant la guerre de Troie, entre Achille* et Agamemnon.

Caligula : fils cadet de Germanicus, Caligula (12-41) devint empereur en 37 mais fut assassiné par l'aristocratie romaine, lassée de son comportement extravagant.

Castor : fils de Zeus et de Léda*. Avec son jumeau Pollux*, il protège les soldats et les marins.

Cécrops : premier roi d'Athènes, selon la légende.

César : Caïus Julius Caesar (102-44 av. J.-C.) d'une noble et antique famille, fut sans doute le plus grand général romain et l'un des chefs d'État les plus habiles de tous les temps. Nommé par le Sénat dictateur à vie, il périt assassiné dans un complot inspiré par des partisans de la République.

Cicéron : Marcus Tullius Cicéron (106-43 av. J.-C.) est considéré comme le plus grand orateur romain. Piètre homme politique, il fut assassiné sur l'ordre d'Antoine.

Circé : magicienne qui tente, en vain, dans l'*Odyssée* de séduire Ulysse.

Cupidon : divinité confondue avec l'Eros grec. Il est l'auxiliaire de la déesse de l'amour, Vénus*.

Cybèle : déesse de la fécondité.

Diane : sœur d'Apollon*, déesse de la lumière, assimilée à l'Artémis grecque.

Dion Cassius : historien grec (155-235) auteur d'une *Histoire romaine*, en grande partie perdue.

Endymion : fils de Zeus et frappé par lui d'un sommeil éternel.

Eschyle : poète tragique athénien (c.525-456 av. J.-C.). Sur les soixante-dix tragédies qu'il a écrites, seules sept ont été conservées.

Esculape : dieu de la médecine.

Europe : jeune fille aimée par Jupiter* qui l'enleva après s'être transformé en taureau.

Hadès : frère de Zeus et dieu des Enfers.

Hécate : divinité maléfique, souvent représentée avec trois têtes et suivie d'une meute de chiens.

Hélène : Sœur de Castor et Pollux. Le prince troyen Pâris ravi par sa beauté, l'enleva, causant ainsi la guerre de Troie.

Hercule : assimilé à l'Héraclès grec, Hercule est le plus célèbre des demi-dieux. Fils de Zeus, il accomplit douze travaux, avant de mourir, victime du centaure Nessus.

Hermès : dieu du commerce, de l'éloquence et des voleurs (nom latin : Mercure). A l'époque où se passe le roman, il est assimilé au dieu égyptien Thot, ce qui explique qu'Arbacès l'évoque si souvent.

Hespérus (mieux : Hespéros) : frère d'Atlas, il fut transformé en une constellation : l'étoile du soir.

Homère : le plus grand des poètes grecs (VIIIᵉ siècle av. J.-C.). On lui attribue l'*Iliade* et l'*Odyssée*.

Horace : poète latin (65-8 av. J.-C.) auteur d'*Odes*, de *Satires* et d'*Épîtres*.

Isis : épouse et sœur d'Osiris, cette déesse égyptienne était devenue dans le monde romain du premier siècle de notre ère la déesse universelle, dont on célébrait partout le culte.

Junon : épouse de Jupiter*. Les Grecs la nomment Héra.
Jupiter : c'est le maître des dieux. On le connaît, en Grèce, sous le nom de Zeus.

Laïs : fameuse courtisane de Corinthe du ɪᴠᵉ siècle av. J.-C.
Léda : reine de Sparte et séduite par Zeus transformé en cygne, elle donna le jour à quatre enfants : Castor*, Pollux*, Hélène et Clytemnestre.

Mars : dieu de la Guerre que les Grecs nomment Arès.
Mécène : Caïus Maecenas (?-8 av. J.-C.), originaire d'Étrurie, fit partie des familiers d'Octave-Auguste*. Poète, il s'entoura d'un cercle littéraire dont firent partie Virgile*, Horace, Properce. Son nom, dans le domaine des arts et des lettres, est devenu synonyme de : généreux bienfaiteur. Il a tendance à être remplacé aujourd'hui par le mot latin « sponsor ».
Méduse : l'une des trois Gorgones, trois sœurs qui ont le pouvoir de pétrifier qui les regarde. Malgré sa chevelure hérissée de serpents et la terreur qu'elle inspirait, Méduse fut vaincue et décapitée par Persée.
Mercure : divinité romaine, assimilée à l'Hermès grec.

Némésis : fille de la nuit et déesse de la Vengeance, elle veille à ce que les mortels trop orgueilleux ne tentent pas de s'égaler aux dieux.
Néron : L. Domitius Ahenobarbus (37-68), fils adoptif de l'empereur Claude, devient, en 54, empereur. Après s'être débarrassé de son demi-frère Britannicus (55) et de sa mère Agrippine (59), il fut accusé — à tort — d'avoir mis le feu à Rome (64). La postérité, sous l'influence des Pères de l'Église, a transformé cet empereur pacifique et ami des arts en une espèce de monstre.

Orcus : divinité infernale dans la mythologie romaine.

Oreste : fils d'Agamemnon et de Clytemnestre, il vengea son père en tuant sa mère, dans un accès de démence.

Orphée : fils d'un roi et de la muse Calliope, Orphée, le plus grand poète légendaire de la Grèce, est resté célèbre pour sa descente aux Enfers, dans l'espoir de ramener son épouse Eurydice.

Pallas : surnom de la déesse Athéna.

Parques : divinités qui règlent la vie humaine : Clotho en déroule le fil, Lachésis en fixe la longueur et il est coupé par Atropos.

Paul : Saül, natif de Tarse (entre 5 et 10-entre 64 et 68), cité de Cilicie, est devenu, après une vision sur le chemin de Damas (34-35), l'apôtre du Christ, sous le nom de Paul. Par ses écrits et ses voyages, il est le véritable propagateur de la foi en Jésus-Christ.

Phébus : dieu du Soleil, assimilé à l'Apollon* grec.

Pindare : poète grec (518-430 av. J.-C.), célèbre par ses *Odes* dédiées aux vainqueurs des Jeux Olympiques.

Platon : philosophe athénien (428-347 av. J.-C.), disciple de Socrate et qui fonda à Athènes, en 387, l'Académie. Engagé dans la vie politique de son temps, Platon est considéré, par son œuvre, dont les *Lois*, *La République* et de nombreux *Dialogues*, comme un des plus grands penseurs de tous les temps.

Plaute : T. Maccius Plautus (c. 254-184) a été metteur en scène avant de devenir auteur comique. Il nous reste de lui une vingtaine de comédies, qui ont inspiré parfois Molière.

Pline l'Ancien : naturaliste et écrivain latin (23-79), Pline, dit l'Ancien pour le distinguer de son neveu, est mort, lors de l'éruption du Vésuve, alors qu'il commandait la flotte romaine basée à Misène (*cf.* p. 230)..

Pline le Jeune : neveu du précédent (62-c.113), homme de lettres et homme politique. Notre principal témoignage sur la fin de Pompéi (*cf.* p. 229).

Pluton : divinité infernale, assimilée au dieu des Enfers grec Hadès.

Pollux : frère jumeau de Castor*.

Praxitèle : sculpteur athénien (c.390-c.330 av. J.-C.), auteur du célèbre *Hermès* d'Olympie.

Priam : roi légendaire de Troie, père d'Hector et de Pâris.

Ramsès : nom générique d'une dynastie de pharaons égyptiens qui régnèrent entre les XVe et XIe siècles.

Raphaël : peintre italien (1483-1520) de la Renaissance.

Saturne : divinité des semailles, il est assimilé au Cronos grec.

Silène : fils d'Hermès* (ou de Pan) et précepteur de Dionysos, Silène est représenté sous la forme d'un vieillard toujours ivre.

Socrate : *voir* Platon*

Strabon : géographe grec (58 av. J.-C.-c.21 ap. J.-C.) auteur d'une *Géographie* universelle.

Térence : P. Terentius Afer (c.190-159 av. J.-C.), esclave, puis affranchi, il est, avec Plaute, le plus grand auteur comique latin. Il nous reste de lui six comédies.

Thalestris : reine des Amazones.

Thessalienne : La Thessalie, région du nord de la Grèce, était célèbre pour ses chevaux... et ses magiciennes.

Titan(s) : fils et filles (douze) d'Ouranos, ils se révoltèrent contre leur père mais furent vaincus. Leur nom est devenu synonyme de gigantisme.

Titus : Titus Flavius Vespasianus (39-81) fils de Vespasien, régna de 79 à 81. Il est resté célèbre surtout par ses amours avec Bérénice.

Trophonius : architecte qui bâtit le temple d'Apollon à Delphes. Il possédait un oracle dans une caverne.

Vénus : déesse de l'amour et de la beauté, assimilée à l'Aphrodite* grecque.

Virgile : P. Vergilius Maro (70-19 av. J.-C.) est le plus grand poète latin par ses *Bucoliques* et ses *Géorgiques* mais surtout par l'*Énéide* qui chante les exploits d'Énée après la chute de Troie.

Vitruve : ingénieur et architecte romain du premier siècle de notre ère.

Bibliographie pratique

Loin de toute idée d'érudition, cette bibliographie se veut essentiellement pratique et accessible à tous.

Le texte
On trouvera, si l'on voulait aller plus loin, le texte complet du roman aux éditions Presses Pocket, n° 2237. C'est, à ce jour, la seule édition intégrale en français, avec préface, commentaires et notes.

Monographies (ordre chronologique)
BRION, M., *Pompéi et Herculanum*, Albin Michel, 1960.
COMTE CORTI, E.C., *Vie, mort et résurrection de Herculanum et Pompéi*, trad. Plon, 1963, rééd. U.G.E., 10/18, n°s 95-96.
ÉTIENNE, R., *La Vie quotidienne à Pompéi*, Hachette, 1966 (un livre capital).
Pompéi, la cité ensevelie, Gallimard, Découvertes, 16, 1987 (magnifique petit livre qui s'adresse à tous).
GRANT, M., *Éros à Pompéi*, Laffont, 1975.
RACHET, G. (adapt.) et VANAGS, P., *Pompéi, résurrection d'une cité*, Hachette, 1979.

Pour le public scolaire
AMIEL, M., *Pompéi, une cité retrouvée*, Nathan, 1984.
CONOLLY, P., *La Vie privée des hommes à Pompéi*, Hachette, 1979 (le guide le plus complet).

Romans et nouvelles
On trouvera Pompéi dans :
GAUTIER, T., *Arria Marcella*, in *Récits fantastiques*, Garnier-Flammarion.
JENSEN, W., *Gradiva*, Gallimard, Idées (avec l'analyse de Freud).

Rouland, N., *Les Lauriers de cendre*, J'ai Lu.

Pour la jeunesse
Fisker, R., *Le Rescapé de Pompéi*, trad. G.P., 1964.
Lerme-Walter, M., *Les Enfants de Pompéi*, Les deux coqs d'or, 1968.

Bédégraphie

Une des aventures d'Alix, le héros de J. Martin, se passe à Pompéi : *La Griffe noire*, éd. Casterman.

Filmographie

Il est impossible, ici, d'entrer dans le détail de toutes les adaptations. La première est de 1900, la dernière de 1984 ! Signalons-en les plus marquantes :

1912-1913, M. Caserini, Italie. - 1926, C. Gallone, Italie. - 1935, E. Schoedsack, États-Unis (n'est pas tirée du roman). - 1948, M. L'Herbier, France-Italie. - 1959, M. Bonnard et S. Leone, Italie [seule cette version est disponible en vidéo-cassette (chez René Chateau)]. - 1984, P. Hunt, États-Unis (adaptation télévisée).

Table

Préface de Claude Aziza   5

LES DERNIERS JOURS DE POMPÉI

Préface à l'édition de 1834   15

LIVRE PREMIER

1. Les deux élégants de Pompéi   23
2. La bouquetière aveugle, et la beauté à la mode - La confession de l'Athénien - Présentation au lecteur d'Arbacès d'Égypte.   28
3. La parenté de Glaucus - Description des maisons de Pompéi - Une fête classique   35
4. Le temple d'Isis - Le prêtre - Le caractère d'Arbacès se développe lui-même   43
5. Encore la bouquetière - Progrès de l'amour .   50
[...]
7. La vie oisive à Pompéi - Tableau en miniature des bains de Rome   53
8. Arbacès pipe ses dés avec le plaisir et gagne la partie   63

LIVRE DEUXIÈME

1. Une maison mal famée à Pompéi et les héros de l'arène classique   69
[...]
3. Glaucus fait un marché qui plus tard lui coûte cher   74
4. Le rival de Glaucus gagne du terrain   78
[...]

7. Ione est prise dans le filet - La souris essaie de ronger les mailles 84

[...]

9. Ce que devient Ione dans la maison d'Arbacès - Premier signe de la rage du terrible Ennemi 89

LIVRE TROISIÈME

1. Le forum des Pompéiens - Ébauche du premier mécanisme au moyen duquel la nouvelle ère du monde fut préparée 101
2. Excursion matinale sur les mers de la Campanie 107
3. La réunion religieuse 112

[...]

5. Nydia rencontre Julia - Entrevue de la sœur païenne et du frère converti - Notions d'un Athénien sur le christianisme 116

[...]

8. Julia visite Arbacès - Le résultat de cette entrevue. 122
9. Un orage dans les pays chauds - La caverne de la magicienne 127
10. Le seigneur de la Ceinture flamboyante et sa confidente - Le destin écrit sa prophétie en lettres rouges, mais qui pourra le lire ? 139

LIVRE QUATRIÈME

[...]

5. Le philtre - Ses effets 145
6. Réunion de différents personnages - Des fleuves qui, en apparence, coulaient séparément, unissent leurs eaux dans le même golfe 150

[...]

Table 247

13. L'esclave consulte l'oracle - Un aveugle peut tromper ceux qui s'aveuglent eux-mêmes - Deux nouveaux prisonniers faits dans la même nuit.............................. 159
14. Nydia et Calénus......................... 164
[...]

LIVRE CINQUIÈME

[...]
2. L'amphithéâtre 169
[...]
4. Encore l'amphithéâtre 177
5. La cellule du prisonnier et la cellule des morts - La douleur reste insensible à l'horreur 187
[...]
7. Les progrès de la destruction 188
8. Arbacès rencontre Ione et Glaucus......... 194
9. Désespoir des amants - Situation de la multitude........................... 198
10. Le lendemain matin - Le sort de Nydia 200

ÉPILOGUE 203

Commentaires

Bulwer-Lytton : repères biographiques.......... 209
Le contexte historique et littéraire du roman.... 210
    Le contexte littéraire, 210. - Le contexte historique, 212.

Les thèmes du roman 213
    La mer omniprésente ainsi que le soleil, 213. - L'eau et le feu comme thèmes symboliques, 214. - La mort par le feu, le salut par la mer, 216.

Les personnages 217
  Les personnages comme représentatifs de leur époque
  et de leur société, 218. - Les personnages comme
  représentatifs de l'éventail des passions, 222.

La vie quotidienne à Pompéi d'après le roman.. 224
  La cité pompéienne, 224. - La vie religieuse, 225.
  - La vie sociale et domestique, 226.

Le déroulement de la catastrophe............. 228

Le témoignage de Pline le Jeune.............. 229

Histoire des fouilles de Pompéi............... 235

**Index des personnages historiques et
  mythologiques** 237

Bibliographie pratique 242

Table des notices

Les classes sociales.......................... 24
Le décor de la vie romaine 38
L'influence grecque à Pompéi 80
A table 91
Quelques aspects religieux du roman 103
Les jeux du cirque 172

Dans Le Livre de Poche

Nouvelle approche

*Un nouvel art de lire. Des textes universels expliqués
et commentés par des universitaires de renom,
préfacés par de grands écrivains.*

Andersen
Contes

César
Guerre des Gaules, livres VII
et VIII

Daniel Defoe
Robinson Crusoé

Jean Froissart
Chroniques

Jacob et Wilhelm Grimm
Contes merveilleux

Hérodote
Histoires

La Fontaine
Fables, livres I à VI

Michelet
Histoire de la Révolution :
Les Grandes Journées
Portraits de la Révolution
française

Charles Perrault
Contes

Pouchkine
La Fille du capitaine

Mme de Sévigné
Lettres

Robert Louis Stevenson
Le Cas étrange du Dr. Jekyll
et de Mr. Hyde

Alfred de Vigny
Servitude et Grandeur
militaires

Oscar Wilde
Le Fantôme de Canterville
et autres contes

XXX
Le Nouveau Testament
Fabliaux et contes moraux
du Moyen Age
Romanciers et chroniqueurs
du Moyen Age
Le Roman de Renart
Poètes du Moyen Age
Poètes français des XIXe et
XXe siècles

Classiques

Alain-Fournier
Le Grand Meaulnes

Balzac
La Rabouilleuse
Les Chouans
Le Père Goriot
Illusions perdues
La Cousine Bette
Le Cousin Pons
Eugénie Grandet
Le Lys dans la vallée
César Birotteau
La Peau de chagrin
Le Colonel Chabert *suivi de*
Le Contrat de mariage
HISTOIRE DES TREIZE :
La Duchesse de Langeais,
précédé de Ferragus *et*
suivi de La Fille aux yeux
d'or
La Vieille Fille

Barbey d'Aurevilly
Les Diaboliques

Baudelaire
Les Fleurs du mal
Le Spleen de Paris
Les Paradis artificiels

Beecher-Stowe Harriet
La Case de l'Oncle Tom

Bernardin de Saint-Pierre
Paul et Virginie

Charlotte Brontë
Jane Eyre

Emily Brontë
Les Hauts de Hurle-Vent

Chateaubriand
Mémoires d'outre-tombe,
3 vol.

Chrétien de Troyes
Yvain, le Chevalier au lion

Benjamin Constant
Adolphe

Alphonse Daudet
Lettres de mon moulin
Le Petit Chose
Contes du Lundi
Tartarin de Tarascon

Descartes
Discours de la Méthode

Diderot
Jacques le Fataliste
Le Neveu de Rameau,
Satires, Contes et
Entretiens
La Religieuse
Le Rêve de d'Alembert et
autres écrits
philosophiques

Dostoïevski
L'Éternel Mari
Le Joueur
Les Possédés
Les Frères Karamazov,
2 vol.

L'Idiot, *2 vol.*
Crime et Châtiment, *2 vol.*

Alexandre Dumas
Les Trois Mousquetaires
Le Comte de Monte-Cristo,
3 vol.

Alexandre Dumas (Fils)
La Dame aux Camélias

Erckmann-Chatrian
L'Ami Fritz
Histoire d'un conscrit de
1813

Flaubert
Madame Bovary
L'Éducation sentimentale
Trois Contes

Fourastié Jean et **Françoise**
Les Écrivains témoins du
peuple

Saint François d'Assise
Les Fioretti

Théophile Gautier
Le Roman de la momie
Le Capitaine Fracasse
Contes et récits
fantastiques

Homère
Odyssée
Iliade

Hugo
Les Misérables, *3 vol.*
Les Châtiments

Les Contemplations
Notre-Dame de Paris

Joris-Karl Huysmans
Là-bas

Henrik Ibsen
Maison de poupée

Jacques Imbert
Anthologie des poètes
français

Alfred Jarry
Tout Ubu

Rudyard Kipling
Le Livre de la jungle
Le Second Livre de la jungle

La Bruyère
Les Caractères

Choderlos de Laclos
Les Liaisons dangereuses

Mme de La Fayette
La Princesse de Clèves

La Fontaine
Fables

Eugène Le Roy
Jacquou le Croquant

Jack London
Croc-Blanc
L'Appel sauvage

Pierre Loti
Pêcheur d'Islande

Machiavel
Le Prince

Mallarmé
Poésies

Marx et **Engels**
Manifeste du Parti
communiste *suivi de*
Critique du Programme de
Gotha

Guy de Maupassant
Une Vie
Mademoiselle Fifi
Bel-Ami
Boule de Suif
La Maison Tellier
Le Horla
Le Rosier de Mme Husson
La Petite Roque
Contes de la Bécasse
Miss Harriet
Pierre et Jean
Mont-Oriol

Mérimée
Colomba et autres nouvelles
Carmen et autres nouvelles

Octave Mirbeau
Journal d'une femme de
chambre

Montaigne
Essais, *3 vol.*

Montesquieu
Lettres persanes

Nerval
Aurélia *suivi de* Lettres à
Jenny Colon, *de* La
Pandora *et de* Les
Chimères
Les Filles du feu *suivi de*
Petits Châteaux de
Bohême

Nietzsche
Ainsi parlait Zarathoustra

Pascal
Pensées

Poe
Histoires extraordinaires
Nouvelles Histoires
extraordinaires
Histoires grotesques et
sérieuses

Georges Pompidou
Anthologie de la poésie
française

Abbé Prévost
Manon Lescaut

Rabelais
Pantagruel
Gargantua

Raymond Radiguet
Le Diable au corps

Jules Renard
Poil de Carotte

Restif de la Bretonne
Les Nuits révolutionnaires

Rimbaud
Poésies complètes

Edmond Rostand
Cyrano de Bergerac

Rousseau
Les Confessions, *2 vol.*
Les Rêveries du Promeneur
solitaire

Sade
Les Crimes de l'amour
Justine ou les malheurs de
la Vertu

George Sand
La Petite Fadette
La Mare au diable
François le Champi
Un hiver à Majorque
Le Meunier d'Angibault

Senancour
Oberman

Shakespeare
Roméo et Juliette *suivi de*
Le Songe d'une nuit d'été
Hamlet - Othello - Macbeth

Stendhal
Le Rouge et le Noir
La Chartreuse de Parme
Lucien Leuwen
L'Abbesse de Castro et
autres Chroniques
italiennes

Stevenson
L'Ile au trésor

Léon Tolstoï
Anna Karénine, *2 vol.*
Guerre et Paix, *2 vol.*
La Mort d'Ivan Illitch

Tourgueniev
Premier Amour *suivi de*
L'Auberge de Grand
Chemin *et de* L'Antchar

Jules Vallès
JACQUES VINGTRAS :
1. L'Enfant
2. Le Bachelier
3. L'Insurgé

Paul Verlaine
Poèmes saturniens *suivi de*
Fêtes galantes
La Bonne Chanson *suivi de*
Romances sans paroles
et de Sagesse

Jules Verne
Le Tour du monde en 80
jours
De la Terre à la Lune
Robur le Conquérant
Cinq semaines en ballon
Voyage au centre de la
Terre
Les Tribulations d'un
Chinois en Chine
Le Château des Carpathes
Les 500 millions de la
Bégum
Vingt mille lieues sous les
mers
Michel Strogoff
Autour de la Lune

Les Enfants du capitaine Grant, *2 vol.*
L'Ile mystérieuse, *2 vol.*
Les Indes noires
Deux ans de vacances

Villiers de L'Isle-Adam
Contes cruels

Villon
Poésies complètes

Voltaire
Candide et autres contes
Zadig et autres contes

Oscar Wilde
Le Portrait de Dorian Gray
La Ballade de la Geôle
   de Reading *suivi de*
   De Profundis

Émile Zola
Thérèse Raquin
LES ROUGON-MACQUART :
1. La Fortune des Rougon
2. La Curée
3. Le Ventre de Paris
4. La Conquête de Plassans
5. La Faute de l'Abbé Mouret
6. Son Excellence Eugène Rougon
7. L'Assommoir
8. Une Page d'amour
9. Nana
10. Pot-Bouille
11. Au Bonheur des Dames
12. La Joie de vivre
13. Germinal
14. L'Œuvre
15. La Terre
16. Le Rêve
17. La Bête humaine
18. L'Argent
19. La Débâcle
20. Le Docteur Pascal

XXX
Tristan et Iseult

La Bible
Ancien Testament, *2 vol.*
Nouveau Testament

Théâtre

Beaumarchais
Le Barbier de Séville

Corneille
Le Cid
Horace
Cinna
L'Illusion comique
Polyeucte

Jean Giraudoux
Electre

Victor Hugo
Hernani
Ruy Blas

Labiche
Le Voyage de M. Perrichon

Marivaux
  Le Jeu de l'amour et du
    hasard
  La Double Inconstance
    suivi de Arlequin poli
    par l'amour

Molière
  Le Tartuffe
  Le Bourgeois gentilhomme
  Dom Juan
  Le Misanthrope
  Le Malade imaginaire
  L'Avare
  L'École des femmes
  Les Femmes savantes
  Les Fourberies de Scapin
  Le Médecin malgré lui
  George Dandin
    suivi de La Jalousie
    du Barbouillé

  Amphitryon

Musset
  Lorenzaccio

Racine
  Phèdre
  Iphigénie
  Britannicus
  Andromaque
  Les Plaideurs
  Bérénice

Shakespeare
  Jules César

Tchékhov
  La Mouette
  Oncle Vania
  La Cerisaie

4177074

Composition réalisée par C.M.L., Montrouge.

IMPRIMÉ EN FRANCE PAR BRODARD ET TAUPIN
Usine de La Flèche (Sarthe).
LIBRAIRIE GÉNÉRALE FRANÇAISE - 6, rue Pierre-Sarrazin - 75006 Paris.

ISBN : 2 - 253 - 04876 - 3   30/4285/0